pulp master

Derek Raymond wurde als Robert William Arthur Cook 1931 in London geboren. Er erlebte vier Jahre Spanien unter Franco, war für den Londoner *Standard* als Berichterstatter im Algerien-Krieg, arbeitete mehrere Jahre als Weinbauer in Italien und ließ sich für fast zwei Dekaden in Frankreich nieder, wo auch die meisten seiner Bücher entstanden. Er ist Autor der international bekannten Factory-Serie, zu der die Romane *He Died With His Eyes Open, The Devil's Home On Leave, How The Dead Live, I Was Dora Suarez* und *Dead Man Upright* gehören. Derek Raymond starb im Juli 1994 in London, kurz nachdem er das hier vorliegende Buch vollendet hatte.

DEREK RAYMOND

Roter Nebel

pulp master

pulp master

Band 1

Erschienen im MAAS Verlag, Berlin

Deutsche Erstausgabe
Erste Auflage 1996

Titel der englischen Originalausgabe: Not Till The Red Fog Rises

Herausgegeben von Frank Nowatzki und Peter Pennartz
Übersetzt aus dem Englischen von Angelika Müller
Redaktion: Simone Salitter
Titelbild: 4000
Umschlaggestaltung und Layout: Erich Maas
Druck und Verarbeitung: NØRHAVEN A/S, DK-Viborg
Hardcover-Einband: Mikolai, Berlin

Veröffentlicht als
PULP MASTER Paperback ISBN 3-929010-36-4
PULP MASTER Hardcover mit CD ISBN 3-929010-37-2

Die Deutsche Bibliothek - CIP-Einheitsaufnahme

Roter Nebel / Derek Raymond. Hrsg. von Frank Nowatzki und Peter Pennartz. Übers. aus dem Engl. von Angelika Müller. - Berlin : Maas.
(Pulp Master ; Bd. 1)
Orig.-Ausg. u.d.T.: Raymond, Derek: Not till the red fog rises
NE: Cook, Robin; GT
Vw: Raymond, Derek [Pseud.] - Cook, Robin
Buch. - 1996
ISBN 3-929010-37-2 Gb.
ISBN 3-929010-36-4 Pb.
CD. - 1996
ISBN 3-929010-37-2

FEEL THE PAIN

(The Damned, London 1977)

Ein Vorwort von Frank Nowatzki

Wer ein Buch von Derek Raymond mit der Intention in die Hände nimmt, sich mit einem spannenden Thriller oder einem traditionellen Kriminalroman die Zeit vertreiben zu wollen, wird sich schon bald benutzt oder vergewaltigt fühlen. Der Brite verkehrt den voyeuristisch-unterhaltsamen Effekt eines kommerziellen Thrillers in sein krasses Gegenteil. Seine Szenarien sind mehr als das bloße Verarbeiten von Zeitungsberichten über Verbrechen und selbst erlebten Tragödien. Sie durchleuchten Gewalt, Elend und Verzweiflung im Kontext der beteiligten Charaktere, mit Personen, die durch äußere Umstände zu weit getrieben wurden, deren Existenz bedroht und verzerrt wurde. Seine Romane fungieren als Spiegel der Gesellschaft und reflektieren die unappetitlichen Aspekte und Randerscheinungen, die die Öffentlichkeit nicht sehen will oder nicht zu verdauen bereit ist.

Im Nachfolger von *I was Dora Suarez* und *Dead Man Upright*, dem vierten und fünften Roman seiner international bekannten Factory-Serie um den namenlosen Police-Sergeant, der als letzte Instanz in einer verantwortungslosen Gesellschaft bei der Verfolgung von Serienkillern seine kompromißlosen Konsequenzen zieht, wechselt Derek Raymond jetzt scheinbar die Seiten und setzt in *Roter Nebel* eher die Tradition des Berufsverbrecherromans der US-Autoren Richard Stark, Dan Marlowe und seines Landsmannes Ted Lewis fort, für dessen

Roman *Schwere Körperverletzung* er 1990 eine sehr persönliche Einleitung schrieb. Das ist aber auch schon der einzige grundsätzliche Unterschied zur Factory-Serie. Neben dem Auftauchen von alten Bekannten aus der Factory, wartet *Roter Nebel* mit einer gehörigen Portion Pulp und aktuellen, direkten Dialogen auf. Unvermittelte Rückblenden, innere Monolog- und Traumsequenzen durchsetzen den rasanten Plot wie gewohnt mit autobiographischen Zügen und hinterlassen eine Fülle unbeantworteter Fragen und formulieren Ansichten über Liebe, Leben, Schmerz, Altern und Tod. Gerade diese Sequenzen emanieren Trauer, Verbitterung, Wut und Resignation und lassen keinen Vergleich mehr mit herkömmlichen Kriminalromanen zu, bei denen die bloße Aufklärung eines Verbrechens oder der Spannungsmoment des Plots im Mittelpunkt stehen. Deshalb steht Derek Raymond ganz oben in meinen persönlichen Top Ten.

Das Schreiben von schwarzen Romanen war für Derek Raymond Wiedergutmachung und Abrechnung zugleich: Die literarische Wiedergutmachung seiner lebenslangen Passivität und der Versuch, der eigenen Ohnmacht gegenüber den Mißständen in der Gesellschaft Herr zu werden, und die Abrechnung mit Staat und Verwaltungsapparat der Thatcher-Major-Ära, der mit bürokratischer Gleichgültigtkeit die Kluft zwischen Arm und Reich immer größer werden läßt. »Gewalt wird es so lange geben, wie es Elend geben wird, und die Schwächeren lassen sich schließlich nicht einfach so ins Abseits drängen. Wer mit dem Rücken zur Wand steht, wird versuchen zurückzuschlagen, egal, welche Hautfarbe er hat oder woher er stammt, keiner wird sich freiwillig auf den Boden legen und sterben.« (Derek Raymond, The Hidden Files)

Derek Raymond weiß, wovon er spricht, denn in den sechziger Jahren erlebte er einen Wendepunkt in seinem Leben. Der verwöhnte Zögling der Eliteschule Eton, der sich mit seiner bourgeoisen Familie überworfen hatte, bekam einen Einblick in die gesellschaftlichen Verhältnisse aus der Sicht der Straße. Zum ersten Mal arbeitete er für Leute, die längere Zeit im Knast verbracht hatten. In einem Pub in South London, in dem Derek Raymond Stammgast war, hing auch ein Kerl namens Big Charlie Mitchell ab, seines Zeichens Troubleshooter von Ronnie und Reggie Kray. Man pokerte öfter zusammen, und nach ein paar Bieren zuviel philosophierte Mitchell gerne über die durchschlagende Wirkung einer Eisenstange auf Schienbeine. Organisierte Banden wie die Krays und die Richardsons schossen damals in England wie Pilze aus dem Boden, rekrutierten ihre Mitglieder aus der ›working class‹ und häuften durch Prostitution, Schutzgelderpressung und Pornographie erhebliches Kapital an, das es jetzt halbwegs legal zu investieren galt. Sie waren auf der Suche nach netten ›upper-class‹-Typen ohne Vorstrafenregister, mit guter Schulbildung und einwandfreiem Englisch, die man als Aushängeschild für Immobiliengeschäfte mit Scheinfirmen und illegale Glücksspielparties mit gezinkten Kartendecks einsetzen konnte. Raymond ließ sich auf das Risiko ein, traf sich mit seinen zwielichtigen Auftraggebern zum Lunch, lernte ihre Sprache, bekam ihre Entscheidungen mit, bei wem, wie, wann und wo ein Exempel statuiert werden mußte und wie eine Operation finanziert und durchgeführt wurde. Sie kamen ihm wie einflußreiche Politiker und Geschäftsleute auf der anderen Seite des Gesetzes vor, was sie auf ihre Art auch waren. In einem siebzehnstündigen Polizeiverhör, bei dem er von drei Dreiergruppen abwechselnd in die Mangel genommen wurde, lernte er parallel dazu auch die Methoden des Gesetzes kennen, kam anstelle von fünf Jahren Knast mit einem blauen Auge davon und setzte sich nach Frankreich ab.

*

Ich begegnete Derek Raymond zum erstenmal im Herbst 1990 in Frankfurt. Für die deutsche Präsentation von *Ich war Dora Suarez* auf der Buchmesse war er meiner Einladung gefolgt und hatte sich mit dem Zug von Paris aus auf den Weg gemacht. Wir hatten vorher ein paar Briefe ausgetauscht, ein paarmal telefoniert, und jetzt war es soweit. Der Zug traf ein und eine seltsame Mischung aus Stolz und Ehrfurcht überkam mich, denn immerhin kam hier ein Autor, der von einem großen deutschen Taschenbuchverlag zu einem Kleinverlag gewechselt hatte und der in seiner damaligen Wahlheimat Frankreich pro Titel über 20.000 Exemplare verkaufte. Ich war damals gerade Mitte Zwanzig und schüttelte einem der für mich bedeutendsten Autoren die Hand, der Anfang sechzig war und dem seine bewegte Biographie ins Gesicht geschrieben zu sein schien. Ich glaube, wir waren anfangs beide irritiert.

Wir wurden schnell Freunde und hielten uns durch Briefe auf dem laufenden. Der Aufenthalt in Frankfurt hatte ihm gefallen, jetzt war er heiß auf Berlin. *Dora Suarez* bekam inzwischen Presse und entpuppte sich schnell als Zugpferd der Reihe. Die bislang bei Black Lizard erschienenen Titel hatten zu der Zeit ihre Deckungsauflage noch nicht erreicht, die Ratentilgung der Kredite war überfällig, der Zinssatz stieg nach dem Fall der Mauer ins Unermeßliche, und ein nervender Herr Meyer von meiner Hausbank schien zu glauben, mir mit ständigen telefonischen Nachfragen, wie es mir denn so gehe, behilflich sein zu können. Er wollte wahrscheinlich nur überprüfen, ob ich mich schon aus dem Staub gemacht hatte.

Als ich dann die Vertriebsabrechnung für den sonst eigentlich lauen Monat Mai in die Hände bekam, fiel ich fast vom Stuhl. Ohne Vertreter oder größere Medienpräsenz hatte sich *Dora Suarez* auf 500 verkaufte Exemplare pro Monat hochgeschraubt. Ich schickte Derek Raymond Tickets für sich und seine Freundin Marie nach London, und im Herbst 1991 sollten wir uns in Berlin schneller wiedertreffen, als wir gedacht hatten. Er teilte mir seine Ankunftszeit mit und schrieb: »Ich will beobachten und zuhören, wie die Menschen bei Euch über die Ereignisse in der Sowjetunion denken — und würde es bevorzugen, wenn wir zu diesem Zweck eine Menge Bars abklappern.« Neben Interviews und Lesungen, die die Reise finanzieren sollten, bekamen wir dazu reichlich Gelegenheit. Nach einer Lesung an einem Wochentag in der Hamburger Rialto-Bar zogen wir durch diverse Clubs auf der Reeperbahn und landeten schließlich morgens um fünf im Mary Lou. Später auf dem Klo mit dem weiß-Gott-wievielten Jever in der Hand, neben dem Waschbecken, an dem sich ein Kubaner im schwarzen Anzug gerade die Nase mit Koks vollballerte, wurde mir bewußt, daß Derek Raymond die Straße beobachtet und Gewalt, Resignation und den Schmerz ihrer Opfer in sich aufsaugt. Zurück in Berlin bei ein paar Bieren im Kumpelnest, fiel seine Aufmerksamkeit auf Sunshine, einer traurig aussehenden Vogelscheuche, die von einem Trip nicht mehr zurückkam. Er stellte sich sofort die Frage, warum das Leben plötzlich aus den Fugen geraten kann, warum sich Menschen von einander trennen und warum sie sich selbst oder andere kaputtmachen, und er nahm sich dabei nicht aus. Diesen Schmerz läßt er uns durch seine Bücher spüren.

Inzwischen zwang mich die katastrophale finanzielle Situation des Verlages zu Nebenjobs als Türsteher vor schwulen House-Parties und Kreuzberger Absturzläden, die mich zwar vor dem Absaufen bewahrten, mir aber wenig Zeit für weitere Verlagsaktivitäten ließen. Die Abstände, in denen ich mit Derek Raymond Neuigkeiten austauschte, wurden größer. Von seinem Tod im Juli 1994 erfuhr ich morgens aus einer Tageszeitung. Es ist ein unbehagliches Gefühl, ihn nicht mehr unter uns zu wissen und vielleicht so manches, das noch zu sagen gewesen wäre, nicht gesagt zu haben. Aber was für einen Unterschied macht das im nachhinein, er ist tot, und das war's. Bleibt uns nur die Aufgabe, ihm den Wunsch zu erfüllen, daß möglichst viele seiner Romane bald wieder als Neuauflagen bei PULP MASTER erhältlich sind, damit er nicht wie so viele andere wichtige Autoren vor ihm in Vergessenheit gerät.

Roter Nebel

Für John, Charlotte, Henry und Owen

For he shall dance
And he shall sing,
And he shall turn his face to the wall.

Alte Ballade

1

Schwarze Schlieren liefen an der Stuckfassade des Palmyra hinunter, daran war jedoch nichts ungewöhnlich, denn hier in der übelsten Ecke von Earls Court war gewissermaßen alles schwarz. Wie alle anderen Häuser längs der Straße muß auch das Palmyra irgendwann einmal ein bürgerliches Wohnhaus gewesen sein, nur konnte sich niemand mehr daran erinnern; es war allgemein nur als Hotel Palmy bekannt, denn die letzten beiden Buchstaben hatten resigniert und sich aus dem Staub gemacht. Unkraut wucherte aus den Rissen im Dach und aus dem viktorianischen Eingangstor, und das Haus war das, wonach es aussah: eine fünftklassige Absteige mit ständig wechselnden Gästen, denen oft Gerichtsvollzieher, schmierige Zivilbullen und Schuldeneintreiber einen Besuch abstatteten. Genau die Sorte Haus, wo die wöchentliche Miete immer dann fällig wurde, wenn es regnete, wenn die Verzweiflung wie dicker Rauch durch alle Ritzen ins Zimmer drang und das Geld ausging.

Die meisten Gäste waren junge, durchtrainierte Männer aus Gegenden mit wärmeren Klimazonen, Tausende von Meilen weit entfernt, die jedoch bald erfahren sollten, daß selbst die größte Vorliebe für Sport im Freien der naßkalten Brühe in London nicht gewachsen war. Sie fanden das schnell heraus, wenn sie morgens um zwei am überfluteten Eingang von Earls Court Station standen, keine Züge mehr fuhren und ihnen nur noch das Palmyra blieb, dessen Lichter durch den Nebel drangen.

Die meisten blieben kurz davor stehen, änderten ihre Meinung und gingen weiter, aber manche waren jung genug, um zu erkennen, daß hier die Hölle los war: kurios, billig, eben die Art von Atmosphäre, derentwegen sie hergekommen waren, also überquerten sie die Straße und drückten auf die Nachtklingel. Nach dem Eintreten wischten sie sich den Regen aus dem Gesicht, sahen den Nachtportier den Korken auf die Flasche stecken und nach dem Gästebuch greifen, und nur die ein oder zwei mit genügend Phantasie spürten dann Zweifel in sich aufsteigen und fragten sich, ob es sich überhaupt lohne, hierzubleiben, auch wenn es wirklich billig war. Das Palmyra wurde in keinem Stadtführer erwähnt, seine Existenz vom Fremdenverkehrsbüro verschwiegen, und selbst kundige Taxifahrer kratzten sich am Kopf, wenn man ihnen den Namen nannte. Aber es war trotzdem da und lauerte auf der anderen Straßenseite wie eine verbitterte, in die Jahre gekommene Schauspielerin, die auf einem Ball für einsame Herzen verloren an der Bar hockt und mit ihrer Aufmachung und ihren Silikonimplantaten noch immer das Kostüm ihres letzten großen Auftritts trägt.

Ebenso verhielt es sich mit dem Metropol einige hundert Meter weiter, wenn es auch nicht ganz so in Ehren heruntergekommen war, und dem Europa und dem Tropical, über deren Eingängen Schilder verkündeten, man sei belegt. In Wirklichkeit besagten diese Schilder, daß der Staat hier Obdachlose unterbrachte und man die lebenden Toten auf den obersten Etagen am besten allein ließ.

Warum auch nicht? Das Palmyra war tot. Hier zu wohnen war ungemein schwermutfördernd, und so erschienen die Zimmer nur auf den ersten Blick billig, was häufig der Fall ist, wenn man am falschen Ende spart. Der Ort war auch deshalb so deprimierend, weil nicht jeder das Palmyra überlebte.

All das aber hielten Neuankömmlinge für Lokalkolorit, selbst die ewigen Straßenarbeiten am Hauseingang wurden von diesem Treibgut des Erdballs gleichmütig hingenommen — was kümmerte es sie? Sie waren froh, endlich einmal in fremden Gewässern zu fischen, und lachten bald genauso laut wie alle anderen über die Toilette im Erdgeschoß, eine der wenigen, wo immer Männer vor dem Damenklo warteten; wer sich auskannte und schon mal dort gewesen war, nannte sie die Cocktail-Bar. Diese Einrichtung erwähnte der lernwillige Tourist für gewöhnlich mit Ausrufezeichen auf seiner ersten Postkarte nach Hause, denn hier traf man die Mädels von den Agenturen für eine schnelle Nummer im Stehen. Wenn das Hotel überhaupt einen Ruf hatte, dann wegen dieser Institution, die so fest mit dem Parterre verwachsen war wie der Nachtportier und der defekte Fahrstuhl. Abgesehen von den Kakerlaken im Sommer, waren die Zimmer sauber; auf der obersten Etage indessen gab es nur Dreibettzimmer und kein fließend warmes Wasser. Mitunter beging auch mal jemand Selbstmord, bevorzugt bei heiterem Wetter. Den Leuten, die für vierzig Pfund oder weniger die Woche wohnen wollten, machte das nichts aus, sie verschwendeten kaum einen Gedanken daran. Jedoch jemand, der wehrlos war, hätte schon ziemlich verzweifelt sein müssen, um hier hängenzubleiben.

Nicht so Sladden.

Sladden war nicht wehrlos, und an diesem Abend war er bereits seit halb elf hier. Zimmer fünfzehn befand sich im zweiten Stock am Ende des Flurs und hatte die Form eines Zeppelins; die Wände mit der abblätternden Farbe waren so schief, daß nicht ein Möbelstück die Chance hatte, mit der Wand abzuschließen, und es war stickig, weil das Fenster klemmte und nicht zu öffnen war. Er hockte schweißtriefend im Schrank, nur in Jeans und T-Shirt, und horchte auf die Schritte des Mieters, was sich sehr schwierig gestaltete angesichts des ohrenbetäubenden Lärms, der hier herrschte. Als ob in jedem Zimmer rings eine Party tobte. Aber schließlich, gegen eins, blieb jemand vor dem Zimmer stehen, der Schlüssel drehte sich, die Tür ging auf und das Licht an. Als Sladden sich sicher sein konnte, daß der Mann allein war, kam er mit seiner .25er Automatik aus dem Schrank.

»Hallo, Bogdan.«

Der Mann schaute schockstarr in den Lauf der Waffe, dann sah er Sladden an: »Was wollen Sie?« fragte er. »Ich kenne Sie nicht.«

»Macht nichts«, antwortete Sladden und, mit der Pistole gestikulierend, »das reicht, um mich vorzustellen.« Er tastete den Mann ab, aber der war sauber. »Tu einfach so, als gäbe es das Ding gar nicht.«

Bogdan hatte damit seine Schwierigkeiten. »Warum gehst du nicht einfach rüber zum Bett und legst dich ein bißchen hin? Entspann dich.«

»Geht nicht, mit dem Ding vor der Nase.«

»Mach's trotzdem«, sagte Sladden. »Und zwar am besten gleich.«

Der Mann gehorchte selbstverständlich. »Schon viel besser«, sagte Sladden und schaute sich Bogdan von oben bis unten an; er gefiel ihm. Er war jünger und sah besser aus als auf den Schwarzweißfotos, die man heimlich von ihm gemacht hatte, als er sich in irgendwelche Bürogebäude stahl oder gerade herauskam. In natura hatte Bogdans Gesicht unter dem weichen, dunklen Haar das, was Sladden Klasse nannte. Hier war jemand, den er in jeden seiner Lieblingsclubs hätte mitnehmen können, und gegen ihren Willen wären die Stammkunden beeindruckt gewesen und hätten sich gefragt, wie Sladden den wohl hatte aufreißen können; sie hätten neidisch beobachtet, wie seine neue Eroberung ihm an die Bar gefolgt wäre, und hätten sich gefragt, ob sie's wohl schaffen würden, sich den dort selbst zu greifen und für eine Spritztour im Bentley und ein intimes Wochenende in Surry zu entführen. Unter anderen Umständen wäre Sladden ziemlich schnell zudringlich geworden, und, wie er glaubte, vermutlich nicht auf großen Widerstand gestoßen.

Schade.

»Was ist eigentlich los?« fragte der Mann. »Was soll die Knarre?«

»Reg dich nicht auf. Wir kriegen das schon alles geregelt.«

»Was, alles?«

»Tja, Bogdan, es ist nämlich so, du verläßt uns.« Sladden seufzte, es fiel ihm nicht leicht, seine sexuellen Begierden zu unterdrücken; sie mochten es nicht, wenn man ihnen eine Abfuhr erteilte. »Nur keine Angst, ich bin bloß der Reiseleiter. Ich bin dein Rückfahrticket, freu dich.«

»Rückfahrt wohin?«

»Kein bestimmtes Ziel.«

»Ich will nicht nach Moskau zurück. Wer sind Sie überhaupt? Einwanderungsbehörde?«

»Ausländerbehörde«, antwortete Sladden vage.

»Aber ich habe einen britischen Paß.«

Sladden hätte beinahe gesagt, daß der Weihnachtsmann den auch hatte, aber statt dessen sagte er nur: »Es gibt da ein paar Unannehmlichkeiten.«

»Welche denn?«

Sladden überhörte das. »Gefällt's dir in England?« fragte er lediglich. »Fühlst du dich manchmal bedroht?«

»Nein«, sagte Bogdan, »nur durch diese Waffe.«

»Also hast du nichts getan, um dich hier unbeliebt zu machen? Gar nichts? Okay, mit mir kann man ja reden. Für deine Akte bin ich verantwortlich, momentan sogar für dein gesamtes Leben, würde ich sagen; also komm, vertragen wir uns, Schätzchen.« Er zwinkerte ihm zu. Verglichen mit Sladden, sah ein Triebtäter aus wie ein Teenager in einer Limonadenreklame.

Mit der Waffe in der Hand gab er Bogdan Anweisungen,

sich möglichst ungezwungen aufs Bett zu legen. Bogdan beugte sich dem widerspruchslos. Er stellte keine Fragen mehr und beobachtete resigniert, wie Sladden sich durchs Zimmer bewegte. Der überprüfte aus verschiedenen Blickwinkeln, wie sich das Bild ausnahm, zupfte mal das Kissen, mal die Tagesdecke zurecht wie ein Modefotograf, bis er mit dem Gesamteindruck zufrieden war. Dann legte er sich neben Bogdan aufs Bett und nahm ihn in den Arm.

»Na«, fragte er, »wie gefällt es dir? Liegst du bequem?«

»Geht's nur darum? Wenn Sie Sex wollen, kann ich mich ja ausziehen!«

»Nein, laß mal«, sagte Sladden mit Bedauern. Das war nicht drin; nur ein Blick auf den nackten Körper, und er würde die Beherrschung verlieren, und alles wäre versaut. »Wir warten einfach ab, was passiert.«

»Warum muß ich mich denn so in Positur legen?« fragte Bogdan. »Wollen Sie mich etwa fotografieren — angezogen, wie ich bin? Obwohl, ich sehe keine Kamera ... Was sind Sie? Ein Perverser?«

Natürlich, dachte Sladden, *nur keiner von der Sorte, die Fragen beantwortet.* »Ich weiß nicht, wie's dir geht«, sagte er und gähnte, »aber mein Tag war lang, und ich bin müde.« Mit der Pistole in der Hand zog er Bogdan zu sich heran an seinen nach Schweiß stinkenden Körper.

Bogdan wirkte klein und hilflos in Sladdens kräftigen Armen. »Sie sind doch nicht ganz richtig«, sagte er. »Sie kommen mir vor, als wären Sie nicht normal, und wenn Sie scharf auf mich sind, was soll dann die Waffe?«

»Ich mag Waffen«, sagte Sladden. »Ebenso wie Nekrophilie.« Sein Schwanz zuckte in der klebrigen Unterhose, und er mußte sich entscheiden, ob er seinem Verlangen nachgeben oder weitermachen sollte; er gab sich einen Ruck, richtete sich auf und stieß Bogdan leicht an: »Sieh dir das an«, murmelte er. »In der Ecke da oben. Nein, nicht da, du Idiot, dort, auf dem Schrank.«

Bogdans Blick folgte Sladdens ausgestrecktem Zeigefinger. »Dort ist nichts.«

»Da hast du verdammt recht, da ist nichts«, sagte Sladden. Er setzte Bogdan die Pistole an die Schläfe und schoß ihm das Hirn aus dem Schädel.

Von dem Schuß aus der .25er war vor der Geräuschkulisse des Palmyra nichts zu hören, daß Geschoß hingegen verursachte eine Riesensauerei. Das meiste traf die Wand, aber mit so einer Wucht, daß es teilweise zurück aufs Bett spritzte. Hastig ließ sich Sladden auf den Boden fallen, bevor er zuviel davon abbekam.

Es sollte nach einem Selbstmord aussehen, also wischte er die Waffe ab, umschloß ihren Griff mit den Fingern des Toten, entfernte die .25er wieder mit Hilfe eines Kleenex und schmiß sie auf das Laken in die schleimige Lache.

Er tätschelte dem toten Bogdan die Eier und sagte: »Schönen Gruß von Gutteridge. Mach's gut.« Die Leiche starrte ihn mit einem Lächeln an, das ein Star aufdringlichen Verehrern zu schenken pflegt.

Sladden nahm seinen Anorak aus dem Schrank, zog ihn über sein blutiges T-Shirt und wartete, bis er sicher war, daß niemand mehr auf dem Flur war. Er hatte es nicht eilig, und als er endlich das Zimmer verließ, begleitete ihn der Lärm des Rock'n'Fosters-Gelages der Neuseeländer im Zimmer gegenüber, so daß ihn niemand hören konnte.

Er stieg die Treppe hinunter, nickte dem schlafenden Nachtportier zu und ging pfeifend zum Wagen.

2

Die Untersuchung verschlang eine Menge Zeit, aber schließlich gelangte die Gerichtsmedizin zu dem Schluß, daß der Mann auf Zimmer 15 des Palmyra sich definitiv selbst in den Schädel geschossen hatte. Das war also in Ordnung, und Draper konnte sich entspannen. Aber jetzt, eine knappe Woche später, war da dieser zweite Kerl, und der war ebenso tot wie Bogdan; ein Kipper hatte ihn zusammen mit zehn Tonnen Bauschutts von einem Abbruchgebiet auf einer Schutthalde im Norden Londons abgeladen. Der Fahrer gönnte sich gerade eine Zigarettenpause und beobachtete, wie der Kipper entleert wurde, als plötzlich dieser Körper auftauchte, eingehüllt in Zementstaub und mit einem einzelnen Bein in seinem Gefolge. Die Tatsache, daß beide Männer Russen waren, ließ die Ermittlungsbeamten aufhorchen, und Draper war sich darüber im klaren. *Sladden und seine schlampigen Methoden!* dachte er wütend, denn das war alles andere als in Ordnung. Zwei tote Russen innerhalb kürzester Zeit — exakt die Art Information, die die Presse alarmierte, mal ganz abgesehen davon, daß der Pathologe in seinem Bericht ›seltsame Spuren‹ an der zweiten Leiche erwähnt hatte.

Die Jahre im Leichenschauhaus hatten den Pathologen abstumpfen lassen, er rauchte zu viele Gauloises und lehnte keinen Joint ab. Tatsächlich kotzte ihn seine Arbeit so an, daß er in seiner Freizeit keinem Problem auswich — zum Beispiel seine Freundin, die ihren Verstand zwischen den Beinen trug (hätte sich die Sache umgekehrt verhalten, wäre sie zweifellos jemand völlig anderes gewesen, das wiederum wäre Metaphysik); sie drohte immer, mit dem Gitarristen einer Rockband aus Hammersmith durchzubrennen, und manchmal tat sie das auch. Nach Einschätzung des Pathologen war der Russe an den Folgen dreier Pistolenschüsse gestorben, lange bevor er auf dem Kipper gelandet war. Und genau das hatte er in seinem Obduktionsbericht auch formuliert.

Als die Bullen auf die Schutthalde kamen, sperrten sie sie erst einmal ab und besahen sich die Leiche, unschlüssig, was sie mit ihr machen sollten. Obwohl eingeübt im Umgang mit Leichen, waren Russen für sie nicht unbedingt etwas Alltägliches, zumindest was russische Einzelteile anbelangte. Um die Wahrheit zu sagen — daß es sich bei dem Toten um einen Russen handelte, erkannten sie erst, als der Beamte, der die Kleidung durchsuchte, neben einem neuen britischen Paß auch einen Zettel mit kyrillischen Buchstaben fand, was die Sache noch mehr komplizierte. Anhand des Paßfotos konnte keine Identifizierung mehr vorgenommen werden, da der Kopf des Toten ungefähr so platt war wie der Londoner Stadtplan, und was von seinem Gesicht übrig war, sagte ihnen nicht mehr als ausgerollter Teig.

Überflüssig zu erwähnen, daß keiner der Beamten Russisch konnte, nicht einmal der Chief Inspector, also rief man nach langem Herumtelefonieren nach Draper. Der warf einen Blick auf den Paß und konnte seine Wut kaum noch unterdrücken. Er nahm den Paß und den Zettel, quittierte den Empfang und sagte kurz angebunden, daß sich seine Leute um den Fall kümmern würden.

Das hier war mehr als ein kleiner Patzer; warum zum Henker hatte Sladden den Toten nicht durchsucht und Zettel und Paß mitgehen lassen? Ihm war nicht nach Lachen zumute, weil er die Antwort kannte: Sladden war wieder einmal von seiner Arbeit so überzeugt gewesen, daß er Grundsätzliches nicht beachtet hatte. Draper war außer sich, daß die Polizei überhaupt von dieser zweiten Leiche Wind bekommen hatte. Fakt war, daß sie gar nicht hätte gefunden werden dürfen. Die Palmyra-Geschichte war gerade noch mal gutgegangen. Aber schon da hatte es kaum Spielraum gegeben; das Untersuchungsergebnis hätte genausogut auf Mord durch Unbekannt lauten können, was außerordentlich peinlich gewesen wäre, während es bei dieser zweiten Angelegenheit einfach keinen Spielraum mehr gab, und das war eine Katastrophe.

Klar, Leichenfunde in Hotelzimmern oder auf Müllkippen zogen Ermittlungen nach sich; so war nun mal unglücklicherweise das Verfahren, und es mußte eingehalten werden. Draper behielt in solchen Fällen gern die Kontolle über jegliches Detail. Er war der Virtuose, und es gefiel ihm nicht, wenn er die Situation nicht mehr im Griff hatte; wie ein ehrgeiziger Dirigent, der sich plötzlich bewußt wird, daß er hinten im Orchester Triangel, Maultrommel oder irgendein anderes kaum hörbares Instrument spielt: allein der Gedanke trieb ihm den Schweiß auf die Stirn.

Obendrein erregte das Auftauchen der Leiche, schlimmer noch, die Tatsache, daß die Polizei sie in Gewahrsam genommen hatte, das Interesse der Öffentlichkeit, das immer dann am größten war, wenn jemand mit heruntergelassenen Hosen erwischt wurde, wohingegen das einzige öffentliche Interesse, das Draper gefiel, das mangelnde öffentliche Interesse war.

Als er, noch immer aufgebracht, vom Polizeirevier zurückkam, wartete in seinem Büro ein gutaussehender, athletisch gebauter Mann in den Dreißigern auf ihn.

»Was wollen Sie?« fuhr Draper ihn an.

»Ich bin Ricky.«

»Ach ja, Gutteridges Nachfolger, gut. Zumindest hoffe ich, daß du gut bist, jedenfalls behauptet man das von dir. Du wirst mit Sladden und mir zusammenarbeiten; nur wir drei. Laß dich von Sladden nicht fertigmachen, das ist nebenbei bemerkt die erste Hürde, die du nehmen mußt. Er macht die meisten Leute fertig; dir wird schnell aufgehen, was ich damit meine. Also, was weißt du über die Sache mit den Russen?«

»Was man mir gesagt hat.«

»Hat man dir auch gesagt, daß wir in Schwierigkeiten stecken?«

»Man hat mich über Bogdan informiert.«

»Da ist jetzt noch der andere namens Oleg.«

»Der Typ vom Kipper.«

»Woher weißt du das?« bellte Draper. »Das ist streng geheim, geheim wie ein Elefantenfriedhof irgendwo in Afrika.«

»Die von oben haben aber alles darüber ausgespuckt«, erwiderte Ricky. »Sie klangen nicht gerade begeistert, sprachen von einem ›typischen Sladden‹, was immer das auch heißen mag.«

Draper zuckte zusammen. »Sladdens Problem ist, daß er sich für normal hält. Ich würde ihn jederzeit austauschen, aber das läßt das Budget nicht zu. Nun, da du über Oleg Bescheid weißt, brauche ich dir wenigstens darüber nichts mehr zu erzählen. Nur eins noch, ich muß den Informationsfluß unter Kontrolle haben, ich hasse undichte Stellen. Jedenfalls ist alles relativ simpel. Oleg und Bogdan haben zusammengearbeitet; beide mußten verschwinden, bevor sie Yuri warnen konnten.«

»Von dem kenne ich bisher nur den Namen. Gibt's sonst noch was über den zu sagen?«

»Ex-Generaloberst Gatov gehörte zum KGB, Gegenspionage«, sagte Draper. »Wir sind schon eine ganze Weile hinter ihm her. Seine Verbindung zu ein paar einflußreichen britischen Kriminellen, die von der Türkei aus operieren, hat uns hellhörig gemacht, ebenso der Charakter ihrer Geschäfte, die sie abwickeln. Hier, lies.«

Er reichte ihm einen Artikel aus der *Sunday Times* vom letzten Monat. »Alan Summerfield, 47, ein in der Türkei lebender britischer Geschäftsmann, wird in Ankara unter dem Verdacht illegaler Lieferungen von Waffen russischer Herkunft im Wert von 75 Millionen US-Dollar und somit wegen eines möglichen Verstoßes gegen UN-Sanktionen festgehalten. Ihm und drei mutmaßlichen Komplizen drohen bis zu sieben Jahren Haft, sollten sie eines geplanten Transports von Waffen, Panzern und Raketenabwehrsystemen aus Rußland nach Angola, in den Irak, Kuwait und in den Jemen überführt und angeklagt werden.«

Ricky schaute auf und sagte: »Schön, wie die das ausdrücken: Raketenabwehrsysteme. Die meinen Gefechtsköpfe.«

»Sicher, aber wir mußten das natürlich etwas harmloser formulieren. Wenn die Leute wüßten, was wirklich los ist, würden alle die Bunker stürmen, vorausgesetzt, es gäbe welche.«

»Summerfield«, sagte Ricky. »Summerfield, der Name sagt mir überhaupt nichts.«

»Wir haben keine Beweise, aber wir wissen, daß er mit einem Mann namens Gates zusammenarbeitet, der sich lieber ein schmutziges Pfund verdient als zwei saubere«, erwiderte Draper. »Wie Summerfield hat auch er Verbindungen zu richtig erfolgreichen Kriminellen, aber bis jetzt haben wir es noch nicht geschafft, ihn auffliegen zu lassen. Er hat sich darauf spezialisiert, internationale Deals zu finanzieren, und Gatov ist da genau sein Fall. Für Gatov hätte es eigentlich nahegelegen, von Deutschland oder Osteuropa aus zu arbeiten, aber da kennen ihn zu viele von der Stasi, und aus Angst, irgend jemand könnte ihm den Schädel wegblasen, ist er nach England ausgewichen. Die Gefechtsköpfe befinden sich im Kaukasus, im siebenten militärischen Bezirk, und Gatov möchte sie verkaufen. Er versucht also, das Geschäft von hier aus abzuwickeln, harte Währung zu bekommen und die Ware mit Schiffen aus Rußland rauszuholen. Für Gatov mit seiner Vergangenheit beim KGB ist das leicht — gibt es irgendwelche Probleme mit den Offizieren auf der Militärbasis, zeigt er ihnen eben ihre Dossiers. Und kannst du dir einen General vorstellen, der scharf darauf ist, arbeitslos zu werden? Daß das

Zeug jetzt aus dem siebenten Bezirk kommt, ist eine neue Entwicklung; vorher kam alles aus dem vierten im Ural. Wir haben Kenntnis darüber, daß diesmal mindestens zwei Wallop-Flugkörper mit C-Kapazität aus dem siebenten Bezirk transportiert wurden, aber unser Problem ist, daß wir keine Informationen darüber besitzen, wohin sie transportiert wurden. Das müssen wir rauskriegen, bevor die Scheißdinger irgend jemandem um die Ohren fliegen, die Dummen könnten nämlich auch wir sein. Wenn ich mir allerdings dein Gesicht so anschaue, scheint dich das nicht gerade aus der Fassung zu bringen.«

»Mir mangelt's an Phantasie«, erklärte Ricky, »das ist mein Problem.«

»Wie wär's mit einem Intensivkurs? In der Zwischenzeit kommen wir noch mal auf Gatov zurück. Er hat hier keine zuverlässigen Kontakte, was uns gelegen kommt. London ist nicht Berlin, Prag oder Warschau, die Typen da hätten sich natürlich saumäßig gefreut. Aber hier gibt's keine Agenten, nur Schwerkriminelle, und die kennen wir genau. Ich habe nicht umsonst sechzehn Jahre bei der Polizei zugebracht.«

»Okay«, sagte Ricky. »Aber es gibt einen Lichtblick. Die Typen, die die Waffen kaufen, schaffen es sowieso nie, sie abzufeuern. Entweder vergessen sie ein paar Teile zu bestellen, oder es stellt sich heraus, daß ein Embargo existiert, oder es ist gerade Gebetswoche, oder sie schrauben sie falsch zusammen. Und sollten sie's schaffen, eins von den verdammten Dingern abzufeuern, würde es wahrscheinlich in ihrem eigenen Scheißhaus landen.«

»Dieses Risiko wollen wir aber nicht eingehen.«

»Sicherlich nicht. Übrigens, was ist eigentlich mit Gutteridge passiert?«

»Man fand ihn mit einer Überdosis Blei auf einer Müllkippe.«

3

Gust erwachte im Männerwohnheim in der Allison Road, die parallel zur Bahnlinie Kilburn Thames verlief. Er war erst 44 Jahre, doch sein Gesicht war eingefallen; er sah an sich herunter und dachte, *mein Gott, du solltest längst in der Gruft liegen, Kumpel,* und die Schatten, die sich auf seinem Körper abzeichneten, unterstrichen das. Draußen zog ein Unwetter herauf, und er verspürte nicht die geringste Lust rauszugehen, aber immer war irgendeine Scheiße zu erledigen.

Heute war der Bewährungshelfer dran, also begann er notgedrungen damit, sich anzuziehen, um dorthin zu gehen. Er war erst zwei Monate raus aus dem Knast, logischerweise mußte alles vorschriftsmäßig ablaufen. Bei dem geringsten Schnitzer würden sie ihn seine Reststrafe absitzen lassen. Er wusch sich, indem er sich eine Handvoll Wasser über den Schädel schüttete, zog seine Hose an und ging hinüber zum Fenster.

Als er gestern um Mitternacht mit dem Zug aus Soho zurückgekommen war, hatte ihm gegenüber ein dicker junger Kerl gesessen, einen Aktenkoffer und eine Plastiktüte voller LPs auf den Knien. Zwischen St. John's Wood und Finchley Road hatte er sich plötzlich vornübergebeugt und Gust auf die Schuhe gekotzt. Gust war nicht gerade begeistert gewesen, aber er hatte sich gesagt, *es ist schließlich nur Bier; habe schon scheußlicheres Zeug rumspritzen sehen.*

Gestern noch hatte eine schüchterne Herbstsonne geschienen, die aber heute morgen schweren Schauern weichen mußte. Ein deprimierendes Bild, wenngleich nichts ihn je wieder so deprimieren würde, wie der Blick aus seiner Gefängniszelle es getan hatte. Am Autoreifendepot gegenüber, diesseits der Schienen, kämpften unter dem dunklen Himmel zwei schwarzweiß karierte Fahnen gegen den Wind an. Von

Nordwesten her waren schon die ganze Woche dunkle Regenwolken, prallgefüllt und wogend wie die Brüste einer dicken Frau während eines Streits, über die Stadt hinweggezogen; was die Fahnen betraf — der Laden war gerade eröffnet worden und hatte gegen die Rezession zu kämpfen, demzufolge waren sie billig und würden bald hinüber sein, wie alles, was nur den halben Preis kostet. An ihren Masten knatternd, versuchten sie, in der Waagerechten dem Sturm zu entkommen, der über dem Brent-Cross-Einkaufszentrum niederging.

Gust schaute hinaus auf die Straße, während die beiden Fahnen heulten, klapperten und mit dem Wetter stritten. Jetzt fing es noch kräftiger zu pissen an; der Regen schikanierte das Pflaster und fegte alte Zeitungen auf die Bäume, er gebärdete sich wie eine wildgewordene Hausfrau beim Frühjahrsputz. Er sah einen bis auf die Haut durchnäßten jungen Mann, den Fuß in Gips, mit einer Aluminium-Krücke zur U-Bahn humpeln. Der Wind nahm an Heftigkeit noch zu; wie zwei dürre Männer, die einander ihr Leid klagten, neigten sich jetzt die Fahnenmasten zueinander, mal stützten sie sich gegenseitig, dann wieder, wenn der Wind gegen die düstere Unwetterfront zurückschlug, wurden sie willkürlich in gegensätzliche Richtungen gedrückt. Gust stellte sich vor, wie die Leute die Köpfe schüttelten und zur Railway Tavern oder zurück zum Barnet-Wohnheim hasteten, je nachdem, wie es um ihre Finanzen bestellt war; er stellte sich vor, wie sie sich in der Nähe irgendeines lauwarmen Heizkörpers ausstreckten, um wieder halbwegs trocken zu werden, und einem Leidensgenossen ihr Schicksal schilderten der ohnedies eingeschlafen war, mit einer Dose Tennents Extra, die aus seiner Tasche hervorlugte.

Er lenkte seine Aufmerksamkeit auf den Wagen, der gegenüber geparkt war, ein dreckiger, weißer Jaguar mit einem L-Nummernschild; er erkannte den Wagen wieder, weil der schon gestern den ganzen Tag dort gestanden hatte. Nicht mal der heftige Regenguß hatte ihn saubergespült. In dem Jaguar saßen zwei Männer, einer von ihnen war fett.

Bullen bedienten sich für gewöhnlich nicht eines Jaguars mit Learner-Nummernschild, Kriminelle schon eher. Er fand den Anblick nicht erfreulich, auch nicht das, was er von den beiden Typen erkennen konnte. Sie hätten natürlich hinter jedem im Haus her sein können, aber sein Instinkt sagte ihm, daß sie es auf ihn abgesehen hatten. Er ging alle Möglichkeiten durch. Wer auch immer sie waren, Mannys Leute konnten es nicht sein, denn mit Manny war alles geregelt. Das Ding mit den Pässen war mit der Präzision eines Schweizer Uhrwerks über die Bühne gegangen, niemand war verletzt worden, und sein Geld hatte er auch schon. Dennoch, er hatte einen schalen Geschmack im Mund und setzte sich aufs Bett.

Nach einer Weile stand er auf, rasierte sich und ging wieder zum Fenster. Der Jaguar stand immer noch da. Gust nahm seinen Walkman und drückte auf Play. Was lief, war der *Fixin' To Die Blues.*

Als er fertig war, verließ er das Haus durch die selten benutzte Hintertür, an der ein Zettel hing: Tür geschlossen halten wegen der Ratten! Der Vermieter. Sie führte zu einem verwahrlosten Hinterhof, wo Mülltonnendeckel und vermodernde Holzlatten zuhauf herumlagen und das Unkraut fast einen Meter hoch wucherte.

Er ging durch den Regen bis zu der halbhohen Backsteinmauer am Ende des Hofes, wand sich mit der Geschmeidigkeit einer Schlange darüber und landete auf einer Baustelle, die zu einer anderen Straße führte. Dann lief er in Richtung U-Bahn-Station, wie alle anderen hielt er den Kopf gesenkt, um sich vor dem Regen zu schützen. Für eine Weile würde er nicht mehr in der Allison Road aufkreuzen, wenn überhaupt jemals wieder, dachte er sich.

4

Als Draper von der Anhörung im Fall Oleg zurückkam, rief er Sladden und Ricky zu sich. »Heute abend wird etwas über ihn in der Presse sein«, sagte er, »das Wesentliche. Gatov liest jeden Tag britische Zeitungen, und so wird er erfahren, daß er noch einen Mann verloren hat. Wenn ihn das nicht veranlaßt, herzukommen, wird ihn nichts dazu veranlassen können.«

»Der ist zu gerissen, um darauf reinzufallen«, sagte Sladden.

»Ach ja?« antwortete Draper. »Ich habe gerade erfahren, daß er sich seinen schönen neuen Paß abgeholt hat, er könnte also schon den nächsten Flug nach Heathrow nehmen.«

»Verlaß dich nicht darauf«, sagte Sladden düster.

»Entweder kreuzt er auf, oder er bleibt, wo er ist, und sieht zu, wie sein ganzes Spiel den Bach runtergeht«, beharrte Draper.

Ricky überzeugte das nicht: »Er hat zwei Männer verloren. Warum sollte er der dritte sein wollen?«

»Gier«, meinte Draper. »Nichts klappt mehr, und das mag er natürlich nicht, er möchte wissen, warum. Er meint immer noch, er könne hier jederzeit reinschneien und uns verarschen, nur wird ihn diesmal eine böse Überraschung erwarten.«

»Nein«, sagte Ricky. »Sladden hat recht. Der Paß, das ist zu offensichtlich.«

»Aber nur weil du weißt, daß er gestohlen ist.«

»Du spielst zuviel Stud Poker, Mann«, sagte Sladden, »das ist dein Problem.«

»Und ich zieh dir damit das Geld aus der Tasche«, sagte Draper. »Aber es stimmt, das hier ist Poker.«

»Mir schmeckt das alles nicht«, sagte Sladden. »Und noch was: ich will Gust loswerden. Der nächste Knast wäre genau das richtige.«

»Du kannst es bloß nicht ertragen, daß er dir so einheizt.

Aber beruhige dich, mit Gust hast du diesmal nichts zu tun. Zunächst einmal will ich, daß du ein paar Worte mit Harry Ford wechselst, damit der uns nicht vom Gleis rollt, da kannst du völlig in deiner Arbeit aufgehen, verstehst du? Wenn du das erledigt hast, treffen wir uns in Heathrow. Und vergiß die Kamera nicht.«

Sladden ging zur Tür.

»Ich hätte da noch ein paar Fragen«, wandte sich Ricky an Draper. Sladden blieb stehen und hörte zu.

»Und?« fragte Draper gereizt.

»Diese beiden Russen hinzuschlachten«, sagte Ricky, »man verzeihe mir meinen Sarkasmus — aber das war wirklich genial.«

»Was ist denn mit dir los?« fragte Sladden. »Hat dir jemand ins Gehirn geschissen?«

»Es war mehr als übertrieben und noch dazu völlig überflüssig.«

»Warum widmest du dich nicht gleich einem Bibelstudium?« höhnte Sladden.

»Das waren bloß Handlanger, praktisch Lakaien.«

»Eben nicht«, sagte Draper. »Bogdan hat Gutteridge erledigt, aber davon abgesehen hätten die beiden sowieso verschwinden müssen. Außerdem haben wir damit die Partie eröffnet. Und was das Risiko angeht, Bogdan und Oleg müssen gewußt haben, daß man das Geld, das Gatov ihnen gezahlt hat, nicht verdient, indem man den ganzen Tag im Pub rumhängt.«

»Was geschehen ist, ist geschehen,« sagte Sladden. »Ging doch alles glatt, das erste Mal. Mein kleines Rendezvous mit Bogdan — wirklich kultiviert.«

»Darauf wette ich«, sagte Ricky. »Ich könnte schwören, du hast ihm tröstende Worte zugeflüstert, ihm den Kopf gehalten für die Kugel und so weiter und so weiter — ich muß nur die Augen schließen und sehe es schon vor mir.«

»Willst du Ärger?«

»Und dann Oleg.«

»Zugegeben, mit Oleg gab's ein paar Probleme. Als er sich plötzlich dem Allmächtigen gegenübersah, fing er aus heiterem Himmel an, mir eine Szene zu machen.«

Mit herablassendem Unterton sagte Ricky: »Ich vermute, du hast nicht einen Gedanken daran verschwendet — aber vielleicht wollte er gar nicht sterben.«

»Dann hätte er eben nicht mitspielen dürfen, oder?« rechtfertigte sich Sladden. »Und außerdem hätte er die Finger von seiner Knarre lassen sollen, als ich ihn mir vornehmen wollte. Das war nicht vorauszusehen, daß er das tun würde, das gehörte nicht zum Plan.«

»Plan?« fragte Ricky. »Es gab keinen Plan. Die ganze Sache war von Anfang bis Ende verpfuscht.«

Sladden lief rot an. »Du unverschämter Bastard. Du hast gut reden. Ihr Phrasendrescher seid doch alle gleich, ihr wißt doch gar nicht, worum es geht. Was soll's, wir sind sowieso abgesichert.«

»Kann man nur hoffen«, sagte Draper, »denn oben könnte es immer noch Turbulenzen geben. Wegen Oleg habe ich mir ganz schön den Arsch aufgerissen, der hätte nie gefunden werden dürfen.«

»Richtig«, sagte Ricky, »vor allem nicht von den Bullen, noch dazu zweiteilig.«

»Bildest du dir etwa ein, du hättest es besser gemacht?« bemerkte Sladden bissig.

»Hört auf jetzt«, sagte Draper. »Hauptsache, wir kriegen Gatov zu fassen, der Rest ist dann unwichtig, da winden wir uns schon irgendwie raus. Was die Schönheitsfehler angeht, wie bei jedem Fehler verschwendet man besser keine Zeit damit, sie ungeschehen zu machen, Schadensbegrenzung ist da schon eher angesagt.«

»Na, hoffen wir mal das Beste«, sagte Ricky trocken, »denn ich kann mich nicht so recht mit dem Gedanken anfreunden, daß die Gefechtsköpfe irgendeinem Fanatiker am anderen Ende der Welt verkauft werden.«

»So wie du quatschst, wärst du am Strand von Margate als Rettungsschwimmer besser aufgehoben«, spottete Sladden, »gut genug siehst du ja aus.«

Ricky sah hinunter auf seine Hände. »Zwing mich nicht, davon Gebrauch zu machen, du bist zu alt.«

»Schluß jetzt mit dem Gerede«, sagte Draper entnervt. »Wir sind hier ein Team, oder? Was Bogdan und Oleg betrifft, in unserem Job muß man ständig Entscheidungen treffen, und mitunter sind es eben die falschen; es ist wie in der Politik. Und jetzt an die Arbeit.«

»Okay«, sagte Ricky, »ich wollte nur eure Meinung hören.«

»Nun hast du sie gehört«, sagte Sladden.

Als die beiden gegangen waren, starrte Draper auf die Wand gegenüber und sann über einen kleinen Vers nach, den er irgendwann im Laufe seiner Jahre in der Abteilung als Motto für sich geschmiedet hatte:

Es dauert lange, bis Behörden sich bewegen,
tun sie's dann endlich, stehen alle im Regen.

5

Sladden ging zu Harry Fords Wohnung in der Frith Street. Inzwischen war es halb zwölf, die Pubs hatten dichtgemacht, und Sladden nahm an, daß auch für Ford Feierabend war, vorausgesetzt, der war noch imstande gewesen, einen Fuß vor den anderen zu setzen. Er ging auf die Tür an der Ecke, gleich neben der El Flyover Pizzeria, zu, über der ein Schild der Sunbite Properties hing. Es war das heruntergekommene, von

Gerüsten verstellte Eckgebäude, dessen Eigentümer es gerade durch einen neuen Anstrich aufmotzen ließ, um sicherzugehen, daß die Freier auch diese Quartiere seiner Mädels zu schätzen wissen lernten. Sladden wollte den Klingelknopf des Apartment 2 drücken, als er es sich anders überlegte und die Tür auf seine Weise öffnete. Das billige Schloß leistete keinen Widerstand und war im Bruchteil einer Sekunde hinüber. Sladden war es egal. Aufgeschreckt vom Krach, kam Ford die Treppe hinunter; seit einigen Tagen erschreckte ihn so gut wie alles, und heute war ein übler Tag gewesen. Den ganzen Morgen hätte er wer weiß was für einen Drink gegeben, aber es gelang ihm erst gegen Ende der Happy Hour, rüber ins Diadem zu gehen, da er Clarice mit dem Einkaufswagen im Supermarkt hatte hinterherschleichen müssen, und das hatte bis zum Mittag gedauert. In der Kosmetikabteilung war sie hängengeblieben, angelockt von den schillernden Flaschen und Tiegeln; besonders die grünen hatten es ihr angetan, und er hatte zugesehen, wie sie mehr und mehr Geld dafür ausgegeben hatte, was reine Verschwendung war, denn die Fläschchen verloren ihren Glanz, sobald sie auf dem schmierigen Badezimmerregal ihren Platz gefunden hatten, außerdem roch das Zeug an ihr so grauenhaft wie ein chemischer Versuch.

»Wer ist da?« krächzte er vom oberen Treppenabsatz. Als er Sladden sah, stöhnte er.

»Ganz recht«, sagte Sladden, »ich bin's, also laß was von deiner Gastfreundschaft sehen, Harry. Laß mich rein und schieb den Riegel vor, hier draußen können wir nicht reden.«

»Worüber sollten wir schon miteinander reden?«

»Vielleicht über dich?«

»Ich habe gedacht, du wärst fertig mit mir.«

»Mit dir bin ich nie fertig.«

»Okay«, flüsterte Harry, »aber weck Clarice nicht auf, sie ist schon im Bett; hatte Bauchschmerzen und glaubt, es sind die

Wechseljahre. Ich habe ihr gerade ein paar Aspirin gegeben. Wie bist du überhaupt reingekommen? Da war ein neues Schloß in der Tür.«

»Jetzt nicht mehr.«

»Bist du verrückt? Jeder dahergelaufene Spinner kann jetzt hier rein.«

»Clarice paßt doch jetzt auf dich auf.«

»Und, bezahlst du das Schloß?«

»Fick dich ins Knie, laß mich endlich rein.«

Es war eine kleine Wohnung, aber Clarice hatte trotzdem nur ein einziges Mal den Staubsauger bemüht. »Was für ein Dreckloch«, sagte Sladden; das waren immer seine ersten Worte, wenn er vorbeikam. »Du solltest dich schämen, bei den Unmengen Geld, die du verdienst.«

»Was soll das?« fragte Ford. »Und denk dran: sei leise.«

»Ich mach soviel Krach, wie es mir paßt, verdammt noch mal.« Sladden ging zu Fords Stuhl, einer Thronrequisite aus einer Richard-III-Inszenierung, und ließ seine 250 Pfund Körpergewicht einfach fallen. Geräuschvoll brach ein Stück Holz aus einem der Stuhlbeine, und der Stuhl neigte sich gefährlich zu einer Seite.

»Paß doch auf«, jammerte Ford, »Clarice sagt, er ist antik.«

»Na und, du und ich, wir wissen es besser. Wir wissen beide, daß das nicht so ist. Wir wissen, daß es bloß ein alter, vergammelter Sessel ist, dem die Füllung vermodert genau wie dir. Und jetzt bring mir ein Bier.«

»Ich komme nur an den Kühlschrank, wenn ich durchs Schlafzimmer gehe, und was ist dann mit Clarice? Das macht zuviel Krach.«

»Scheiß auf Clarice. Bring mir Bier, oder ich gehe selbst ins Zimmer und nehme sie mir vor. Und du kriegst nichts, ich brauche dich hier nüchtern, damit unsere Unterhaltung ergiebig ist.«

Ford kam mit einer Dose Holsten zurück. Sladden riß sie auf und schlürfte lautstark.

»Ich weiß überhaupt nicht, warum du immer wieder hier auftauchst«, beklagte sich Ford.

»Weil du deine Hausaufgaben noch nicht erledigt hast und ich deinen Ehrgeiz ein bißchen anstacheln will. Deshalb schaue ich hin und wieder vorbei, und damit wir auch sichergehen, daß du bei der Stange bleibst.«

»Ich würde nicht schlappmachen, wenn du mich in Ruhe lassen würdest.« Harrys Augen hefteten sich auf die geschlossene Schlafzimmertür.

»Ich weiß, was du denkst«, sagte Sladden, »und wenn du deiner platinblonden Schlampe da drinnen auch nur ein Sterbenswörtchen verrätst, glaube mir, ich krieg's raus.«

»Das würde ich niemals tun. Ich kenne doch die Spielregeln.«

»Ich weiß auch verdammt gut, wie die Spielregeln lauten. Ich will nur sicher sein, daß du das auch noch weißt.« Sladden nahm noch einen Schluck und stand plötzlich auf. »Los«, sagte er, »komm, laß uns einen draufmachen. Ist ja wie auf 'ner Beerdigung hier.«

»Wie, einen draufmachen?« fragte Ford verwirrt. »Mit dir? Wie soll das aussehen?«

»Wart's ab. Irgendwas, was Leben in die Bude bringt.« Sladden kramte in seiner Hosentasche und fand eine lädierte Kassette. »Hier«, sagte er, »das könnte es sein. Jazz. Altes Zeug.« Er wedelte mit der Kassette in der stickigen Luft herum, entdeckte den Ghetto-Blaster in der Ecke und legte die Kassette ein, drehte die Lautstärke voll auf, und die ersten Töne von *Trucking all Night* dröhnten durchs Zimmer.

»Um Himmels willen, nicht so laut!« flehte Harry.

»Scheiß drauf«, sagte Sladden, »beweg die Knochen, Harry, da kommt doch Freude auf, was?«

»Clarice!«

»Los jetzt, laß uns ein bißchen tanzen.« Sladden wirbelte Harry unter seinen stinkenden Achseln durch. »Leg mal was hin, deine Steppschuhe hier sind doch nicht nur dazu da, um geputzt zu werden !«

Hinter der Schlafzimmertür hörte man ein schwaches Stöhnen, doch bevor Harry überhaupt etwas sagen konnte, schleuderte Sladden ihn schon im Takt von sich, so daß er auf die Dielen rauschte. »Laß sie rüberkommen!« grölte Sladden. »Warum nicht.« Er trommelte gegen die Tür. »Kommen Sie raus, Gnä' Frau! Mit dem malvenfarbenen Nachthemd, der blauen Tönung, dem Badeschaum, den falschen Zähnen und allem Drum und Dran. Komm schon, Harry, hol sie rüber, wir wollen uns amüsieren!«

»Nein, sie wird nicht kommen, nicht, solange du da bist, aber später wird sie mir wieder 'ne Scheißszene machen.«

»*Du* lebst mit ihr, du Masochist«, spottete Sladden, »nicht ich.« Er riß Harrys Arm in die Höhe und drückte ihn wieder hinunter, Harry sah aus wie eine Pumpe bei der Erdölförderung. »Das nennst du Tanzen?« brüllte Sladden. »Wenn ich mit meinem Schwanz im Takt auf den Boden schlage, sieht das besser aus!«

Aber Harry war schon am Ende; er taumelte, nach Luft ringend, in der Mitte des Zimmers umher, mit rasselnden Lungen, die Hände in die Magengrube gepreßt.

»Kein Stehvermögen«, sagte Sladden, »ihr kleinen Wichser seid doch alle gleich.« Er drückte ihn auf den Thron, der ein knarrendes Geräusch erzeugte und eines seiner Zuckerrohrbeine bedenklich von sich spreizte. »Also gut«, sagte er und stellte die Musik ab, »kommen wir auf das Geld zurück, das wir in dich investiert haben, mit wieviel stehst du noch bei den Buchmachern in der Kreide?«

»Das ist geregelt, ich habe sie bezahlt.«

»Red keine Scheiße. Du schuldest denen noch vier Riesen. Zahl sie aus, du kannst es dir schließlich leisten. Harry, du bist meine Kapitalanlage, und ich will nicht, daß diese Leute hier vorbeischauen und dich totprügeln.«

»Okay, da ist noch was offen, aber das ist wegen Clarice. Die ist wild auf Klamotten, Schmuck und so 'n Zeug, du weißt schon.«

»Ich weiß nur eins: sie ist ein verdammter Klotz am Bein, und was den Schmuck betrifft, die kennt nicht mal den Unterschied zwischen Ratner's und Asprey's, ihr Verstand hat die Größe einer Erbse. Wo reißt du bloß diese Weiber auf, Harry? In Waterloo?«

»Vergiß es, ich habe keinem was erzählt. Keinem Menschen, auch nicht Clarice.«

»Dabei bleibt's auch, ansonsten kannst du nämlich dein Testament machen. Vor allem, wenn du mit Gust redest.«

»Mit Gust komme ich klar.«

»Kommst du nicht. Du kommst mit gar nichts klar, wenn ich es dir nicht sage.«

»Ich habe keine Angst vor Gust.«

»Nein, überhaupt nicht. Du scheißt dir nur die Hosen voll, wenn du ihn siehst. Du scheißt dir vor mir in die Hosen, vor den Buchmachern, vor Clarice, vor wem hast du eigentlich keinen Schiß?«

Ford stand auf: »Ich muß mal pinkeln.«

»Ich bestimme, wann du pissen gehst, also setz dich, bis ich fertig bin«, blaffte Sladden.

»Was willst du denn noch?«

Sladden drückte die leere Bierdose zusammen und schmiß sie auf den Boden. »Noch 'n Bier.« Als Ford damit zurückkam, fragte Sladden: »Wie steht's mit dir und Manny?«

»Manny und ich sind Freunde, wir verstehen uns gut wie immer, sind sozusagen Blutsbrüder.«

»Wenn der wüßte, daß du mit mir redest, dann wärt ihr wirklich Blutsbrüder«, lachte Sladden. »Dann gäb's hier eine Riesenblutlache auf dem Boden, und zwar von dir, Harry. Du wärst dann ein verdammt toter Blutsbruder. Genauso tot, als wenn ich dir einen Tritt in den Arsch geben würde.«

»Das würdest du doch nicht tun.«

»Wenn du die Schnauze hältst, nicht. Halt dich an die Abmachungen, dann passiert dir auch nichts.«

»Ist ja gut, hör schon endlich auf damit.« Fords Stimme fing an zu zittern.

Sladden fuhr fort: »Wenn wir schon mal bei Gust sind, der steht momentan mächtig unter Druck; der bringt es fertig und stattet dir hier einen Besuch ab. Wenn das passiert, laß ihn nicht rein.«

»Wieso sollte er hierherkommen?«

»Weil er plötzlich nur noch sehr wenige Freunde hat, der hat nicht mal einen Platz zum Untertauchen, Mann, deshalb.«

»Auf mich kann er nicht zählen«, sagte Ford. »Der weiß, daß er sich nicht mal an meiner Scheiße wärmen kann.«

»Das will ich hoffen, sonst hast du ausgeschissen.«

»Hör mal, ich habe meinen Teil getan, mit Manny ist alles im Lot, wir sind quitt. Er hat alles geschluckt, alles ist kosher. Mich interessiert nur, ob für mich alles klargeht?«

»Das kannst du nur hoffen, nicht wahr?« sagte Sladden.

»Was soll das heißen? Als wir alles ausgehandelt haben, hast du so getan, als hätte ich nichts zu befürchten.«

»Na dann sprich mal dein Gebet. Falte deine schmierigen, kleinen Hände, damit es auch so bleibt. Du steckst nämlich so tief drin, daß dir nur noch der Allmächtige helfen kann. Ich komme immer aus allem raus, du offenbar nicht, wenn ich mir deine Vorgeschichte so ansehe; diesmal kannst du vielleicht Glück haben, weil sich deine Interessen mit unseren decken. Aber allzu sicher kann man sich nie sein, Harry, und das dicke Ende kommt immer erst zum Schluß.«

»So hast du mir das aber nicht verkauft. Am Anfang klang das alles ganz anders.«

»Stimmt genau«, sagte Sladden, »du bist ganz schön ins Hintertreffen geraten. Du arbeitest für Leute, deren Motive du nicht kennst, und trotzdem nimmst du unser Geld. Ist nicht mein Fehler, du wolltest es so. Manchmal entwickeln sich die Dinge eben anders, als man gedacht hat, und daran kann auch ich nichts ändern.« Er wälzte sich aus dem Stuhl, und eine Sprungfeder sprang keck und neugierig aus der Polsterung.

Sladden ging zur Tür und öffnete sie. »Mach das mit den Buchmachern klar, Harry, ich sag's dir zum letztenmal, und laß dich nie wieder bei ihnen blicken, denn die fette Schickse in deiner Spritzwiege ist es nicht wert.«

»Eine Frage noch«, sagte Ford. »Seh ich dich wieder? Das will ich bloß wissen.«

»Kann sein, warum nicht?« Sladden drehte sich am Treppenabsatz um. »Übrigens, jetzt, wo du's dir leisten kannst, wie wär's mit einem neuen Gesicht? Deins sieht aus wie das eines Zombies.«

»Sag so was nicht, das bringt Unglück. Bin schon nervös genug.«

»Nervös brauchst du nur wegen mir zu sein«, sagte Sladden, »denk dran.« Er warf die Haustür krachend hinter sich zu, und der blecherne Ton herunterfallender Teile des Türschlosses war im Aufgang zu hören.

6

Was Gust Petal später erzählte, war nicht die ganze Wahrheit über seine Begegnung mit Sladden. Zuerst nahm Gust nur einen Mann wahr, der wie aus dem Nichts neben ihm auftauchte, als er das Büro des Bewährungshelfers verließ. »Du kennst mich nicht, ich dich dafür um so besser«, sagte Sladden. »Nett, nicht wahr?« Er paßte sich Gusts Schritten an, und zusammen gingen sie die Straße entlang. »Nett?« erwiderte Gust, »eher großartig. Klingt nach Sandwich mit Scheiße. Was willst du?«

»Dir 'ne Menge Ärger machen«, sagte Sladden. »Du und ich, Herzchen, wir werden ein paar Takte miteinander reden.«

»Dann benimm dich wie andere Leute«, sagte Gust, »sei höflich.«

»Ich weiß nicht, wieso, aber diese Kunst habe ich nie beherrscht. Du wirst dich schon daran gewöhnen.« Sladden kratzte seinen rötlichen Dreitagebart und die dazu farblich passenden rotblonden Strähnen auf seinem Kopf. Er fügte hinzu: »Ich bin nicht wie andere Leute.« So nah, wie er Sladden jetzt war, wurde Gust rasch klar, was er damit meinte: er roch auf keinen Fall wie andere Leute.

»Du stinkst«, sagte Gust. »Man sagt zwar, daß man seine eigene Scheiße nicht riecht, du solltest aber an deine Umgebung denken.«

»Das habe ich überhört«, sagte Sladden. »Laß uns in einen kleinen, ruhigen Pub gehen und einen nehmen, du wirst es brauchen.«

»Ich soll mit dir einen trinken? Du machst Witze.«

»Ich meine es verdammt ernst und kann dir 'ne Menge Probleme aufhalsen, und die hast du doch schon zur Genüge.«

Gust gefiel nicht, was er hörte. »Wer bist du? Ein Bulle?«

»Nein«, sagte Sladden, »schlimmer.«

»Was kann schlimmer sein als dieser Auswurf?« sagte Gust genervt. »Abgesehen davon, du bist nicht fit genug, um ein Bulle zu sein.«

»Dich mache ich mit einem Arm fertig, Kleiner, also paß auf, was du sagst«, erwiderte Sladden. Sie kamen an einen Pub, und er drängte Gust hinein; so früh am Morgen war der Laden fast leer. »Setz dich da drüben an den Tisch«, sagte er, »ich hol uns 'n Bier.«

Als er mit den Bieren an den Tisch kam, fragte Gust: »Wie bist du überhaupt auf mich gekommen?«

»Ganz einfach, von deiner Sorte laufen genug beim Bewährungshelfer herum.«

»Also, was ist nun mit dir?« fragte Gust. Und dann: »Als ob mich das überhaupt interessieren würde.« Er schob sein Bier beiseite und stand auf.

Sladden stieß ihn zurück auf seinen Platz. »Bleib sitzen, Arschloch. Wir beide werden zusammenarbeiten, und glaube mir, das wird funktionieren.«

»Da liegst du aber hundertprozentig daneben, du Schwätzer. Mit mir läuft absolut nichts, also setz deinen Arsch in Bewegung und hau ab.«

»Ich habe es nicht nötig, dir zu sagen, wer oder was ich bin«, sagte Sladden. »Einem schleimigen Problem auf zwei Beinen wie dir muß ich überhaupt nichts erklären, aber Fragen kann ich stellen ohne Ende, verdammt noch mal. Du bist der Abschaum der Gesellschaft, verstehst du das? Mir fällt kein Grund ein, warum man dich aus dem Knast lassen sollte, aber man hat's getan.«

»Du willst mir also sagen, daß ich nicht sauber bin, ist es das?«

»Kaum bist du draußen, steckst du deine Finger wieder in die Scheiße.«

»Mein Bewährungshelfer weiß, daß ich sauber bin. Er ist wahrhaft entzückt von mir.«

»Bewährungshelfer — die schlucken alles, und viele machen sich nicht einmal die Mühe, es nachzuprüfen; aber ich habe Beweise, daß du wieder ein Ding drehst, ansonsten wäre ich nicht hier. Damit das klar ist, wenn wir das hier hinter uns haben, frißt du mir entweder aus der Hand wie ein zahmes Kaninchen, Baby, oder ich befördere dich mit einem Fingerschnippen dahin zurück, wo du hergekommen bist.«

»Typen, die das Maul so voll nehmen, haben meistens nichts in der Hand, besagt 'ne goldene Regel.«

»Trifft diesmal nicht zu. Jedes einzelne Atom dieser gottverdammten Scheiße, die ich hier bei mir habe, wiegt schwer wie Blei, Sonnenschein, spätestens dann, wenn sie dir um die Ohren fliegen, wirst du es merken.«

»Du glaubst doch nicht im Ernst, daß ich mit dir zusammenarbeite? Sieh dich doch an. Sieh dich an, du bist ungepflegt, dreckig, du wirst fett, bist ja nicht einmal für einen Krüppel 'ne Gefahr.«

»Zu schade, daß wir miteinander auskommen müssen. Aber wenn dieser Job hier erledigt ist, können wir uns ja mal treffen und gemeinsam darüber nachdenken, was du eben gesagt hast. Im Augenblick habe ich jedenfalls alles, was ich brauche, um dich eintüten zu können, also stell meine Geduld nicht auf die Probe, ich habe nämlich keine.«

»Dann sieh zu, daß du dich darin übst. Versuch's mal mit zehn Jahren Hochsicherheitstrakt, wenn du da rauskommst, hast du Geduld für fünf.«

»Du wirst kooperieren«, sagte Sladden, »besser, du gewöhnst dich dran.«

»Kooperieren? Wobei?«

»Und wenn's darum ginge, dem Teufel das Frühstück zu klauen, bei deinem Vorstrafenregister sollte das für dich keine Rolle spielen.«

»Vorstrafenregister?« fragte Gust. »Was das betrifft, verwette ich meinen Arsch, daß deins so lang ist wie mein Schwanz.«

Sie sahen aus wie zwei seriöse Geschäftsleute bei einer Besprechung, und was sie besprachen, war selbst aus nächster Nähe nicht mehr zu verstehen.

»Na schön«, sagte Sladden, »vergiß den ganzen Schrott, du bist in Reichweite, und ich werde zugreifen, betrachten wir es mal von der Seite. Was ich gegen dich in der Hand habe, garantiert dir die fünf Jahre, die noch über deiner Birne pendeln, plus eine ganze Menge mehr; also, quatsch nur so weiter, und ich versichere dir, du wirst mit den Lebenslänglichen Bockspringen üben.«

»Vielleicht«, sagte Gust und lehnte sich über den Tisch. »Aber bevor es soweit ist, siehst du diese Zähne hier an deinem fetten Ohr? Ein Biß, und es ist ab, deshalb, Süßer, was auch immer du aus dem Ärmel ziehst, spiel dich nicht auf wie ein verdammter Klugscheißer.«

»Du bist verrückt.« Sladden rückte blitzartig seinen Stuhl zurück. »Völlig irre.«

»Soll vorkommen, wenn man zu lange im Knast war. Oder glaubst du etwa, jemand könnte da bei klarem Verstand rauskommen?«

»Nein, erst recht nicht du. Trotzdem wirst du das tun, was ich dir sage.«

»Wenn du meinst«, sagte Gust, »na dann laß mal sehen, was du hast ... Wichsvorlagen?«

Das war ein Eigentor, denn Sladden präsentierte einen Umschlag und verteilte den Inhalt quer über den Tisch. »Hier«, sagte er, »wirf einen Blick drauf, du Drecksack.«

Ein Blick auf das erste Foto genügte, und Gust wußte, worauf Sladden abzielte. Da Sladden aber jeden seiner Gesichtsmuskel im Visier hatte, bemühte er sich, jeden einzelnen unter Kontrolle zu behalten.

»Gelungene Aufnahmen, nicht wahr?« sagte Sladden. »Ich kann sogar die Stoppeln zählen, die deine Rasierklinge verfehlt hat. Mir persönlich gefällt das am besten, auf dem du mit Manny, Harry Ford und dem Typen aus der Druckerei aus Mannys Bude kommst. Exhäftling, auf Bewährung draußen, trifft sich mit namhaften Kriminellen, das ist schlecht, Gust, schlecht für dich, meine ich natürlich. Ich für meinen Teil könnte brüllen vor Lachen. Wir reden hier über Pässe, genauer gesagt, tausend brandneue Pässe, die einen Haufen Geld wert sind, wenn man sie auf der Straße dem Richtigen anbietet. Leider ist was schiefgelaufen, und der Beweis liegt hier vor uns auf dem Tisch. Der Typ aus der Druckerei ist nämlich keiner von euch, er ist einer von uns — zumindest jetzt, denn urplötzlich verließ ihn sein Enthusiasmus, und er hat euch verpfiffen.«

»Bisher ist noch nichts passiert«, sagte Gust.

»Was heißt das schon? Die Anklage würde immer noch lauten: Verschwörung zum Zwecke der Vorbereitung eines Raubes; du würdest auf jeden Fall einfahren, und mit deinen alten fünf Jahren im Ärmel, mein Süßer, und ohne Bewährung landest du mit einem Riesenknall im Kahn.«

»Also gut. Dann loch mich doch ein, und alles ist vorbei.«

»Nichts, was ich lieber täte«, sagte Sladden, »aber es geht nicht, also führe mich nicht in Versuchung. Es wird so aussehen, als ob du den Karpfen am Haken hast, wir jedoch an der Schnur ziehen. Du wirst Harry Ford das Zeug bringen. Und Harry wird verdammt genau das machen, was ich ihm sage. Und das Arschloch Farb wird für eure Scheiße blechen. Und ihr drei werdet euch verhalten wie die drei Weisen Affen, und zwar für immer. Den Rest vergessen wir dann einfach.«

»Nein«, sagte Gust. »Wenn ich das tun würde, gäb's ein Riesentrara, und das will ich nicht.«

»Wen zum Teufel interessiert, was du willst?« sagte Sladden.

»Wer hat dir überhaupt gestattet, die Klappe so aufzureißen?«

»Das hat mir jemand ins Ohr geflüstert.«

»Konzentriere dich lieber auf das, was man dir sagt, und mach keine Fehler.«

7

Die drei Männer verbrachten viel Zeit damit, in Heathrow herumzuhängen. Am Nachmittag des zweiten Tages, als die 16-Uhr-Maschine aus Moskau einflog, wechselten sie leicht die Stellung wie Eidechsen in der Sonne, denn sie beobachteten, wie Gatov den Flugsteig der Aeroflot verließ.

»Na, was hab ich gesagt«, sagte Draper.

»Ich weiß«, antwortete Ricky, »ich kann's einfach nicht fassen.«

Gatov war ein Mann mittleren Alters; er trug einen neuen Anzug und darüber einen Burberry; dies, der neue Hut und die blankpolierten schwarzen Schuhe waren nicht die einzigen Details, die Sladdens Mißfallen erregten. Sladden entdeckte rein gar nichts, woran er hätte Gefallen finden können, aber genaugenommen ging ihm das fast immer so, es sei denn, es handelte sich um junge Männer. Oberflächlich betrachtet, machte Gatov einen gutgelaunten, sorglosen Eindruck; doch auf Sladden, der ein guter Beobachter war, wirkte er eher wie jemand, der dringend aufs Scheißhaus mußte. Außer einem Aktenkoffer hatte Gatov nichts bei sich. Er erinnerte Sladden an einen Zweijährigen, der vor seinem ersten Rennen nervös im Führring scharrt. Das zischte er Ricky ins Ohr und fügte hinzu: »Den müßte man mal kräftig an die Kandare nehmen, damit er seinen dämlichen Kopf runternimmt.«

Dann sahen sie dem traurigen Fortgang der Ereignisse zu. Als Gatov sich der Paßkontrolle näherte, nahm Sladden die

Kamera und begann zu filmen. Er murmelte Draper zu: »Der Typ ist ziemlich dreist. Was denkt der, wer wir sind? Amateure?«

»Was sonst?« sagte Ricky. »Die regieren schließlich auch das ganze Land.«

»Was hätte er deiner Meinung nach tun sollen, vielleicht mit 'ner Uzi den Tanz eröffnen?« warf Draper ein. »Und paß auf, daß er nicht sieht, wie du ihn filmst, Sladden, denn wer dich für einen japanischen Touristen hält, verwechselt mich mit meiner Haushälterin ...«

»Ist mir doch egal, ob er das sieht. Soll der Bastard ruhig Nerven zeigen.«

Gatov legte seinen Paß vor, bereit, das über sich ergehen zu lassen, was eigentlich Routine hätte sein sollen, aber es wurde schnell deutlich, daß hier überhaupt keine Routine vorlag; eigentlich ging von Anfang an alles schief. Zunächst war da der Typ am Schalter, der war neu; Gatov hatte ihn bisher noch nie gesehen. Dieser Beamte studierte eingehend seinen Paß, blätterte und blätterte. Schließlich sagte er: »Ich habe noch einige Fragen, Mr. Gregory, treten Sie bitte zur Seite.«

Gatov wurde ungeduldig, und die, die ihn beobachteten, konnten das gut verstehen. »Was soll das?« rief er. »Ich habe einen britischen Paß. Alles ist in Ordnung, ich bin berechtigt, hier durchzugehen.«

»Sie sind zu nichts berechtigt«, sagte der Beamte, »und wie steht es übrigens mit ihrem Englisch? Können Sie mich verstehen, oder benötigen Sie einen Dolmetscher? Es sieht ganz so aus, als könnten Sie einen brauchen.«

»Mein Englisch ist perfekt«, sagte Gatov, »jeder weiß das.«

»Ich nicht«, sagte der Beamte. »Ich bin wohl taub.«

Er wandte sich den anderen Passagieren zu, aber Gatov wollte die Schlange nicht verlassen und tobte weiter: »Lassen Sie mich hier sofort durch!«

»Seit wann geben Sie hier die Befehle«, sagte der Beamte, »das ist allein meine Sache. Und jetzt treten Sie beiseite.«

Gatov schlug einen anderen Ton an. »In Ordnung, kein Problem.« Aber er bewegte sich immer noch nicht.

Inzwischen hatte ein anderer Beamter Gatovs Paß genommen, und Sladden verfolgte durch den Camcorder, wie er die Nummer des Passes in den Computer eingab.

Draper sagte: »Der Sinn des Ganzen ist, ihn schon mal weichzuklopfen. Der Mann am Schalter ist nicht von der Einwanderungsbehörde, er ist einer von uns. Diese kleine Inszenierung soll ihn bloß ein bißchen mürbe machen.«

»Scheint zu klappen«, sagte Sladden, während er filmte.

Gatov stand weiterhin in der Schlange, während die anderen Passagiere allmählich die Geduld verloren. Jemand direkt hinter ihm, der die Sache etwas beschleunigen wollte, trat auf seine neuen Schuhe, Gatov fluchte auf Russisch, und es entwickelte sich eine unschöne, kleine Szene. Die Flughafenpolizei tauchte auf und mischte sich ein.

»Man möchte glatt für ihn beten«, sagte Sladden, als Gatov aus der Warteschlange geführt wurde.

»So etwas habe ich noch nicht erlebt«, sagte Ricky. »Ich habe schon viele von ihnen absaufen sehen, aber das hier ist das reinste Kasperletheater.«

Ohne den Camcorder abzusetzen, sagte Sladden: »Seht ihr?« Natürlich konnten die beiden überhaupt nichts sehen. »Jetzt wird er langsam hektisch. Hey, seht euch den Schweiß an, den er unter diesem Hut produziert. Darauf steh ich.« Er machte weitere Aufnahmen. »Herrliche Bilder, ihr solltet sein Gesicht sehen.«

Ricky überprüfte das Aufnahmegerät in seiner Jackettasche. »Ja, gut«, sagte Draper, »das werden wir brauchen. Vielleicht kriegen wir ein paar Namen aus ihm raus. Der Kerl ist doch wie alle anderen, fängt er erst mal an, hört er auch so schnell nicht wieder auf, von all den Sauriern zu schwärmen, die er alarmieren wird, damit sie uns zuscheißen. Das sickert bei ihm nicht durch, daß die ganze Sache über ihm zusammengebrochen ist. Ein ganzes Jahr Arbeit, Jungs — und hier ist endlich das Ergebnis, phantastisch.«

Sladden murmelte in den Sucher: »Komm schon, du Bastard, schau mich an. Mein Gott, ich wünschte, ich könnte ein paar Bilder für meine Alben behalten, damit ich was zum Blättern habe, wenn ich in Pension gehe.«

»Da mußt du aber noch 'ne Weile am Leben bleiben«, wandte Ricky ein.

»Das werde ich«, sagte Sladden. Er wechselte den Film und sagte zu Draper: »Warte nur, bis wir ihn in die Mangel genommen haben und er den großen Furz läßt. Obwohl, für den einen oder anderen wäre das nicht so gut; für Gust zum Beispiel.«

»Verschwende deine Gedanken nicht an Leute, die entbehrlich sind«, riet ihm Draper.

»Wer, ich?« fragte Sladden mit gespielter Betroffenheit. »Das hat mir bisher noch keiner vorgeworfen.« Er richtete die Kamera wieder auf Gatov. »Dreh dich schon um, Schwachkopf, schön in die Kamera gucken, du Scheißer. Na endlich, was für eine Aufnahme, wunderschön.«

»Vergiß jetzt Gust«, sagte Draper, »konzentrier dich aufs Filmen und halte die Klappe. Du bist schlimmer als eine alte Jungfer, die nur daran denkt, wie sie zu einem Fick kommt.«

»Der Burberry hilft ihm auch nicht«, bemerkte Ricky. Er starrte Gatov an, der auf der anderen Seite der Absperrung stand, flankiert von zwei Polizisten. »Er hätte nicht so dick auftragen sollen.«

»Dafür ist er zu arrogant«, sagte Draper. »Der hält sich für unantastbar.«

Er flüsterte dem Paßbeamten zu: »Wir lassen ihn jetzt durch.«

Der Paßbeamte ließ Gatov warten, bis alle Passagiere durch waren; dann bat er ihn zu sich herüber.

»Bleiben Sie lange?«

»Eine Woche.«

»Urlaub?«

»Ja, aber auch geschäftlich.«

»Was für Geschäfte?«

»Persönliche Angelegenheiten«, sagte Gatov. Seine Stimme hatte ihren selbstbewußten Klang verloren. Sie klang jetzt eher wie die Stimme eines Menschen, dem bewußt wurde, das etwas nicht nach Plan lief. Gatov kannte sich aus damit, wie man den planmäßigen Ablauf der Dinge störte; niemand wußte besser als er, wie man Angelegenheiten dahingehend manipulieren konnte.

»Schaut euch sein beschissenes Kinn an, wie es wieder in die Höhe schießt«, sagte Sladden. »Ich sage euch, der ist wie ein Rennpferd, gleich wird er Schaum vorm Maul haben. Die müssen ihm den falschen Zaum angelegt haben, er ist viel zu reizbar. Nervöses kleines Arschloch, mein Geld hätte ich nicht auf dich gesetzt.«

Endlich gab der Beamte Gatov den Paß zurück. Draper sagte: »Okay, Jungs, fangen wir an.« Er trat seine Westminster aus, und sie folgten Gatov Richtung Ausgang. Sie holten ihn ein, als er den Durchgang halb passiert hatte, und warteten, bis nicht mehr so viele Leute in seiner Nähe waren; dann umstellten sie ihn wie ein Begrüßungskomitee, das sie ja gewissermaßen auch waren.

»Na, da bist du ja endlich, Yuri, alter Freund«, begrüßte ihn Draper. »Guten Flug gehabt? Laß den Paß ruhig draußen, ich nehme ihn schon. Ist sowieso unserer. Wie ich sehe, ist er auf einen Mr. Gregory ausgestellt, macht nichts, Yuri tut's auch.«

»Wer sind Sie?« rief Gatov, aber sehr weit trug seine Stimme die Worte nicht, denn die drei nach Tabak, Kaugummi und U-Bahn riechenden Männer nahmen ihn so eng in ihre Mitte, daß sie seine Stimme mit ihren Körpern nahezu erstickten. Sein Gesicht wurde so hart an ihre Schultern gepreßt, daß er seinen Hut verlor. Sladden stieß ihn mit dem Fuß weg.

»Irgendwas nicht in Ordnung?« fragte ein junger Priester, der eilig vorbeiging. Er blieb stehen, hob den Hut auf und reichte ihn Sladden. Sein Gesicht war das eines mitfühlenden Menschen, der jede unserer menschlichen Nöte zu lindern bemüht ist, aber Zeit hatte er auch nicht.

»Nein«, sagte Sladden. Er ließ den Hut wieder fallen und trat mit dem Fuß drauf. »Aber das kann sich schnell ändern, haun Sie also ab.« Der junge Mann hüstelte, lief rot an, raffte seine Soutane hoch und ging weiter, vernünftigerweise verzichtete er darauf, sich nochmals umzublicken. »Diese übereifrigen Heiligenscheinträger«, sagte Sladden, »auf die scheiß ich, genauso wie auf Schlipsträger.« Unterdessen wurde Gatov gefilzt. Außer seinem Hut war er nun auch den Inhalt sämtlicher seiner Taschen los. Das Hemd hatte man ihm bis zur Hüfte aufgerissen, er wurde abgetastet, befühlt, überall befummelt und gedrückt. Insbesondere Sladden hatte seine Freude an dem Spiel; er ließ es sich nicht nehmen, seine Hand über Gatovs Rücken gleiten zu lassen und ihm den Finger in den Arsch zu rammen.

Das Ganze dauerte keine Minute.

»Also, Yuri, willkommen in England«, sagte Draper. »Du wirst eine Weile hierbleiben. Alles an Gepäck, was du dabeihast?«

Gatov zeigte auf den Aktenkoffer unter Rickys Fuß. Er hatte die Situation offensichtlich nicht ganz erfaßt und versuchte sich sogar noch in einem kleinen Scherz. »Klar doch! Wie sagt man bei euch: Wer mit leichtem Gepäck reist, reist schnell.«

»Stimmt«, sagte Draper, »aber was passiert, wenn man keine Beine mehr hat?« Sie bildeten eine Phalanx hinter Gatov und trieben ihn zum anderen Ende der Ankunftshalle.

»Wohin bringen Sie mich?« fragte Gatov. »Ich will keinen Ärger haben.«

»Wirst du auch nicht«, sagte Draper. »Deine Probleme bist du los, Yuri. Wenn wir mit dir fertig sind, kannst du eine Feldforschung über die Briten betreiben, und zwar über Briten, die ein Tourist nie trifft. Wir schicken dich auf eine, sagen wir mal dreißigjährige Reise nach Parkhurst im sonnigen Süden, ist doch klasse, oder? Es ist hübsch dort, Reizklima mit Seeblick. Man sagt, es sei sogar möglich, den Yachtrennen zuzuschauen, während man Autobahnschilder pinselt — du siehst rosigen Zeiten entgegen, mein alter Schatz.«

»Das ist verrückt«, sagte Gatov, »das ist wie ein Alptraum.«

»Du weißt genau, was für eine Art Traum das ist, Yuri«, sagte Draper. »Du selbst bist oft genug Herr dieser Träume gewesen.«

Unversehens fiel Gatov wieder in diesen herrischen Ton, den er bei der Paßkontrolle an den Tag gelegt hatte: »Ich bestehe darauf, zu erfahren, wer Sie sind«, schrie er. »Sie sind neu. Ich habe bisher nur mit der Polizei zu tun gehabt. Sind Sie überhaupt von der Polizei?«

»Nicht mehr«, gab Draper zur Antwort, »wir sind befördert worden. Wir haben einen Seitenweg eingeschlagen, aber nach oben.«

»Mitunter sogar nach unten«, fügte Sladden hinzu.

»Das kommt der Sache schon näher«, sagte Gatov aufgebracht. »Nicht einmal die russische Polizei benimmt sich wie Sie. Es waren Londoner Polizeibehörden, mit denen ich für gewöhnlich Kontakt hatte.«

»Ich weiß«, sagte Draper, »aber leider hat diese glückliche Phase ein jähes Ende genommen.«

»Ich will Ihre Dienstausweise sehen.«

»Was die Leute zu sehen bekommen, hängt davon ab, wer sie sind«, klärte ihn Draper auf, »und du bist ein Niemand.«

»Das verstehe ich nicht. Wohin bringen Sie mich? Bin ich verhaftet?«

»Verhaftet?« fragte Draper. Er wirkte verblüfft. »Wie könnten wir jemanden verhaften, der verschwunden ist?«

Ricky erklärte: »Verschwunden, einfach in Luft aufgelöst. Es ist dasselbe wie tot sein — es hat jede Menge Vorteile.«

»Billy und Dave könnten mich hier rausholen«, sagte Gatov. »Wo sind sie? Sind sie krank, oder was?«

»Gemeint sind wohl Detective Inspector Holt und Sergeant Dickinson?« sagte Draper. »Die haben ihre Pension ins Auge gefaßt, sich entschlossen, einen langen Urlaub zu nehmen und sich auf das Tagesgeschehen zu konzentrieren, wenn du verstehst, was ich meine.«

»Er will damit sagen, sie sind suspendiert worden«, ergänzte Sladden.

Draper klopfte Gatov auf die Schulter. »Deine Nerven sind angegriffen, Yuri, du brauchst dringend Erholung. Du bist zu häufig um die Häuser gezogen, hast zu oft einen losgemacht, zuviel Geld ausgegeben, zuviel gegessen und getrunken. All die Sexorgien und der ganze Scheiß. Du mußt wissen, wir hier auf der Insel sind ziemlich puritanisch. Jedenfalls hat es mit dem lasterhaften Leben jetzt ein Ende. In Parkhurst werden sie dich schon wieder auf Vordermann bringen. Spartanische Ernährung, viel Sport, gute Gesellschaft, das bringt einen moralisch wieder auf die Beine, ganz im Sinne Lenins. Wenn ich so darüber nachdenke — wir werden versuchen, dich in Flügel B unterzubringen, wo die schweren Jungs sind.«

Im Laufschritt führten sie ihn durch mehrere verlassene Korridore, so schnell, daß Gatov anfing zu hinken.

»Könnten wir vielleicht etwas langsamer gehen?«

Niemand beachtete ihn.

Gatov wechselte die Taktik. »Hört mal, wir sollten uns besser kennenlernen, wir sollten uns mal richtig unterhalten.«

»Das werden wir«, sagte Draper. »Wir werden über eine Menge verschiedener Dinge reden, Yuri. Ein Beispiel: was ist mit dieser Republik, in deren Namen du hier Handel treibst?«

»Ja genau«, sagte Gatov eifrig. »Ich will hier neue Märkte erschließen. Außenhandel. Kaufen und verkaufen.«

»Was denn kaufen und verkaufen?« fragte Draper.

»Na, Gebrauchsgüter, verstehen Sie, Autos, Waschmaschinen.«

»Waschmaschinen?« lachte Draper. »Du meinst wohl die Dinger, die man aus einem langen Rohr abfeuert?« Jetzt lachten alle, außer Gatov. »Ich will dir mal was sagen, Herzchen, wir haben Waschmaschinen im Überfluß hier, und wir werden folgendes tun: wir stecken dich in eines unserer extra heißen Vollwaschprogramme, das dir die Scheiße aus den Eingeweiden treiben wird. Und solltest du nach dem ersten Mal noch nicht rein, sondern nur sauber sein, stopfen wir dich eben noch mal hinein.«

»Nein, ich will ja kooperieren. Es gibt so vieles, was Sie nicht verstehen!«

»Ich weiß«, erwidertete Draper, »und du wirst uns das alles erklären. Und wenn du das getan hast, wird es einen Prozeß geben. Und darüber, was du in diesem Prozeß aussagen wirst, werden wir uns ganz lange unterhalten müssen.«

»Hört mal«, sagte Gatov, »meine Devise ist von jeher dieselbe: Man kommt mit jedem ins Geschäft. Hier geht es um viel Geld, also, was macht es schon, wenn ihr alle Neueinsteiger seid?«

»Du hast überhaupt nichts verstanden«, erklärte ihm Draper. »In dieser Geschichte ist alles brandneu, außer dir natürlich. Denn du siehst verdammt altersschwach aus.«

»Immerhin«, sagte Sladden, »gut zu wissen, daß du Kohle hast. Damit könnten wir in der Stadt richtig einen draufmachen, ich kenne da was in Soho, da würde dein Toupet graue Haare kriegen!«

Sie blieben vor einer Stahltür mit der Aufschrift Airport Police stehen. Draper schloß sie auf. Die Tür führte in ein leeres Zimmer mit knallgrünen Wänden. Es hatte eigentlich wenig von einem Zimmer, eher war es die Sorte Räumlichkeit, in der man darauf wartet zu erfahren, ob man Krebs hat oder nicht. Welchen Szenen auch immer dieser Raum als Zeuge beigewohnt haben mochte, seine nichtssagenden Wände hatten sie alle getilgt. Ein metallener Tisch und zwei Chromstühle fingen das Sonnenlicht ein, das sich durch die Plastikjalousien stahl, und das war auch schon alles.

Sladden knöpfte sich Gatov vor. »Ich habe eine Überraschung für dich, Mary, ich bin schwul, HIV-positiv und möchte mir auf der Stelle deinen braungebrannten Schwarzmeerarsch vornehmen, also rüber in das andere Zimmer. Komm, ich helfe dir.« Das tat er mit Nachdruck, und Gatov rutschte auf Händen und Knien durchs Zimmer.

»Das können Sie mit mir nicht machen!« schrie er und kam wieder auf die Füße.

»Das sagt ihr Gauner immer«, sagte Sladden und trat Gatov die Beine weg, so daß der wieder hinfiel. Es war ein gefliester Zementboden, und Gatov hatte diesmal genug Verstand, nicht wieder aufzustehen. Er rieb sich die Kniescheibe.

»Wieso behandeln Sie mich so?«

»Weiß ich auch nicht so richtig«, sagte Sladden. »Mir ist eben danach.«

»Ich bin bereit zu reden.«

Draper mischte sich ein: »Nein, auf die Schnelle geht das nicht. Wir wollen die ungekürzte Fassung, und das kann Wochen dauern. Du müßtest eigentlich am besten wissen, wie so etwas vor sich geht. Und falls dein Erinnerungsvermögen einer kleinen Auffrischung bedarf, wirst du einfach ein paar Bestrahlungen bekommen. Zieh keine Show ab, denn je mehr du dich beklagst, desto schlechter wird's dir ergehen — das genau sind doch auch deine Methoden, oder?«

»Deine Methoden, Yuri?« fiel Ricky ein. »Und ob, darauf kannst du wetten. Wir haben einen Film, der wurde von einem deiner eigenen Männer gemacht. Da springst du auf den Bäuchen anderer Leute rum, nimmst sie im Verhörzimmer von hinten wie ein Hund. Bist wohl bi, was? Männer, Frauen, Kinder, dir scheint alles recht zu sein — der leibhaftige Romeo!«

»Durchsucht ihn noch mal«, sagte Draper.

Als sie damit begannen, sagte Sladden gut gelaunt zu Ricky: »Das ist wie vierhändig Klavierspielen, Rawicz und Landauer, oder?« Gatovs Kleidungsstücke wirbelten durch den Raum wie trockenes Laub im Herbstwind. Ricky stieß seine Finger in Gatovs Leber, und er jaulte auf.

»Die beiden Männer, die du verloren hast, Yuri, was wolltest du denn ihretwegen unternehmen?« fragte Draper.

»Ich bin hier, um rauszukriegen, warum sie tot sind, natürlich!« rief Gatov, als man erneut auf ihn losging. »Ich will ihre Leichen. Ich will sie nach Hause bringen.«

»Ich glaube kaum, daß dir ohne Paß auch nur eine Fluggesellschaft ein Ticket verkaufen wird«, entgegnete Draper.

»Trotzdem, ich mag romantische Geschichten über Liebe und Freundschaft«, sagte Sladden, »die bringen mich so richtig in Stimmung, Yuri. Warum erzählst du nicht mehr. Während wir's miteinander treiben, kannst du sie mir ins Ohr flüstern.« Er legte einen seiner mächtigen Arme um Gatov. »Ich hoffe inständig, du fängst dir nichts.« Er küßte ihn auf den Mund. »Ich weiß, daß ich das nicht tun sollte«, sagte er ihm, »aber ich kann nichts dagegen tun. Seit Jahren gehe ich deswegen zur Therapie. Aber weißt du, ich sehe nicht besonders gut aus, also muß ich nehmen, was ich kriegen kann. Ich bekomme meinen Schwanz einfach nicht unter Kontrolle. Wahrscheinlich habe ich mich deswegen auch angesteckt, weißt du, immer auf der Piste in King's Cross.« Er machte seinen Reißverschluß auf. »Wie hattest du's denn gern, Schwester? Willst du mir einen blasen? Schau dir mal an, was ich für einen Knüppel habe, ganz schön groß, was? Lieber lutschen, oder soll ich ihn dir hinten reinrammen? Such's dir aus, ich bin nicht wählerisch.«

Gatov kreischte auf, als er Sladdens Schwanz sah; *in der Tat,* dachte Ricky, *wirklich ein Monstrum* ...

Gatov versuchte, sich von Sladden loszureißen, und flehte Draper an: »Der Typ ist ein Tier, bringt ihn hier weg«, aber Draper schüttelte den Kopf.

»Keiner kann ihn mehr aufhalten, wenn's ihn überkommt.«

Ricky beobachtete, wie Gatov winselte und schluchzte und Sladden ihn antrieb, mit einem entrückten Lächeln auf dem Gesicht, seine riesigen Hände schon auf dem nahezu kahlen Hinterkopf des Russen; er beobachtete Gatov, wie der sich ausmalte, was er Sladden antun würde, käme er jemals wieder frei und säße er dann am längeren Hebel.

»Nehmt ihm besser das Gebiß aus dem Mund, es sieht teuer aus, und ich möchte meinen Bengel ganz gern in voller Länge behalten.«

»Stimmt«, sagte Draper, »wir sollten uns sein Maul mal genauer anschauen.«

Ricky zog die Pistole und hielt den Lauf an Gatovs Zähne. »Aufmachen. Los, mach schon, sonst schlag ich sie dir ein.« Gatov versuchte zu sprechen, und Ricky setzte die Pistole wie einen Hebel an, um den Mund vollständig zu öffnen. Er entnahm die Teilprothesen, stocherte mit der Spitze seines Messers zwischen den echten Zähnen herum und reichte Draper dann die falschen. »Nichts«, sagte er. »Was man eben so reicht auf Linienflügen — Beluga, Toast, ein bißchen Rind- und Schweinefleisch, außerdem massig Platz für Sladden.«

»Gut«, sagte Draper. »Keine Kapseln, wir wollen ja nicht, daß er sich selbst um die Ecke bringt, obwohl, wenn ich in seiner Haut stecken würde, ich würde es versuchen.«

»Ich verstehe überhaupt nicht, was dic ganze Aufregung soll«, rief Sladden. »Auf geht's.« Er preßte Gatovs Kopf an seinen Schritt. »Los, Mary, blas mir einen. Komm schon, komm schon, ist das alles, was du drauf hast? Das enttäuscht mich. Wenn ich daran denke, was du mit den Leuten angestellt hast, die du mit deinem Totschläger in Schach gehalten hast, kann ich gar nicht verstehen, warum du auf einmal so pikiert bist. Ich habe geglaubt, du sehnst dich danach.«

Nachdem Sladden gekommen war, zog er den Reißverschluß wieder zu, während Gatov sich das überschüssige Zeug aus dem Gesicht wischte. Er sah vernichtet aus.

Draper sagte: »Okay, Sladden, du hast deinen Spaß gehabt. Und jetzt zu dir, Yuri, fühlst du dich fit genug, um mir zuzuhören? Dann zurück zu den beiden Männern. Du hast sie umbringen lassen, soviel wissen wir, und das hättest du besser nicht tun sollen.«

»Ich weiß überhaupt nichts darüber!« brüllte Gatov.

»Das ist Mord«, fuhr Draper fort. »Damit kommst du hier nicht durch.«

»Ich weiß nur, daß sie tot sind«, rief Gatov. »Das stand in der Presse.«

»Na, lassen wir das für den Moment. Wir haben alle Zeit der Welt. Weiter, wie kamst du an den Paß? Der ist gestohlen, das ist ein schweres Vergehen, ist dir das klar?« Draper bewegte sich vor und zurück und trat dabei mehrmals auf Gatovs nackte Füße.

Ricky fing an, sich zu langweilen. Er hob Gatovs Aktenkoffer auf, trug ihn zum Fenster und besah ihn sich von allen Seiten. Der Koffer hatte ein Zahlenschloß, aber Ricky war das egal; er zerschnitt das Leder einfach mit einem dieser amerikanischen Messer, bei denen die Klinge im Körper steckenbleibt und man den Griff als Totschläger weiterverwenden kann. Er gab Draper die Papiere aus dem Koffer, der ließ sie in seiner Tasche verschwinden. Ricky hatte jetzt nichts mehr zu tun, also ging er, da er das Messer schon mal gezückt hatte, zu Gatov und schnitt dessen Hosenbund durch.

»Allmächtiger, habt ihr das gesehen? Das geht durch wie durch Butter und kommt von Harrod's. Und schaut euch die Unterwäsche an!« Er stieß einen Pfiff aus. »Schwarze Boxershorts mit seinen Initialen.« Er schlitzte die Shorts der Länge nach auf, und sie segelten zu Boden. Gatovs Wangen waren ohne seine Prothesen eingefallen, und er sah um Jahre älter aus. Er versuchte zu sprechen, bekam aber außer einem undeutlichen Gestammel nichts zustande.

»Die kann er jetzt wiederhaben«, sagte Draper und reichte Gatov die Teilprothesen. Gatov setzte sich die Brückenglieder wieder ein. »Ich verlange einen Anwalt.«

»Wie sollte der dich finden?« meinte Draper.

»Ich habe schließlich Rechte!«

»Tote haben dafür keine Verwendung«, antwortete Draper. »Also, dann mal weiter, was passierte mit diesen Pässen? Tausend sind verschwunden.«

»Das solltet ihr mir besser sagen! Ich habe weder was von Pässen gehört, noch habe ich jemals welche gehabt.«

»Was soll denn das nun wieder heißen, du hast nie welche gehabt?« fragte Ricky. »Du warst doch der Käufer, oder?«

»Und einen von diesen Pässen haben wir wiedergefunden, Mary«, sagte Sladden, »noch vor kurzem warst du damit auf Reisen.«

»Ich weiß von nichts!«

»Kennst du jemanden, der Manny Farb heißt?« fragte Draper. »Ein Krimineller aus Süd-London.«

»Nein.«

»Wir wissen aber, daß du ihn kennst.«

»Nein.«

»Lenny Williams, nennt sich der Hammer. Kennst du den? Solltest du aber. Ist einer deiner Komplizen, arbeitet bekanntlich mit Farb zusammen.«

»Noch nie gehört.«

»Und was ist mit Harry Ford?«

»Auch noch nie gehört. Ich habe keinen von denen je getroffen.«

»Du lügst. Was hast du mit dem Überfall zu tun, bei dem die Pässe verschwunden sind?«

»Überhaupt nichts. Klingt nach Kleinkram, warum sollte ich daran interessiert sein?«

»Aber du gibst zu, daß der Paß, den du heute nachmittag bei dir hattest, einer von diesen Pässen war? Du gibst zu, daß du das gewußt hast?«

»Ich gebe überhaupt nichts zu! Ich habe den Paß in Moskau bekommen, ohne was zu ahnen.«

Draper seufzte. »Wir können uns noch lange so im Kreis drehen, Yuri. Ich fürchte, du mußt dir etwas mehr Mühe geben.«

»Macht euch keine Sorgen«, sagte Sladden. »Ich finde ihn einfach zum Anbeißen. Ich kenne die Abkürzung über seinen Hintern, und wir werden Stunden im Bettchen verbringen. Ich gebe meiner kleinen Mary ein paar Gesangsstunden, und sie wird singen wie eine Nachtigall. Überlaßt ihn nur mir, ich liebe alte Tucken.«

»Kommt schon«, sagte Gatov, »laßt uns doch wie Erwachsene miteinander umgehen. Ich kann diesen ganzen Zirkus hier wirklich nicht gebrauchen. Ich bin ein erfolgreicher

Geschäftsmann, und da sind noch 'ne Menge Deals in der Warteschleife!«

»Paß nur auf, daß du die nicht unterbrichst, Yuri.«

»Nun, auch ihr habt euren Preis, und ich habe das Geld.« Man konnte die Verzweiflung in Gatovs Stimme hören. »Ich hab da schon so meine Vorstellung im Kopf, und ich zahle immer in Dollars. Sobald wir in London angekommen sind, kann ich euch einen Haufen Geld bar auszahlen, also, warum arbeiten wir nicht zusammen?«

»Du hast es immer noch nicht kapiert, oder?« sagte Draper.

»Was denn? Ihr wärt schließlich nicht die ersten Bullen, die korrupt sind.«

»Richtig, und schau dir bloß mal an, was mit denen passiert ist. Die sitzen im Bau, genauso wie deine Freunde Holt und Dickinson.«

»Ihr würdet überhaupt kein Risiko eingehen!«

Draper drehte sich zu Ricky um. »Hast du das alles aufgenommen?«

»Ja, aber ein, zwei Sachen sollte ich vielleicht lieber löschen.«

»Lohnt die Mühe nicht«, sagte Draper. »Die einzigen, die daran Anstoß nehmen könnten, sind diese Theoretiker im Verteidigungsministerium; so kriegen die wenigstens mal mit, wie schwer wir unser Geld verdienen.« Er schaute auf die Uhr. »Okay, schaffen wir ihn ins Auto. Ich bin's leid, hier rumzuhängen und mit diesem Stück Scheiße zu reden. Wo ist der pockennarbige Fahrer?«

»Ihr habt was gegen mich, weil ich Russe bin!« rief Gatov. »Ihr Rassisten!«

»Falsch«, sagte Draper. »Meine Einstellung der menschlichen Rasse gegenüber ist denkbar einfach. Ich unterscheide zwischen denen, die ich mag, und denen, die ich nicht mag. Und du gehörst leider zur zweiten Kategorie.«

Im Laufschritt führten sie Gatov zu einem Hinterausgang des Terminalgebäudes, vorbei an ein paar Flughafenbediensteten, die sich nach der seltsamen Gestalt umdrehten, die sich den Hosenbund festhielt, während sie barfuß abgeführt wurde.

Auf dem Weg nach London fragte Gatov, wohin es gehe.

»Zuerst zur Factory«, sagte Sladden. »Für dich einen Haftbefehl besorgen.«

»Factory?« fragte Gatov. »Was soll das heißen? Wollt ihr Corned beef aus mir machen?«

»Voll erfaßt«, sagte Sladden. »Da drehen sie Typen wie dich durch den Fleischwolf.«

»Es muß doch irgendeinen Ausweg geben.«

»Gab's mal«, sagte Draper, »aber du hast ihn verpaßt — Flughafen Moskau.«

»Es wird eine Menge Ärger geben, wenn meine Leute mitkriegen, was man hier mit mir macht!«

»Ärger, von dem du nichts mehr mitkriegen wirst, Yuri«, sagte Draper. »Du sitzt dann schon in deiner Zelle.«

»Und kommst erst wieder raus, wenn du ungefähr neunzig bist«, ergänzte Sladden.

»Und ich dachte immer, Großbritannien wäre ein demokratisches Land.«

»Demokratie ist heutzutage nur noch was für die Show«, erklärte Draper. »Etwas, was man sich auf der Bühne ansieht, Nostalgiekram. Oben im Westend zahlen die Leute 30 Pfund für einen Platz, aber in Parkhurst gibt's zweimal im Jahr kostenlose Vorstellungen, du wirst also nichts versäumen. Laientheater, im Stile von *Ray's A Laugh*, du wirst dich kranklachen.« Sie kamen an der Guinnessbrauerei in Park Royal vorbei, und Sladden warf einen sehnsüchtigen Blick dorthin. »Das ist 'ne Factory, mit der ich was anfangen kann. Jedesmal, wenn mein Blick darauf fällt, kriege ich 'ne trockene Kehle. Ich könnte jetzt gut ein Bier vertragen.«

»Du trinkst zuviel, Sladden«, sagte Draper. »Sag ich dir immer wieder.«

8

Zwei Männer, ein großer und ein kleiner, betraten gegen Mitternacht Marly's Club, sahen sich um, gingen dann rüber zu Gust an die Bar und bauten sich rechts und links von ihm auf. Der Laden war knallvoll. Nach einer Weile fingen sie an, sich über seinen Kopf hinweg zu unterhalten, bepißten sich fast vor Lachen, amüsierten sich über ihn, als ob sein Schwanz aus der Hose hängen würde. Gust stand heute nacht nicht der Sinn nach Aggressionen, denn es gab einiges, über das er nachdenken mußte, also nahm er weiter keine Notiz von den Männern, was sie nur noch mehr reizte; schließlich versetzte der Kleinere ihm einen Stoß. Ob das Absicht gewesen war oder eine bloße Reaktion auf irgendwelche herumtorkelnden, angesoffenen Tänzer, konnte Gust nicht einschätzen. Er betrachtete den Mann eingehender, woraufhin beide sich von ihm abwandten, aber auf so gleichmütige Art, als ginge Gust sie überhaupt nichts an. Sie nahmen das so hin; ihm an ihrer Stelle wäre ein derartiger Blick mächtig auf den Zünder gegangen, erstaunlich, denn sie sahen ziemlich herb aus. Der Größere war rothaarig, hatte Akne und eine Love/Hate-Tätowierung auf den Knöcheln seiner linken Hand; auf dem Handrücken der rechten produzierte ein tätowiertes Auge eine blutige Träne. Der Kleinere hatte dichtes braunes Haar, einen Überbiß und Augenbrauen, die an der Nasenwurzel zusammengewachsen waren, er erinnerte an Rudolf Heß. Beide trugen Jeans und abgewetzte Turnschuhe, und Gust hatte sie bisher noch nie gesehen. Nur in einem war er sich sicher — daß beide schon gesessen hatten. Der Rothaarige drehte sich zu Gust um und stieß ihn noch einmal an.

»Bist du Gust?«

»Ja, und?«

»Einfach nur so. Nimm's nicht persönlich. Wir würden dich ja am Leben lassen, aber leider — wir können's nicht. Was hältst du davon, wenn wir dich hier drinnen erst wegklatschen und dich draußen dann endgültig in die Tonne treten?«

»Ach, wirklich, würdet ihr das tun?«

»Ja, wirklich.«

»Ich schätze, dann geht's jemandem gleich richtig dreckig, ich bin heute abend nämlich nicht versessen aufs Sterben.«

»Was für 'n Pech«, sagte Rudolf Heß.

»Na dann komm«, sagte Gust, »komm schon, wenn du es nicht anders haben willst. Ist billiger als 'ne Runde Sparring im Gym.« Er rührte sich nicht, stellte nur sein Glas hin und wartete ab, wie sie jetzt reagieren würden, vielleicht machten sie ja auch einen Fehler. Es war jedenfalls kein Platz; Leute, die den Tanzenden zusahen, drängten sich gegen sie, und der Sänger peinigte derart das Mikro, daß man auch einen Löwen, der einem direkt ins Ohr brüllt, nicht gehört hätte.

Rudolf neigte sich zu Gusts Ohr: »Schmerz«, krächzte er, »irgendeine Vorstellung, was Schmerz bedeutet?«

»Und ob«, sagte Gust. »Seitdem du hier bist, habe ich Kopfschmerzen.«

Der Rothaarige starrte Gust an, war sprachlos. »Du hast gerade darum gebeten, dich verabschieden zu dürfen«, flüsterte er, »wir machen dich fertig.« Seine Augen hatten die Farbe von trockener Scheiße.

Die Stimmung war inzwischen mehr als ausgelassen, nahezu filmreif. Marly sang jetzt selbst. Vor der Kulisse der Goldbommelvorhänge auf der Bühne knutschten zwei Drag Queens in der Nähe des Klaviers, und ein unbedarfter Tourist fotografierte sie; das Blitzlicht und der Korken einer Astiflasche traten synchron in Aktion. Ein Rausschmeißer ging hin zu ihm und riß den Film aus der Kamera; aufs Fotografieren stand man hier nicht besonders. Marly war voll. Der Song, den er grölte, sägte durch die Menge, und als er fertig war, setzte er sich krachend auf seinen Hintern und schlief ein. Ein Kerl auf Trip verkraftete nicht, daß er an der Tür abgewiesen wurde, und brach an der Brust des Türstehers in Tränen aus; draußen flammten die Scheinwerfer eines Streifenwagens auf, und die Sirene heulte. Der kolumbianische Dealer mit der Rolex und dem 1000-Pfund-Anzug machte sich schlagartig mit seinem Fahrer aus dem Staub — und die Szene war im Kasten. Die Musik bildete die ganze Zeit über den perfekt dröhnenden lautmalerischen Hintergrund. Genau in diesem Moment klingelte das Telefon an der Bar. Ein Kellner, nur im rosa Schürzchen und auf Stöckelschuhen, nahm den Hörer ab, stellte sich auf die Zehenspitzen und schaute fragend in die Menge. »Chris?« flötete er, »irgend jemand hier, der Chris heißt? Telefon für Chris!« Keinen kümmerte es, also knallte er den Hörer wieder auf die Gabel und vertraute sich einer alten Schwuchtel an, die neben ihm stand: »Meine Stimme, diese Arbeit bringt mich noch mal um. Seit ich zehn war, hat sich meine Stimme quasi nicht verändert, habe ich dir das eigentlich schon mal erzählt? Hast du überhaupt gewußt, daß ich nie im Stimmbruch war?«

»Die Arbeit hier bricht dir das Herz, Schätzchen«, sagte das Wrack und strich sich über einen farblosen Bart, »deine dämliche Stimme dürfte dein geringstes Problem sein.«

»Werdet ihr dafür bezahlt?« fragte Gust den Rothaarigen. »Mann, wenn ich du wäre, würde ich einen Haufen Kohle verlangen und abchecken, ob die Lebensversicherung auch für die Beerdigungskosten langt. Deine Freundin wird dankbar sein, wenn sie dafür nicht blechen muß.«

»Es geht nicht nur ums Geld«, sagte Rudolf Heß. »Es macht Spaß, und außerdem darf ich noch mit diesem Messer hier rumspielen.« Tatsächlich, ein Springmesser zielte genau auf einen Punkt oberhalb Gusts Leber.

»Okay«, sagte Gust. »Aber ich geh erst mal aufs Klo. Habe irgendwo gelesen, man soll nicht mit 'ner vollen Blase sterben.«

»Das läßt du schön bleiben«, fuhr der Rothaarige ihn an.

Jetzt wollte Gust es ganz genau wissen. »Hat dieses ganze Theater irgendwie mit einer Lieferung gewisser Dokumente zu tun? Wie zum Beispiel kleine braune Büchlein?«

Sie widersprachen nicht.

»Ich verstehe nicht, was der ganze Aufruhr soll«, Gust wurde ungeduldig. »Das Zeug ist geliefert worden.«

»Ist es nicht«, sagte Rudolf Heß, »das ist das Problem.«

Gust gab ihm den Namen Rudy, wegen der Brauen.

Der Rothaarige reagierte langsam gereizt. »Schluß mit dem Gequatsche, los, bringen wir's hinter uns.« Er grinste Gust höhnisch an. »Wenigstens stirbst du als reicher Mann. Wir wissen, daß du mit 'ner Menge Schotter durch die Gegend rennst, und zwar mit unserer Prämie. Dich wird's nicht jucken, wenn wir's dir abnehmen, oder? Bis dahin bist du sowieso schon im Zustand der Verwesung.«

Ein Mädchen aus dem Tiara kam vorbei und tippte Gust auf die Schulter: »Hallo Gust, wie geht's?«

»Phantastisch«, sagte Gust. Er überraschte Rudy und duckte sich unter dem Messer weg. Mit dem eisenbeschlagenen Absatz seines Schuhs stampfte er auf Rudys Spann, welch ein Glück, daß Rudy Schmerz so sehr mochte, denn hier bekam er mehr als genug davon.

»Kannst jetzt noch nicht einmal mehr wegrennen, was?« grinste Gust. Er trat auf den anderen Spann. Rudy ging zu Boden wie ein gefällter Baum und ließ das Messer fallen. Gust kickte es quer über die Tanzfläche, während Rudy am Boden kauerte und jammernd seine Füße umklammerte. Der Rothaarige versuchte Gust mit einer Rechten zu erwischen, aber Gust blockte den Schlag ab und trat ihm gegen das Schienbein, er vernahm deutlich, wie es splitterte.

»Wenn du aus dem Krankenhaus kommst«, riet ihm Gust, »solltest du etwas für deine Kondition tun. Ich könnte dir da was empfehlen.«

Der Rothaarige kniete vor Gust wie der romantische Liebhaber in einer klassischen Tragödie. Mit geöffnetem Mund sah er zu ihm auf, als bete er ihn an; dann, als der Schmerz ihm ins Bein fuhr, verwandelte sich sein Ausdruck in den eines heuchlerischen Meuchelmörders, der sich beim Postamt nach den Briefen seines Opfers erkundigt.

»Irgendwie habe ich gewußt, daß du und Rudy kein Format habt«, sagte Gust und sah dabei auf Rudy hinunter. »Sie hätten ein anderes Kaliber schicken sollen.« Er dachte bei sich, daß der Kleine wirklich eine gute Besetzung für Heß in dieser neuen Fernsehserie über den Krieg abgegeben hätte, und wäre Rudy einer seiner Kumpel, hätte er ihn sicher einem befreundeten Regisseur empfohlen. Aber da Rudy keineswegs sein Kumpel war, trat ihm Gust in den Magen, als er versuchte, sich an der Barleiste hochzuziehen; Gust ließ von ihm ab, um nach dem Rothaarigen zu sehen.

»Und wie geht's dir, Kleiner?« fragte er ihn. »Alles klar?« Mit Daumen und Zeigefinger packte er den Mann am Ohr. Verglichen mit seinem Kopf, war das Ohr des Rothaarigen sehr klein, in der Ohrmuschel wucherten etliche Härchen, und darüber hinaus war es dreckig. In einem Glas auf dem Tresen fand Gust einen benutzten Cocktailspieß, den rammte er dem Rothaarigen bis zum Anschlag in den Gehörgang. Als er den Spieß wieder herauszog, war er rot verfärbt, und an der Spitze klebte irgendeine graue Masse. »Ich glaube, ich habe dir gerade das Bein gebrochen!« brüllte Gust.

Aber der Rothaarige hielt die Hand aufs Ohr gepreßt. Es

sickerte Blut hervor, und er schwankte vor und zurück und stammelte nur noch zusammenhangloses Zeug.

Vielleicht war auch einfach nur die Musik zu laut.

Der Rothaarige tauchte ab. Da er keine Anstalten mehr machte, sich zu erheben, wußte Gust, daß er den Spieß zu tief hineingestoßen hatte. Jetzt holte Rudy zum Gegenschlag aus. Eine Hand krampfhaft am Tresen, um das Gleichgewicht zuhalten, gelang es ihm mit der anderen, ein Glas zu zerschmettern.

»O nein, Rudy«, sagte Gust, »so nicht.« Er wehrte den Angriff mit dem Unterarm ab und trat dem Mann nochmals auf den rechten Fuß. Diesmal konnte er sogar spüren, wie die Knochen splitterten. Rudy schrie auf und war im Begriff, zu Boden zu gehen.

Doch Gust verhinderte das, indem er ihn in Taillenhöhe umklammerte und den Reißverschluß seiner Hose aufriß; er tastete in der Unterhose nach Rudys Eiern und zog sie mit einem Ruck heraus. Sie stanken nach den fauligen Überresten einer Kantinenmahlzeit, aber Gust griff zu wie der Teufel, bis Rudys Quietschen die D-Moll-Tonart der Musik traf.

»Wie anfangs schon gesagt wurde, Rudy, nimm's nicht persönlich«, erklärte ihm Gust, »aber ich befürchte, es braucht seine Zeit, bist du wieder zustoßen kannst.« Er riß Rudys Kopf zu sich heran und zerschmetterte dessen Nase mit einer Kopfnuß. Die Musik wechselte dröhnend in eine E-Dur-Modulation, und Rudy sank unter einen Barhocker.

»Genehmigt euch einen Drink«, sagte Gust im Gehen, »und viel Spaß weiterhin.« Der Kellner mit der Stimme eines Zehnjährigen kam herbeigelaufen und hielt sich die Schürze vor den Mund.

»Oh!« kreischte er, »Oh, mein Gott!« Das war alles, was er zustande brachte, aber es war wenigstens etwas; ansonsten kümmerte sich niemand darum.

»Nimm's dir nicht so zu Herzen, Daphne«, sagte Gust. »Die haben aufs Vorspiel verzichtet. Vielleicht wollen sie noch ein Taxi.«

»Wohl eher einen Sarg«, schniefte der Kellner. »Ich habe dich beobachtet!«

Gust tippte ihm auf die Brust. »Wenn ich du wäre, Daphne, wäre ich vorsichtig mit dem, was ich sage«, sagte er kalt, »du hast gar nichts beobachtet.«

»Wenn ich Blut sehe, falle ich in Ohnmacht!« stöhnte der Kellner.

»Solange es nicht dein eigenes ist«, sagte Gust, »hast du verdammt Glück gehabt.«

Gerade rechtzeitig kam der Freund des Kellners und nahm ihn bei der Hand. Schluchzend verschwanden sie durch den Personaleingang. Rudy hatte es inzwischen geschafft, sich mit dem Rücken zur Bar aufzurichten. Er hatte einen Turschuh ausgezogen und nahm abwechselnd jeden seiner Füße in beide Hände. Gust hätte ihm sagen können, daß es Quatsch war, den Schuh auszuziehen, wenn er vorhaben sollte, davonzuhumpeln. Den Schuh würde er auf keinen Fall mehr anziehen können, beide Füße waren gebrochen. Der Manager kam vorbei; Gust war mal Rausschmeißer bei ihm gewesen.

»Was ist denn hier los?« fragte er. »Gibt's Ärger?«

»Ich glaube, du wirst keinen Ärger mehr haben«, sagte Gust, »jedenfalls nicht durch die.«

Der Manager schaute sich die beiden Männer kurz an: »Ich kenne keinen von denen. Wie sind die überhaupt hier reingekommen?«

»Keine Ahnung, ich habe sie auch noch nie gesehen.«

»Hast du gesehen, was passiert ist?«

»Nein, ich wünschte, ich hätte, aber die hatten's wohl aufeinander abgesehen.«

»Immer diese Schlägereien. Diese Fotzen knallen sich voll

und blicken einfach nicht mehr durch. Ich räume sie später weg, kümmert doch sowieso keinen.«

»Stimmt. Übrigens, einer deiner Kellner heult sich auf'm Klo die Seele aus dem Leib. Er ist dünn, hat 'n Fistelstimmchen und eine reichlich hysterische Lebenseinstellung; er trägt lediglich Netzstrümpfe und eine rosa Schürze«, Gust steckte dem Manager fünfzig Pfund zu. »Bevor er irgendein unsinniges Telefonat führt, würde ich gern ein paar Takte mit ihm reden.«

»In Ordnung.« Der Manager nahm das Geld. »Ich regel das.« Er ging zurück an seinen Tisch, wo er eisgekühlten Champagner trank und mit seinen Freunden pokerte. Die Bullen kamen spät und wirkten nicht sonderlich engagiert, da ihnen Marly regelmäßig zum Monatsende ihren Anteil zusteckte. Gust beeilte sich trotzdem, zum Ausgang zu kommen. Er drängelte sich an tanzenden Paaren vorbei, die sich gestört fühlten. »Sorry, muß mal an die Luft«, murmelte er, »mir ist 'n bißchen komisch.« Damit teilte er die Menge wie Moses die Fluten. Beim Hinausgehen winkte ihm Marly über den Rand seines Wodkaglases hinweg zu. »Willst du schon gehen, Gust? Bleib doch noch auf einen.« Gust schüttelte den Kopf. »Nein, heute nicht. Vielleicht morgen. Übrigens, Marly, ich war heute abend nicht hier.«

»Alles klar«, sagte Marly, »habe dich nicht gesehen.«

»Du bekommst Besuch, Mann.« Gust deutete mit dem Kopf zu den Bullen, die mit gezogenen Waffen auf die am Boden liegenden Gestalten zugingen.

»Scheiße«, sagte Marly, »irgendein Idiot muß sie gerufen haben. Noch dazu ist es dieser Inspector, nicht mein zuvorkommender Sergeant Rawlings. Na dann, gute Nacht.«

»Mach's gut«, sagte Gust. Zusammen mit neun oder zehn anderen Leuten verließ er den Club, und da die Bullen gesehen hatten, daß er mit Marly redete, ließen sie ihn abziehen.

Es war halb drei, als er draußen war. Der heftige Regen hatte etwas nachgelassen und peitschte nur noch in Schüben um die Ecke der Brewer Street; der Wind, der ihn durch die Luft trieb, ließ das tote Laub klingen wie schnelle Schritte eines Nachtschwärmers, der einem Taxi hinterherrennt. Er ging bis zur Bushaltestelle Regent Street, aber weder Nachtbusse noch Taxis kamen vorbei. Allison Road kam nicht in Frage, also wußte er nicht, wohin er jetzt sollte, er wußte nur, er wollte weg von hier. Es war schneidend kalt. Eine alte Frau, in zwei Mäntel gehüllt, döste inmitten von Waitrose-Tüten auf dem Bürgersteig vor sich hin; eine andere, um die vierzig, fett, ging, in ein Selbstgespräch vertieft, die Faust reckend und an die Wände spuckend vorüber. *Die ist auf Crack,* dachte Gust geistesabwesend, *die dreht bald ab.* Die Knöchel seiner Hand waren wund nach der Schlägerei, und er lutschte an ihnen herum. An die Haltestelle gelehnt, sah er die Straße entlang, wie sie sich nordwärts wie ein eiskalter Krummsäbel gen Oxford Circus wand, die Schneide verziert mit einer endlosen Reihe von Zu-vermieten-Schildern, die den Aufschwung bezeugen sollte, den die Regierung versprochen hatte.

Das Geräusch eiliger Schritte hallte in den stillen Straßen wider, und Gust fragte sich, ob die beiden Kerle im Marly's noch Verstärkung hatten. Irgendwo rief ein Mann, dann, nach einer Pause, schrie eine Frau um Hilfe. Augenblicklich fing es wieder an zu regnen, und die vereinzelten Tropfen hinterließen auf der Haut ein Gefühl von Eis. Er mußte zusehen, daß er wegkam von hier, aber er hatte lediglich Fünfzigerscheine im Wert von siebzehntausend Pfund dabei, und er sah überhaupt keine Möglichkeit, damit ein Busticket zu lösen und auch noch Wechselgeld zu erwarten, denn selbst wenn noch ein Bus auftauchen würde, wäre der sicherlich halb leer. Außer einer einzelnen Pfundmünze besaß er kein Kleingeld mehr, das war alles bei Marly's draufgegangen. Schließlich zog er doch einen Fünfziger raus, überlegte es sich dann wieder anders; ein solcher Schein würde dem Fahrer nur helfen, sich Gusts Gesicht zu merken.

Und das war das letzte, woran ihm gelegen war. Ihm war im Augenblick nur daran gelegen, vergessen und ignoriert zu werden, unbemerkt verschwinden zu können, als hätte er nie gelebt, als hätte kein Mensch je von ihm gehört, als hätte er nie exisitiert.

9

Gust ging zu Harry Ford und klopfte an die Tür. »Hey! Ich bin's«, rief er und stieß dann leise hervor: »Los, mach schon, verflucht.« Nichts rührte sich, dabei war er sich verdammt sicher, daß Ford zu Hause war. Aber Harry war äußerst vorsichtig und ging nachts nie an die Tür. Er hatte Angst davor, daß ein Eintreiber vom Buchmacher vor der Tür stehen oder irgendein Irrer mit einer abgesägten Schrotflinte ihn begrüßen könnte.

Wie eine ganze Reihe anderer Leute hatte auch Gust nie viel von Harry gehalten.

Schließlich gab er es auf und ging hinunter auf die Straße zu einer Telefonzelle. Bei einem Obdachlosen tauschte er seine Pfundmünze gegen ein 50-Pence-Stück, da die Apparate von *British Telecom* Pfundmünzen nicht akzeptierten. Der Berber konnte es kaum fassen. »Fünfzig Pence für ein Pfund? Das haut doch nicht hin!«

»Nein, aber heute ist dein Glückstag«, sagte Gust. Er verschwand in der Zelle, schmiß die Tür hinter sich zu und stemmte den Fuß dagegen, damit sie geschlossen blieb. Dann wählte er Harrys Nummer. Das Telefon am anderen Ende klingelte ewig. Als endlich abgenommen wurde, sagte Gust wütend: »Ich bin's, Gust. Ich habe eben fast deine Tür eingeschlagen, warum zum Teufel hast du nicht aufgemacht?«

»Woher sollte ich wissen, daß du das warst? Und überhaupt, bist du verrückt geworden, du sollst mich doch nicht anrufen!«

»Ich weiß nicht, wohin, deshalb rufe ich an. Ich muß irgendwo pennen, der Fußboden würde reichen.«

»Hier kannst du nicht bleiben«, entfuhr es Ford. »Das läßt Clarice nicht zu. Wieso gehst du nicht zu dir?«

»Geht nicht, da werde ich beobachtet. Irgendwas ist danebengegangen, keine Ahnung, was. Ist jetzt auch egal, ich muß mich unbedingt etwas frisch machen und ein paar Stunden schlafen.«

»Woher willst du wissen, daß was danebengegangen ist?«

»Weil zwei Typen bei Marly's vor einer Stunde versucht haben, mich umzulegen. Aber da steckt mehr dahinter, anscheinend sind jetzt alle hinter mir her.«

»Warum?«

»Die beiden Kerle haben behauptet, sie hätten die Ware nicht bekommen. Das wäre ein Grund.«

»Unmöglich.«

»Scheißegal, ob's stimmt oder nicht, sie gehen davon aus.«

»Was soll's, du hast jedenfalls deine Kohle bekommen, was ist denn jetzt noch der Haken bei der Sache?«

»Ich kann's nun mal nicht leiden, wenn Leute mich umbringen wollen, das ist der Haken bei der Sache.«

»Woher weißt du, daß das mit der Lieferung nicht gelogen war?«

»Sei nicht blöd«, sagte Gust. »Ohne Grund jagt dir schließlich niemand Londons Mob auf den Hals.«

»Okay, aber was mich angeht, ist alles kosher. Wenn irgendwas schiefgegangen sein sollte, hat's mit mir jedenfalls nichts zu tun.«

»Hör zu, es geht nicht darum, was mit wem zu tun hat, es geht darum, daß die versuchen, mich umzulegen. Also bitte, ich kann hier nicht die ganze Nacht rumstehen, das Geld ist gleich zu Ende, also mach schon auf.«

»Tut mir leid, ist nicht drin.«

»Paß auf, ich habe gerade eine Schlägerei hinter mir, und auf 'ne weitere bin ich nicht scharf. Aber wenn du mit Worten nicht zu überzeugen bist, dann komm ich eben vorbei und schlag die Tür ein und deine Scheißvisage dazu. Also, was ist dir lieber, Harry? Such's dir aus: Kopf dran oder ab?«

»Du bist verrückt. Du bringst uns beide noch in den Knast.«

»Wär ich momentan nicht abgeneigt. Ein paar Gitterstäbe und einige Zentimeter Beton zwischen mir und diesen Typen ist keine schlechte Idee. Ich würde mich um einiges sicherer fühlen als hier auf der Straße. Und ich würde dafür sorgen, daß du mit einfährst. Und ich meine es so, wie ich es sage, Harry.«

»Okay«, sagte Harry widerwillig, »dann komm vorbei.«

»Na endlich, wurde auch Zeit.«

Barfuß und nur mit einem Hemd bekleidet, öffnete Harry Gust die Tür. Gust hatte das unbestimmte Gefühl, noch nie weniger willkommen gewesen zu sein als hier. Draußen, auf der Straße, schindete Harry Eindruck in seiner schicken Garderobe, er mimte den Knallharten, und man nahm es ihm ab; aber hier, ohne diese Staffage, sah er eher aus wie eine große Trommel auf dünnen Beinen. Er ließ Gust hinein und führte ihn in das nur von einer Lampe spärlich beleuchtete Wohnzimmer. Ford setzte sich auf die Kante des Sofas, und Gust zog aus der Ecke eine Art Thron zu sich heran, der reichlich durchgesessen wirkte.

»Paß bloß auf mit dem«, sagte Harry, »der hat eine Vergangenheit beim Theater.«

»Ach ja?« erwiderte Gust. »Jetzt hat er auf jeden Fall ein

wurmstichiges Bein, und damit würde er sicherlich nicht länger als bis zum dritten Akt durchhalten.«

»Sprich leise«, murmelte Harry. In seinem Bemühen, Clarice nicht aufzuwecken, die nebenan schlief, zischte er beim Sprechen wie eine leckende Wasserpumpe. »Sie dreht durch, wenn sie aus dem Tiefschlaf gerissen wird.«

»Okay, dann bring mir was zu trinken, vielleicht stellt mich das ruhig, aber ich garantiere für nichts.«

»Ich habe nichts zu trinken, und außerdem hast du hier auch nichts zu suchen. Denn wenn das wirklich wahr ist, was du erzählt hast, dann sind die Typen, die hinter dir her sind, vielleicht auch hinter mir her.«

»Und das würde dir nicht behagen, oder?«

»Wem zum Teufel würde so was schon gefallen?«

»Na dann hast du wenigstens 'ne Vorstellung, wie ich mich fühle.« Gust fiel auf, daß Harry heute noch ängstlicher wirkte als sonst, und er fragte sich, woran das wohl lag. Seit jenem Tag in Mannys Wohnung, als Harry neben dem Hammer saß, während Manny den Deal erläuterte, hatte er sehr viel eingebüßt von dem sichtlich zur Schau getragenen Selbstbewußtsein; aber das schien jetzt schon eine Ewigkeit her zu sein. Gust hatte Harry an diesem Nachmittag durch die Schwaden von Zigarettenqualm hindurch beobachtet und sich gesagt, *Mann, du hast keinen Mumm, hast nie welchen gehabt.* Damals schien es ohne Bedeutung gewesen zu sein, Harry war nur der Mittelsmann. Aber jetzt, da das Geschäft langsam unangenehm wurde, bekam auf einen Schlag alles eine Bedeutung. »Ich muß heute nacht hier schlafen«, sagte Gust.

»Ich habe dir schon gesagt, daß das geht nicht. Auf gar keinen Fall.«

»Ich weiß absolut nicht, wohin. Schau mal auf die Uhr, es ist drei durch, was schlägst du mir also vor, soll ich auf der Straße übernachten?«

»Warum nicht? Hast du sicherlich schon mehr als einmal getan. Offensichtlich bist du auch einer von denen, die immer nur dann beinhart sind, wenn alles rund läuft.«

Gust beherrschte sich. »Sie sind ja auch nicht hinter dir her, Harry«, sagte er ruhig, »sondern hinter mir. Dein Leben steht hier nicht auf dem Spiel.«

Harry gähnte. »Der Herr hat's gegeben, der Herr hat's genommen. Clarice wird sich fragen, wo ich stecke, und ich weiß nicht, wie es dir geht, aber ich für meinen Teil werde mich jetzt hinlegen.«

»Hör mal, bloß weil du zu etwas Geld gekommen bist, Harry, heißt das noch lange nicht, daß du gleich völlig abheben mußt, du verlierst allmählich den Sinn für Werte.« Gusts Tonfall war immer noch ruhig und umgänglich; eigentlich hatte Harry ihn niemals anders erlebt, dennoch, irgendeine Veränderung mußte ihm aufgefallen sein, denn Harry wurde wachsamer. »Zum letztenmal, Harry, laß mich hier auf deinem Fußboden schlafen.«

»Nein«, sagte Harry. »Ich hab's dir doch gesagt, es ist nicht sicher hier.« Gust reagierte nicht. »Was ist los? Warum siehst du mich so an?«

»Ich habe dich nicht angesehen, ich habe durch dich hindurch gesehen«, sagte Gust, »und mir dabei gedacht, daß du nur ein kleiner, mieser Wichser bist; und ich habe mich gefragt, warum du aussiehst wie ein Stück nasses Zeitungspapier, mit dem sich jemand den Arsch abgewischt hat. Sicher, ich weiß, wir stehen auf ein und derselben Seite, oder?« Er stockte. »Ich glaube, ich weiß das, oder, Harry? Ich weiß das doch, Harry, oder?«

»Wissen? Aber klar doch!«

»Okay, fordere mich also nicht heraus.«

»Das weißt du doch!«

»Du würdest mich doch nicht verpfeifen, Harry, oder?

Würdest du das tun? Würdest du das jemals tun?«

»Nein!«

»Nein. Das würdest du sicher niemals tun, Harry, und das hast du auch nicht getan, oder?«

Harry wurde blaß. »Hat jemand behauptet, daß ich dich verpfiffen habe? Den Bastard bring ich um!«

»Nein«, sagte Gust, »niemand hat das behauptet, es ist nur so, daß ich mich langsam frage, ob du's getan haben könntest.«

»Dich verpfeifen? Was für eine hirnrissige Idee! Um Gottes willen, nein!«

»Gut, das ist sehr gut. Gut zu wissen, daß ich mit einem Kumpel zusammenarbeite, der aufrichtig ist, Harry, du bist wahrhaft ein Prachtstück. Wenn nicht, dann schau dir meine Hände an, nette Hände im Augenblick, aber sie fügen anderen Menschen schreckliche Dinge zu, wenn sich das ändert.«

»Weiß ich«, flüsterte Harry heiser, »klar, weiß ich doch. Mann, ich habe dich schließlich schon ausrasten sehen.«

»Dann hast du auch gesehen, wie es für die anderen Typen ausgegangen ist. Worüber wir hier sprechen, gilt natürlich auch umgekehrt, wenn du mal tief drinsteckst, helfe ich dir ebenso da raus.«

»Ist ja schon gut«, sagte Harry. Er grinste plötzlich, schien Oberwasser zu bekommen.

»Was gibt's da zu grinsen?« fragte Gust. »An irgendwas Lustiges gedacht?«

»Mir fiel nur gerade auf, daß wenigstens ich bei diesem Deal auf der Sonnenseite gelandet bin, für dich sieht es leider nicht so gut aus, aber Fortuna ist eben 'ne launische Göttin.«

Im gleichen ruhigen Tonfall wie bisher sagte Gust: »Du mußt noch eine Menge lernen, Harry.«

»Das gilt sicher auch für dich, obwohl, im Knast hattest du eigentlich genug Zeit dazu«, gab Harry zurück. »Aber was soll's, wenigstens hast du Geld.«

»Wenn wir schon beim Thema Lernen sind, Harry, Banknoten sind nicht kugelsicher«, sagte Gust. Er stand auf. »Soviel weiß ich.«

Harry ging zur Tür und öffnete sie.

»Das war's also«, sagte Gust. »Du schmeißt mich raus. Du gibst mir zu verstehen, daß ich mich hier nicht mal 'n bißchen frisch machen und für 'ne Weile aufs Ohr legen kann.«

»So ist es«, sagte Harry. Er legte den Finger auf den Mund. »Um Himmels willen, geh jetzt, und zwar leise, wegen Clarice.«

»Ich kann's einfach nicht fassen«, sagte Gust. »Ich glaub's einfach nicht. Das kann nur heißen, daß es jemanden gibt, vor dem du noch mehr Schiß hast als vor mir.«

Damit traf er den Nagel auf den Kopf; Sladden saß ihm im Nacken, mehr noch als Gust. Und jetzt, da Gust im Begriff war zu gehen, wurde Harry geradezu mutig. »Ich sage dir, was du tun kannst, Gust, falls du Wert auf meine Tips legst.«

»Und ob, kann's kaum erwarten, von dem Mann, der die Weisheit mit Löffeln gefressen hat, einen Ratschlag zu bekommen, Harry.«

»Du kannst verschwinden, und zwar sofort. Komm mir bloß nie wieder in die Quere, nie, hast du verstanden? Und jetzt verpiß dich.«

»Okay«, sagte Gust. »Habe verstanden. Danke, Harry. Wie ich schon sagte, gut zu wissen, daß man einen Kumpel hat.«

Er ging zur Treppe, und Harry strahlte, die personifizierte Verwegenheit. Er ließ es sich nicht nehmen, Gust sogar den Rücken zu tätscheln. »Mann«, sagte er, »es ist eben schiefgegangen, wirst schon damit fertig werden, denk bloß nicht soviel darüber nach.«

»Ja, du hast recht, werde meine Zeit nicht damit verschwenden. Aber ich gebe dir auch einen Tip, Harry.«

»Kein Bedarf. Ich will nur eins: zurück ins Bett.«

»Nimm das hier mit«, sagte Gust. Er schlug ihm mit der flachen Hand hart wie mit einem Kricketschläger ins Gesicht. »Das ist nur eine Warnung. Das passiert, wenn man einen Freund hängenläßt, Kleiner, vergiß die Lektion nicht. Gute Nacht und angenehme Träume.«

Harry stolperte zurück in die Wohnung, hielt sich den Kopf und schmiß dann die Tür zu. Gust blieb am Treppenabsatz stehen, lauschte, wie Harry in sein Schlafzimmer ging und auch dort die Tür hinter sich schloß, als wäre das eine gelungene Vorsichtsmaßnahme. Gust fragte sich, ob Harry jemals etwas über seine frühere Beziehung zu Clarice erfahren hatte, er hoffte sehr, daß dem so war.

Als er die Treppe hinunterging, erlosch das Flurlicht. Im Schein der Eingangsleuchte fand er den Weg auf die Straße. Um die Ecke war der Dial Club noch offen. Am Eingang flimmerten Lichter rund um eine Neonwählscheibe oberhalb der Silhouette einer halbnackten Frau; es war die Abbildung eines Mädchens in Lebensgröße, sie trug einen schwarzen BH und spreizte ihre Schenkel so weit, daß sie zwanzig vor vier anzeigten. Gust ging hinein. Er glaubte zu wissen, daß dieses Mädchen wohl nie schwärmerischen Träumen nachgehangen hatte; sie könnte mit vierzehn in zerschlissenen Strumpfhosen aus dem Norden gekommen sein und gleich mit der Arbeit angefangen haben. War man erst mal mittendrin, bedeuteten Widrigkeiten alles andere als böse Träume; und wie ein Naturgesetz fielen sie immer denen zu, die sowieso nichts mehr vom Leben zu erwarten hatten. Widrigkeiten waren das reale Kondensat von Alpträumen, und die schlimmsten Alpträume waren immer die, die einen im Wachzustand anfielen.

Das Mädchen, an das er dabei dachte, hieß Petal. Während der paar Monate, die er draußen war, hatte er sie noch nicht getroffen, und er war sich nicht sicher, ob er es versuchen und damit wieder den Schmerz riskieren sollte.

Lust und Schmerz liegen dicht beieinander. Denkst du jemals an mich?

Aber er war sehr lange weg gewesen.

Einige der Türsteher im Dial kannten ihn noch. Er hatte früher aushilfsweise mit ihnen zusammengearbeitet, und das Mädchen, das gerade sang, legte verblüfft das Mikro weg und verließ das Klavier, als sie ihn hereinkommen sah, es schien so, als könne sie sich auch noch an ihn erinnern.

»Hallo, Lynn.«

»Komm, ich lade dich zu einem Drink ein«, sagte sie.

Er schüttelte den Kopf. »Heute nicht. Es geht mir zu vieles im Kopf herum.«

»Angenehmes?«

»Nein. So eine Art kleiner Verrat.«

»Das bringt dieser Lebensstil so mit sich«, sagte sie. »Sag Bescheid, wenn du's dir anders überlegt hast. Wann immer du willst.«

Er bestellte ihr eine Flasche Champagner und sich selbst einen Scotch. »Sing weiter«, sagte er, »*Just One More Chance*, bitte sing das.«

Sie wechselte ein paar Worte mit dem Pianisten, der daraufhin die ersten Takte anschlug, und als sie zu singen begann, kam etwas über ihn, das ihm das Gefühl gab, er wäre neunzig Jahre alt. Und so stand er an der Bar, trank Whisky und dachte darüber nach, was es wohl sein könnte, bis es ihm einfiel: das richtige Lied, aber die falsche Frau.

10

Er schlief einige Stunden am frühen Morgen auf dem Soho Square, frühstückte anschließend bei Valerie's und ging dann über die Straße zu einem Pub namens Flower, in der Hoffnung, Sholly dort anzutreffen. Aber bevor er den Pub betreten konnte, kam ein Mann in einer Bomberjacke, dessen Kopf einer 40-Watt-Birne ähnelte, auf ihn zugerannt.

»Hey! Du da!«

Gust drehte sich um.

»Meinst du mich?«

»Ja«, sagte das Individuum. »Ich bin Pacey, Detective Constable.«

»Tatsächlich?« erwiderte Gust. »Dachte, du bist der Müllmann. Kannst du dich ausweisen?« Er sah sich den Dienstausweis an. »In Ordnung, aber laß uns eins klarstellen, ich vertrag's einfach nicht, wenn Leute auf der Straße hinter mir herbrüllen, es sei denn, es ist ein Kumpel; ich kann dann ganz schön ungemütlich werden. Okay? Also, was willst du?«

»Ich bin von der Poland Street. Letzte Nacht gab's eine Schlägerei bei Marly's, weißt du irgendwas darüber?«

»Nein.«

»Ziemlich harte Sache. Drei Männer. Es gibt Gerüchte, du sollst einer von ihnen gewesen sein.«

»Aha, Gerüchte. Warum ich?«

»Ein paar Leute aus dem Club haben gesagt, du bist zu der Zeit dort gewesen und wüßtest etwas. Stimmt das?«

»Man fragt mich immer, ob ich was weiß, manche scheinen sogar zu glauben, ich kenne die Telefonnummer der Queen. Welche Leute überhaupt? Hast du irgendwelche Zeugenaussagen?«

»Nichts, um es vor Gericht verwenden zu können, nein.«

»Na, dann grab doch erst mal ein paar Zeugen aus, okay?« sagte Gust. »Bis dahin, mach's gut.« Er wandte sich wieder in Richtung Pub.

»Moment mal. Ich frage dich trotzdem, ob du damit was zu tun hast, genau das tu ich jetzt.«

»Nein«, sagte Gust. »Ich sage dir, was du tust: du verbreitest hier verdammt miese Luft, meinst, mich belästigen zu können, nur weil ich ein Ex bin, der auf Bewährung draußen ist. Du hältst dich für einen oberschlauen jungen Bullen vom Arsch der Welt, kommst nach London und denkst dir, du könntest einem Typen wie mir was anhängen, um mich wieder einlochen zu können, denkst dir, hier draußen bin ich überflüssig wie ein Kropf, nicht wahr? Aber eins sage ich dir: da mußt du früher aufstehen, Schätzchen, so wird das nie was.«

»Hätte ich nicht mit ein paar Leuten aus dem Marly's gesprochen, würde ich mich gar nicht mit dir abgeben. Freiwillig würde ich nicht ein Wort mit dir wechseln.«

»Das geht mir nicht anders«, sagte Gust, »und noch was, man sieht's dir meilenweit an, daß sie dich hier frisch ausgesetzt haben. Du kennst doch nicht einmal den Unterschied zwischen Greek Street und der linken Hälfte deines Sacks, du Amateur.«

»Paß auf, was du sagst«, nörgelte Pacey, »ich mache hier nur meine Arbeit.«

»Das ist keine Arbeit, das ist Verschwendung von Steuergeldern. Was für eine Art Arbeit soll das sein? Sich mit einem Pisser zu unterhalten, der mit einem anderen Pisser gesprochen hat, der mit zehn weiteren Pissern über eine Schlägerei geplaudert hat? Dann zu Marly's rüberrennen, den Kopf zur Tür reinstecken und jedem, der's nicht wissen will, erzählen, daß man ein Bulle ist — obwohl, wer sollte dich schon für was anderes halten? —, und sich dann einen Haufen Müll anhören. Wenn du das Arbeit nennst, dann frage ich mich, wieso es hier eigentlich Arbeitslosigkeit gibt, ist mir wirklich ein Rätsel.«

»Dein Name wurde erwähnt.«

»Soll vorkommen. Und jetzt kommst du und behauptest, ich sei gestern nacht bei Marly's gewesen und noch dazu in eine Schlägerei verwickelt worden. Dafür brauchst du aber Beweise.«

»Ich habe nicht gesagt, daß das jemand so direkt ausgesprochen hat; aber stimmt, wenn ich mir den Zustand deiner Hände betrachte, dann liegt der Gedanke nahe, was meinst du? Vielleicht hast du dich ja auch beim Öffnen einer Dose Bohnen geschnitten.«

»Danke dir für den Denkanstoß, aber die Wahrheit ist, ich habe sie mir in einer Haustür eingeklemmt.«

»Es wurde gesagt, daß du zu den wenigen hier in der Gegend gehörst, die zwei Männer so zurichten können.«

»Das ist doch wohl etwas ganz anderes, oder?« sagte Gust. »Das werden dir deine Vorgesetzten ganz schnell klarmachen, von einem Anwalt ganz zu schweigen. Also versuch erst gar nicht, deine Verhaftungsrate zu verbessern, nimm dir lieber mal 'nen Tag frei.«

»Apropos Verhaftung«, sagte Pacey, »dein Vorstrafenregister kann sich auch sehen lassen.«

»Ich sag's ja, ein ehemaliger Häftling zieht automatisch jedesmal den Hauptgewinn. Und, ist das jetzt alles? Hau endlich ab. Du hast vielleicht Nerven, mich hier noch länger vollzuquatschen, schließlich hast du nicht einen gottverdammten Beweis.«

»Verschiedene Leute haben mir gesagt, sie seien sich sicher, euch drei an der Bar gesehen zu haben. Ihr hättet miteinander geredet, und zwar ziemlich lebhaft.«

»Ach, sie sind sich sicher, mich gesehen zu haben. Das war's dann wohl. Und du hörst dir so einen Plunder an und rennst sofort los, mich zu suchen? Ganz schön dreist, ich würde es fast unverfroren nennen.«

»Du hast ja keine Ahnung, wie schwer ich dir das Leben machen kann, Gust.«

»Du willst mir drohen? Statt mich hier weiter anzuöden, solltest du lieber versuchen herauszufinden, ob sie sich nicht gegenseitig fertiggemacht haben, das klingt doch viel wahrscheinlicher, nicht? Oder erklär doch einfach irgendwelchen japanischen Touristen den Weg zum Piccadilly Circus, knie dich einfach mal so richtig rein in die Arbeit; dann kriegst du wenigstens mit, daß die Leute eine Menge faseln, aber nichts gesehen haben wollen, oder, was noch besser ist, daß sie auf einmal das Gegenteil von dem behaupten, was sie dir gesagt haben, sobald sie ihre Aussage vor Gericht wiederholen sollen. Das gilt vor allem für Soho. Ist auch egal, jedenfalls klingt alles ganz danach, als wäre gestern nacht bei Marly's 'ne Menge los gewesen.«

»Ich nehme an, du warst zu der Zeit im Bett, hast gelesen und ferngesehen?«

»Habe ich nicht, aber ich weiß nicht, was dich das angeht. Klingt aber gut, das mit dem Bett, warum nicht? Vielleicht war ich aber auch am anderen Ende Londons und habe ein Bärenauge zum Leuchten gebracht.«

»Ein Bärenauge?«

»Du als verheirateter Mann mit zwei Kindern, irgendwo in der finstersten Provinz da draußen, weißt natürlich nicht, was das bedeutet.«

»Egal, was es heißt, jedenfalls haben mir die Leute weder gesagt, du hättest gelesen, noch haben sie behauptet, du hättest irgendwelche Bärenaugen leuchten lassen.«

»Na und? Die Frage ist doch, ob sie vor Gericht erscheinen und das aussagen, was ich ihrer Meinung nach getan habe.«

»Werden sie nicht, habe ich doch bereits erwähnt.«

»Richtig, denn das hört sich für mich auch nicht danach an, als würden sie irgend etwas sagen, was sollten sie auch sagen, wenn das einzige, was sie noch wahrnehmen konnten, weiße Mäuse waren. Ich weiß, ihr seid unterbesetzt und unterbezahlt, und es gibt 'nen Haufen Krimineller, hinter dem ihr herlaufen müßt. Ich wundere mich nur, daß du deinem Job nicht nachgehst, statt dessen verschwendest du hier mit mir wertvolle Zeit, Zeit, die vom Steuerzahler finanziert wird. Hast du überhaupt eine Ahnung, wie verdammt teuer ihr Bullen seid? Kannst du dir halbwegs vorstellen, was ihr den Steuerzahler kostet?«

»Stopp mal, ich bin noch nicht fertig«, sagte Pacey. »Einer der Männer von gestern beendete die Nacht mit einem Loch im Ohr, ausgehend vom Trommelfell geradewegs ins Hirn, und einem gebrochenen Schienbein; dem anderen hat man die Eier zerquetscht, außerdem wird er nie wieder aufrecht gehen können, weil das Gewölbe beider Füße restlos zertrümmert ist.«

»Seine Schuhe waren wahrscheinlich eine Nummer zu klein, aber ich sehe nicht ein, warum ich dafür in den Knast soll.«

»Das ist noch nicht alles. Die Knochenbrüche sind eine Sache, das ist lediglich schwere Körperverletzung, heutzutage kriegt man fast nichts mehr dafür, aber der Typ mit dem Loch im Ohr, der ist tot, also wird sich wohl oder übel irgend jemand wegen Mordes verantworten müssen.«

»Das hoffe ich. Wer auch immer es war, der das getan hat, er muß ganz schön durchgeknallt sein, also wenn du ihn kriegst, mach ihn fertig. Ist ja geschmacklos. Loch im Ohr, sagst du? Wie ist das denn passiert? Mit 'ner Knarre?«

»Nein, mit einem Cocktailspieß.«

»Was? Großer Gott!« Gust fing an zu lachen. »Tut mir leid,

aber ich kann nicht anders. Du meinst eins von diesen Dingern, mit denen man Fruchtstückchen aufspießt?«

»Das ist absolut nicht witzig.«

»O doch, das ist es. Ich meine, sieht das nach mir aus? Worum ging's denn überhaupt? Zwei Halbstarke, die ein bißchen Zoff miteinander hatten?«

»Ich habe dir schon gesagt, es waren drei«, sagte Pacey, »und du hättest sehen sollen, wie weit das Ding reingerammt war.«

»Vielleicht ging's um Politik. Das ganze Land ist im Moment ziemlich unter Hochspannung, ich nehme an, selbst du liest ab und zu die *Sun* oder so was. Wahrscheinlich Anhänger von Wolly John Major und Duggie Turd Hurd, die sich abends mit zu viel Gin und nackten Kellnern in Rüschenschürzen über die Politik der Tories unterhalten haben, das ist ihnen sicherlich zu Kopf gestiegen. Mann, ich erledige hier sozusagen deinen Job, hör dir das an.«

»Das waren zwei ganz schwere Jungs von außerhalb.«

»Junge, da gibt es Typen, die halten sich für schwere Jungs, dabei sollten sie besser in Filzpantoffeln ihrer Mutter 'ne Tasse Kakao machen.«

»Jedenfalls ist es Mord«, sagte Pacey, »und hör auf, mich zu verscheißern.«

»Dann zeig nicht jedem in der Gegend die Bremsspur in deiner Unterhose«, sagte Gust.

»Paß auf, wen du vor dir hast. So viele Freunde hast du nicht, daß du dir Feinde leisten kannst, schon gar nicht uns.«

»Keine Ahnung, wen ich vor mir habe. Da war doch letztens dieser Detective Constable, soll eine schwangere Frau hinterm Supermarkt erwürgt haben, war ungefähr dein Alter. Du kannst mir aber beweisen, daß du ein anständiger Kerl bist, leih mir fünf Scheine, und schon bist du auf dem besten Weg, mein Kumpel zu werden.«

»Später, beim Saubermachen, hat man auf dem Boden noch ein Springmesser gefunden. Am anderen Ende des Ladens, gegenüber vom Tatort.«

»War sicherlich noch jemand klar genug im Kopf, um das Ding wegzukicken, und solange man es auf dem Boden gefunden hat und nicht in irgendeinem Körper, hat es doch keinen Schaden angerichtet, oder?«

»Es ist und bleibt eine unerlaubte Waffe.«

»Dann versuch mal, schnell rauszukriegen, wem sie gehört. Irgendwelche Fingerabdrücke?«

»Nur die des Besitzers.«

»Na, das ist nicht gerade ein befriedigendes Ergebnis, oder?« sagte Gust. Er schaute zur Kirchturmuhr von St. Anne's. »Na gut, ich muß weiter.«

»Du kannst mir also in dieser Sache nicht weiterhelfen?«

»Nein, und so wie du die Sache schilderst, bin ich nicht der einzige.«

»Wenn du was hörst ...«

»Klar, aber dazu wird's nicht kommen, weil ich nämlich nie zuhöre. Diese Einstellung kann ich übrigens nur empfehlen hier in dieser Gegend.«

»Noch was, wo wohnst du zur Zeit?«

»Frag meinen Bewährungshelfer. Er ist bestens informiert.«

»Zum Beispiel letzte Nacht, wo bist du da gewesen?«

»Im Eingang eines Buchladens auf der Charing Cross Road, randvoll mit Büchern mit Horrorgeschichten. Geschützt vorm Regen, mit einem schönen, trocknen Karton; war 'n richtiger Tiefschlaf, nachdem ich erst mal die alten Bierdosen entsorgt habe, und sonst noch was?«

»Allerdings«, sagte Pacey, »das ist mir alles zu glatt.«

»Dann hau doch einfach ein paar Beulen rein, aber bitte, verschwende dafür deine Zeit, nicht meine. Wir sehen uns.«

Er stieß die Tür zum Pub auf, aber Pacey folgte ihm nicht.

Sholly war nicht da, und Gust bestellte sich ein Bier. Kurz darauf kam einer der Barkeeper auf ihn zu und drückte ihm einen Brief in die Hand. Gust öffnete den Umschlag und las das Gekritzel:

Warte nur bis ich aus dem Krankenhaus komme du Schwein hältst dich wohl für nen Amateurboxer hast einen übern Durst getrunken und meinen Freund umgebracht ich weis alles über dich du hast meinen Freund umgebracht, was hast du überhaubt gemacht du Sau du gehst mir nich nochmal durch die Lappen du dreckiges dummes Arschloch sie werden dich finden, die Bullen, tu mir einen Gefallen und steck deinen Kopf innen Gasofen oder spring vorn Laster du und deine halbgare chinesische Brut von Freundin ich bete um deinen Tod du Schwein so schnell wirst du nicht nochmal in den Club gehen sie hätten dich UMLEGEN sollen du Abschaum wenn du das liest wirst du lachen aber du sizt in der Scheiße, du stirbst bald.

Er hielt ein brennendes Streicholz an den Zettel und sah zu, wie er langsam verbrannte.

11

Es war später Nachmittag, als Gust den Pub verließ. Er ging die Dean Street in nördlicher Richtung hinunter zum Tiara Club, immer noch auf der Suche nach Sholly. Hier war er schließlich und hockte an einem Ecktisch; Gust glitt mit der Hand unter Shollys Pelzmantel und packte ihn bei der Schulter, die sich irgendwie talgig anfühlte wie kaltes Hammelfleisch. Sholly sprang auf.

»Keine Panik«, flüsterte Gust ihm ins Ohr. »Deine Reaktion wäre zu langsam gewesen, wenn ich's ernst gemeint hätte.«

Sholly war kein Held. Niemand wußte, ob er überhaupt Sholly hieß, irgendwie klang es wie Sholly und paßte auch zu den unzähligen Geschäften, die er in Bars abwickelte, den Kragen des Pelzmantels selbst an heißen Tagen stets hochgeschlagen. Er war noch nicht vierzig, aber bei seiner Vergangenheit mußte er einfach alt aussehen. Als er vor Jahren erstmals auf der Bildfläche erschien, sondierte er Soho im Auftrag des KGB im Austausch für eine Aufenthaltsgenehmigung und ein paar Pfund die Woche, obwohl seine Ausbildung in Smolensk so mies gewesen war, daß er einen schwulen Bediensteten mit revolutionären Ambitionen aus dem Verteidigungsministerium nicht von einem gewählten Mitglied des Oberhauses auf Sauftour unterscheiden konnte. Er stapelte so hoch, daß er Leuten sogar auftischte, er spiele Kricket, und nach dem elften Bier hinzufügte, er sei früher Colonel gewesen. Jetzt aber, da es die Sowjetunion nicht mehr gab, kümmerte er sich in Ermangelung anderer nur noch um seine eigenen Geschäfte.

»Was willst du?«

»Eine Knarre, was sonst«, sagte Gust, »was denkst du denn, was ich will? Dein Adreßbuch? Ich möchte was Handliches, keinen Schrott und keine von diesen russischen Neunmillimeterkanonen, ich habe nicht vor, einen Kronleuchter von der Decke zu schießen.«

»Also eine .25er.«

»Nein, keine .25er. Ich brauche eine .38er ohne Vergangenheit.«

»Die kann ich beschaffen«, sagte Sholly, »aber das wird dich einiges kosten. Wenn sie sauber sein soll — zweihundertfünfzig, auf der Straße würdest du drei bis vier Scheine hinblättern müssen.«

»Du geldgieriger Bastard«, sagte Gust, aber er kannte die Preise. »Was trinkst du da? Wasser?«

»Vergiß das Wasser, du willst das Eisen, ich will hier Flokken reinschneien sehen.«

»Wirst du, wenn ich das Ding habe, keine Minute vorher, und ich brauche die Knarre sofort.«

»Sofort?« staunte Sholly. »Jetzt sofort? Was denkst du, wer ich bin, ein verschissener Büchsenmacher, oder was?« Einige gutgekleidete Typen an der Bar sahen von ihren Erfrischungsgetränken auf, drehten sich zu ihnen um und beobachteten sie.

Gust schnappte sich Shollys ausgestreckten Finger, der in seine Richtung zeigte, und stieß ihn Sholly ins Gesicht. »Möchtest du, daß ich ihn dir breche?«

»Laß meinen Finger los!« kreischte Sholly. »Das ist Folter! Weißt du eigentlich, was du da tust?«

»Wenn du deine beschissene Lautstärke in meiner Gegenwart noch mal so aufdrehst«, sagte Gust, »kannst du dein Gebiß deiner Großmutter vererben, alles klar?«

»Klar ist nur, daß du irre bist.«

»Ich bin nur irre vorsichtig, und in dem Umfeld, in dem du deine Geschäfte machst, würde ich dir das auch empfehlen. Also, sprich leise, wir sind hier nicht in euerm abgewrackten Bolschoi.«

»Okay, wollte dir nur klarmachen, daß *jetzt* für dich frühestens morgen abend bedeutet. Was hast du erwartet? Denkst du etwa, ich könnte mir neue Knarren einfach so aus dem Handgelenk schütteln? Oder sie aus einem Hut zaubern? Oder meinst du, ich habe eine Auswahl unterm Tisch versteckt?«

»Morgen ist zu spät.«

»Das ist Pech.« Sholly zuckte die Achseln. »Dann geht mir der Deal eben durch die Lappen, weil ich sie dir nicht eher besorgen kann.«

Gust war in der Zwickmühle, er kannte niemanden, der

ihm das Ding hätte schneller besorgen können. »Okay, wenn's nicht anders geht, wann, morgen abend?«

»Im Eclipse um zehn, und ich will jetzt schon hundertfünfzig bar auf die Hand.«

»Was? Hundertfünfzig von zweihundertfünfzig im voraus? Du solltest mehr Vertrauen haben, ist schließlich nicht unser erster Deal.«

»Vertrauen ist einen Dreck wert, das weißt du.«

»Okay, es ist dein Kopf, der im Rinnstein landet, wenn du einen Fehler machst.«

»Das wird nicht passieren, denn ich will meinen Kopf genau da, wo er jetzt ist, von da aus kann er mir nämlich nicht ins Gesicht sehen.«

Gust kramte drei Fünfziger aus seiner Tasche. »Eigentlich müßte ich dich nicht daran erinnern, was dem einen oder anderen passiert ist; ich tu's trotzdem, Sholly, ganz ernsthaft, denn es sind so einige Gerüchte im Umlauf, daß dein Gedächtnis nachgelassen haben soll.«

»Es wird nichts schiefgehen.«

»Gut, weil sonst ...«

»Du bekommst, was du bestellt hast, und die Kugel trifft immer dort, wo du sie hinschießt.«

»Dann ist ja gut«, sagte Gust, »dann können wir uns jetzt entspannen.«

Er bestellte Sholly einen doppelten Wodka, um zu sehen, wie er damit umging. Er trank ihn ex. Er fragte sich, ob Sholly ihn in irgend etwas reinreiten könnte — zuzutrauen wär's ihm zur Zeit. Er machte zuviel Geld, und sein Äußeres verkam zugleich mit seinem Innern, nicht zuletzt wegen des in Strömen fließenden Stolichnayas, des Yuppie-Porsches und seines gesamten fragwürdigen Lebensstils. Gust kannte Shollys Wohnung, eine im Erdgeschoß gelegene Maisonettewohnung in Balham, vollgestopft mit Ikeamöbeln und einem wahren Alptraum von Wandleuchten mit grellen 100-Watt-Birnen im gesamten Wohnzimmer; entgegen seinen Behauptungen verirrten sich auch nicht mehr so viele Mädels dorthin wie früher, denn auch seine teure Kluft konnte seinen Bauch nicht länger kaschieren, und nur ein Idiot hätte sich dieser Illusion hingegeben. Seine Leber war zerschlissen wie sein Nervenkostüm, und das machte ihn unkalkulierbar. Er war ständig gereizt und unsicher, was Risiken betraf, trotzdem war er nach wie vor bereit, welche einzugehen, so daß wer sich mit ihm einließ, gut beraten war, die Angelegenheit schnell abzuwickeln. So war es sinnvoll, ihm nur das zu sagen, was er unbedingt wissen mußte, und noch sinnvoller war es, ihm auch davon nur die Hälfte zu erzählen. So oder so, nach Gusts Einschätzung waren Shollys Tage auf diesem Planeten gezählt, und kein Buchmacher hätte dagegengehalten.

12

Gust ging ins Eclipse. Er nahm seinen Drink mit zu einem der Tische in der Nähe der Tanzfläche und setzte sich, um den wenigen Paaren beim Tanzen zuzuschauen. Es war noch früh und so lief etwas Ruhiges vom Band, und er ließ sich mit der Musik treiben, als plötzlich Petal mit einem Mann am Rande der Tanzfläche auftauchte; sie verharrten kurz, um in den Rhythmus zu finden. Ihr Erscheinen erweckte in Gust die Vorstellung, jemand habe sie in Licht getaucht und alles andere ringsumher in Dunkelheit versinken lassen, und genau deshalb hatte er nicht versucht, sie zu finden; er wußte ohnedies, daß sie mit einem anderen Mann zusammenlebte, und er wußte auch, daß wenn man für zehn Jahre einfährt, Beziehungen einen in die Zelle begleiten und für gewöhnlich dort bleiben.

Der Lichtkegel eines Scheinwerfers glitt suchend über die Tanzfläche und nahm Petal in sein Zentrum. Sie trug ein Suzie-Wong-Kleid aus roter goldbestickter Seide und wirkte jünger als vor zehn Jahren, und dieses Bild würde er von nun an immer vor sich sehen, wenn er an sie dachte, ihr glattes schwarzes Haar, das den Rahmen bildete für blaue Augen in einem asiatischen Gesicht, und ihr eigenartiges Lächeln, das nie verriet, was sie wirklich dachte. Sie hatte ihn im Schatten noch nicht ausgemacht, und er konnte immer noch nicht glauben, daß sie hier war, ihr Anblick jedoch warf ihn zurück in seine Zelle bei Nacht, wo er sich in die Hand biß, wenn er schweißgebadet aus einem Traum von ihr aufgefahren war. Diese Träume endeten immer gleich: Kurz vor dem Erwachen wandte sie sich ab und sagte: »Warum hast du dich nicht um mich gekümmert?«, und er hätte schreien mögen, und einmal tat er es auch, seine Zellengenossen mußten ihn zu Boden werfen und sich auf ihn knien, um ihn daran zu hindern, die Tür einzuschlagen.

Er schrieb ihr einen Brief, kurz nachdem sie ihn eingelocht hatten. Es war nicht sein erster Aufenthalt in diesem Knast; die Wände und der Gefängnishof sahen noch genauso aus wie beim ersten Mal, und der Himmel über dem Zweckbau war von dem gleichen eisigen Blau. Er kannte den Brief auswendig, geschrieben auf dem liniierten Papier, das die Insassen zu Schwachköpfen degradierte, die unfähig waren, in gerader Linie zu schreiben; er aber schrieb in gerader Linie, so gerade wie nie zuvor in seinem Leben.

220 Gust P. Haus 5, HM Prison Wayland.

Sie haben eine Wagenladung von uns im Morgengrauen abgeholt, Petal, und hier sind wir gelandet. Angesichts der fünfzehn Jahre, die ich vor mir habe, kann ich nur sagen, ich hoffe, die Jahre, die wir beide miteinander verbracht haben, waren es wert, mit all ihren Höhen und Tiefen.

Daß ich hier gelandet bin, bedeutet, ich bin gescheitert. Aber so ist es, sind die Karten erst mal ausgeteilt, kann man nichts mehr ändern. Ich will mich nicht beklagen, hat man ein schlechtes Blatt gekauft, dann war's das eben, mehr kann man dazu nicht sagen. Der Geber hat es in der Hand, und wenn du aufnimmst, weißt du schon, du bist draußen, und Asse, die man nicht hat, hat man eben nicht. Also, was soll man tun? Eine Karte aus dem Ärmel ziehen oder ausspielen? Ich bin schon immer ein Optimist gewesen, habe immer gedacht, ich könnte gewinnen, aber jetzt wünschte ich, ich wäre realistischer gewesen, dann säße ich nicht so tief in der Scheiße und genausowenig Du. Da gibt es etwas, was ich Dir erzählen muß, was mir immer im Kopf rumspukt.

Eines Nachts, es war in der Woche, bevor sie mich geschnappt haben, bin ich morgens um vier mit dem Nachtbus gefahren. Es war der letzte N16, brechend voll, und ich stand im Oberdeck. Als ich mich umdrehte, sah ich da diesen alten Mann, der zusammengesunken auf seinem Sitz hing. Er sah wirklich müde aus, erledigt, und er lag in den Armen dieses jungen Mädchens. Vielleicht war sie seine Tochter, jung genug sah sie aus, ich weiß es nicht, aber ihr Verhalten ihm gegenüber war eher das einer Ehefrau, wenn nicht sogar das einer Mutter, dabei war sie wahrscheinlich noch nicht einmal achtzehn. Sie drückte ihn fest an sich, und sie lagen einander in den Armen. Obwohl ich genug mit mir selbst zu tun hatte, machte ich mir meine Gedanken über sie, dachte, daß da irgendwas nicht stimmt. Ich fragte mich sogar, ob sie nach Hause fuhren, um sich umzubringen. Natürlich tat ich nichts, aber jetzt, hier, ertappe ich mich dabei, wie ich an sie denke, mir kommen wieder die dunklen Straßen in Erinnerung, die wir entlangfuhren, und dann die beiden, völlig regungslos, der alte Mann in seinen Plastikschuhen und mit seinem grauen

Haar und sie, das Gesicht an seiner Schulter, halb schlafend und doch immer ein Auge auf ihn habend. Da habe ich natürlich auch an Dich denken müssen, an alles, was Du für mich getan hast, was mir jetzt helfen wird, nicht durchzudrehen wie so manch anderer von den armen Kerlen hier, vor allem die, die zum erstenmal hier sind. Einige trommeln jetzt schon mit ihren Fäusten gegen den Beton oder schlagen ihre Köpfe gegen die Wand. So sieht's aus hier unten, du setzt dich selbst schachmatt und erreichst nichts.

Weil mein Fall so viel Staub aufgewirbelt hat, und nach all dem, was ich gehört habe, ist man anscheinend nicht sonderlich gut auf mich zu sprechen. Ich gehe also davon aus, daß ich die Zeit an ungemütlichen Orten wie diesem hier, weit weg von London, absitzen werde und deshalb nicht mit viel Besuch rechnen kann. Es bringt nichts, sentimental zu werden. Ich will damit sagen, wenn Du keine Besuchserlaubnis beantragen willst, dann kann ich das verstehen. Ich will damit auch sagen, solltest Du Dich entscheiden, den Kontakt gänzlich abzubrechen, ist das auch in Ordnung, aber laß uns wenigstens die guten Zeiten in Erinnerung behalten. Die Zeit, die wir zusammen waren, kommt Dir vielleicht nicht lang vor, vielleicht siehst Du es auch wie ich; mir erscheint es eher wie sowohl als auch: manchmal verging alles wie im Fluge, dann wieder schien alles stillzustehen.

Nun, wieder einmal gewöhne ich mich an das Leben hier drinnen. Das Geheimnis dabei ist, man darf sich nicht darauf einlassen, wie in einem Käfig immer nur im Kreis herumzulaufen, man muß zur Ruhe kommen. Ich werde natürlich nichts unversucht lassen, um vorzeitig auf Bewährung rauszukommen. Wir sind zu dritt in der Zelle, die anderen beiden sind zum Glück nicht sehr gesprächig. Ich kann Typen nicht ausstehen, die ununterbrochen darüber quatschen, wie einsam sie sind, oder die versuchen, einen anzumachen, die im Schlaf sprechen oder einem ihre Alpträume erzählen und den ganzen anderen Mist. Die sind am schlimmsten. Mein Gott, wer braucht so was?

Daß Du bei der Verhandlung dabei warst und mir zugewunken hast, als sie mir die Handschellen anlegten und mich abführten, war mir eine große Hilfe. Ich muß davon ausgehen, daß die Berufung nächsten Monat abgeschmettert wird, das heißt, ich werde mich mit dieser verdammt harten Strafe abfinden müssen. Laß es mich so sagen, Petal, ein Minimum von zehn Jahren im Bau ist ein Riesenstück vom Lebenskuchen, es ist einfach zu lang, als daß ich erwarten könnte, daß Du draußen am Tor auf mich wartest, wenn ich rauskomme. Ich kann verstehen, wenn Du Dir ein neues Leben aufbauen willst, während ich auf meinem längeren *Urlaub* bin.

Ich habe erkannt, daß nur verzweifelt Liebende wirklich lieben. Menschen müssen sich verzweifelt nach dem anderen sehnen, um ihm alles geben zu können; viele Leute begreifen das nicht. Ich möchte, daß Du mit Deinem Leben machst, was Du für richtig hältst, aber trotzdem hin und wieder mal an mich denkst, ich möchte, daß wir Freunde bleiben.

Wenn sie mich vorzeitig auf Bewährung entlassen sollten, werde ich nach der langen Zeit jeden Freund brauchen können. Es wäre schön, wenn wir uns dann ab und zu mal sehen könnten.

So, das Papier geht zu Ende, ich will nur noch sagen, daß ich Dich liebe. Gut, ich sitze wegen bewaffneten Raubüberfalls, und es stimmt, der Fahrer wurde dabei erschossen. Aber selbst die Polizei und das Gericht haben mir geglaubt, daß ich das nicht getan habe. Ich bin kein billiger Killer, Petal, und niemand hier drin bezweifelt das.

Meine Gedanken werden sich immer um Dich drehen, und wenn das auch ein Abschiedsbrief ist, schließe ich ihn dennoch mit einem innigen Kuß.

So, ich schreibe jetzt schon an den Rand der Seite. Nochmals nein, bitte besuch mich nicht, nicht solange ich mich hier noch nicht eingewöhnt habe, aber denke an mich so wie ich an dich. Unsere Liebe wird sich nicht einfach so verflüchtigen, denn Liebe weiß nicht, was das heißt.

Viele Grüße wie immer an alle anderen.

Er erinnerte sich an jedes dieser Worte, die jedoch nicht auszudrücken vermocht hatten, was er wirklich hatte sagen wollen: Die Welt, in der wir leben, ist ein Alptraum von Betrug und Verrat.

Ihm fiel wieder dieser graue Regentag ein, kurz bevor sie ihn kassiert hatten. Er war nach Hause gekommen, und es war immer noch keine Nachricht für ihn da. Das Schweigen seiner Komplizen wurde unerträglich für ihn, er wurde nervös, weil er seine Verhaftung drohen sah, und er sagte zu ihr: »Ich gehe noch mal raus.«

»Es würde mir nicht das Herz brechen, wenn du nicht mehr zurückkämst«, erwiderte sie darauf. Er dachte, sie habe einen Scherz gemacht, denn zu diesem Zeitpunkt wußte er nicht, daß sie bereits einen anderen hatte und entschlossen war, ihn zu verlassen. Dies erfuhr er erst, als er schon eine Weile im Bau war. Den Schmerz hatte er bis heute nicht verwunden. Jetzt, da er sie mit diesem Mann tanzen sah, fühlte er ihn genauso heftig, wie es immer der Fall gewesen war. Sie hatte ihn noch immer nicht gesehen, und er dachte, *warum geh ich nicht einfach rüber und spreche sie an?*

Eingehend betrachtete er den Mann in ihrer Begleitung. Er hatte Übergewicht, war um die dreißig und trug einen fünfhundert Pfund teuren Anzug, in dessen Knopfloch eine halb vertrocknete Nelke hing. Er bemerkte, daß Gust sie beobachtete und schien es offensichtlich nicht zu mögen. Gust vermutete, daß er sie zu einem Essen bei Kerzenlicht ausgeführt hatte und sie für einen One-night-stand hielt, weshalb sonst sollte er sich ständig umschauen in der Befürchtung, irgend jemand könnte sie ihm ausspannen? Aber im Eclipse ging es nicht zu wie beim Dartspiel in der Eckkneipe, und Gust bezweifelte, daß der Kerl sich mit unfairen Prügeleien auskannte. Er wirkte eher wie ein Wochenendfußballer, der mit hängendem Hintern in verdreckten Shorts nach dem Spiel zurück zu seinem Viertürer geht, nach Hause zu Mama fährt, um am Montagmorgen wieder in der Stadt zu sein; der sich nach der Arbeit freitags abends in irgendeiner Weinkneipe vollaufen läßt, um dann im Taxi irgendwie den Weg nach Soho zu finden und, im Eclipse angekommen, nicht mehr weiß, wie herum man die Uhr liest.

Petal fand ihn nicht besonders aufregend, soviel konnte er erkennen, sie starrte an seinem Ohr vorbei irgendwohin ins Leere. Es ärgerte ihn, sehen zu müssen, wie sie sich so lustlos auf der Tanzfläche bewegte, und ohne sich dessen richtig bewußt zu sein, stand er auf und ging hinüber. Sie bemerkte ihn in dem Moment, als er aufstand.

»Was machst du denn hier?« murmelte sie. »Ich wußte nicht mal, daß du draußen bist.«

Verärgert versuchte ihr Begleiter, die Situation zu erfassen. »Warum gehst du nicht zurück zum Tisch und bestellst uns Champagner?« sagte Petal zu ihm.

»Wir haben schon zwei Flaschen gehabt. Warum redest du überhaupt mit dem? Haben wir den jetzt den ganzen Abend am Hals?«

»Nur so lange, wie es dauert, Crispin«, sagte sie.

Das schien dem Mann nicht zu behagen, noch weniger gefiel ihm, daß sie mit Gust wegging. Er folgte ihnen und rief: »Wer ist dieser Arsch überhaupt? Dieser ... was hat er noch mal gesagt, wie er heißt?«

»Ich habe nichts gesagt«, sagte Gust.

»Stimmt auffallend«, sagte der Kerl, »aber ich sage dir was: verzieh dich.«

Gust legte Petal den Arm um die Hüfte. Er lachte.

Crispin fuhr ihn an: »Hör auf, so dämlich zu lachen. Für wen hältst du dich eigentlich?«

»Beruhige dich«, sagte Gust, »in der Schule war Boxen vielleicht eine deiner Stärken, aber hier kommst du nicht weit damit, du bist doch steif wie 'ne Natter, Mann. Also verpiß dich, in deinem eigenen Interesse, oder willst du enden wie 'n Luftballon auf einem Kindergeburtstag — peng! —, und das war's?«

»Aber ich habe ihr zwei Flaschen Champagner gekauft.«

»Und das ist auch schon alles, was du gekauft hast«, mischte sich Petal ein.

»Na bitte«, sagte Gust, »jetzt hörst du's von der Lady selbst, also schieb ab.«

»Ich will was haben für mein Geld«, rief er.

»Dann werd doch Bankangestellter«, schlug Gust ihm vor. »Dann könnte ich auch mal vorbeischauen wegen eines Kredits.«

»An deiner Stelle wäre ich vorsichtig. Ich kenne hier nämlich ein paar Leute.«

»Dann spendier denen einen Drink, und laß uns in Ruhe.« Gust zog Petal zu sich an die Bar. »Du machst es denen aber nicht leicht.«

Sie zuckte mit den Schultern: »Der ist mir im Tiara zugelaufen. Gibst du mir einen aus?«

Er deutete mit dem Kopf auf zwei freie Barhocker. »Gut, setzen wir uns dahin.«

Aber Crispin gab sich noch nicht geschlagen. Er kam dazu und stellte sich schwankend neben sie an die Bar. Die wenigen Leute, die tanzten, waren gelangweilt, also verfolgten sie mit dankbarem Interesse das Geschehen. Der Barkeeper setzte das

Glas ab, das er gerade polierte, und seine Hand zuckte in Richtung Telefon.

Gust schüttelte den Kopf und sagte zu ihm: »Lohnt nicht, deswegen die Bullen zu holen.« Für ihn war eigentlich schon klar, daß er sich auf nichts einlassen würde. »Hör zu, Freund, ich bezahle den Champagner, und dann belassen wir's dabei.«

»Sei nicht so verdammt herablassend«, sagte Crispin, griff Petal am Arm und drehte ihn ihr um. »O Gott«, sagte Gust. Crispin wollte ihm einen Schlag versetzen, aber Gust wehrte ab. Er beruhigte den Barkeeper: »Keine Panik, die Kleinen beruhige ich immer hiermit« und verpaßte Crispin eine aufs Ohr. Ob nun für die Kleinen oder nicht, Crispin ging jedenfalls so hart zu Boden, daß nicht nur die anderen überrascht waren, sondern auch er selbst. »Das andere Ohr habe ich geschont«, sagte Gust, »also sperr es auf — zisch endlich ab.« Schwerfällig kam Crispin wieder auf die Beine und verdrückte sich in die hintere Ecke des Clubs. Gust sah, wie er zum Münztelefon ging.

»Habe ich dir den Abend verdorben?«

»Mit Sicherheit hast du ihm eine andere Wendung gegeben.«

»Ich habe nicht damit gerechnet, dich zu treffen.«

Unvermittelt sagte sie: »Du willst irgendwas, ich kenne dich. Also, was ist los?«

Es war ein Gedanke, der ihm durch den Kopf schoß. »Du könntest mir einen Gefallen tun.«

»Eins ist klar«, sagte sie, »mit uns läuft nichts mehr, ich lebe jetzt mit jemand anderem zusammen.«

»Habe ich schon gehört. Wer ist es?«

»Connor.«

»Connor? Doch nicht etwa French Connor, der früher im großen Stil gearbeitet hat und Löwenbräu trinkt?«

»Doch, genau der. Der hat sich richtig saniert.«

»Kümmert er sich auch um dich?«

»Mehr, als du das jemals getan hast.«

»Ja.«

Sie schwiegen und starrten in ihre Gläser.

»Um was für einen Gefallen handelt es sich?« fragte sie schließlich.

»Ich brauche ein Dach überm Kopf, nur für zwei oder drei Nächte.«

Sie dachte darüber nach. »Nun, da könnte sich was machen lassen«, sagte sie nach einer Weile. »Connor ist zufällig gerade im Norden. Aber nur unter einer Bedingung, und lach mich nicht aus, daß das alles ist, was du willst, du weißt schon, was ich meine.«

»Ist schon klar, ich brauche wirklich nur einen Platz zum Schlafen.«

»Eigentlich sollte ich dich hassen«, sagte sie zögernd, »und all die Jahre habe ich es auch immer wieder versucht. Wie lange bist du draußen?«

»Seit zwei Monaten.«

»Nett, daß du mir Bescheid gesagt hast.«

»Ich habe gedacht, falls du mit jemandem zusammen bist, wäre es besser so.«

»Du kommst immer noch ins Schwimmen, wenn du anfängst zu denken«, sagte sie.

Wie durch ein Fingerschnippen war die alte Spannung wieder da, und er registrierte, daß sie es auch spürte. Er wußte, nur eine Berührung, und es würde nur so funken zwischen ihnen. Sie rückte ein wenig von ihm ab und kramte in ihrer Handtasche.

»Die Schlüssel.«

»Das ist ja mein altes Schlüsselbund«, sagte Gust. Es war noch derselbe Schlüsselanhänger aus Silber, in den sie seinen Namen hatte eingravieren lassen, als sie in die Berwick Street gezogen waren.

Gust.

»Ich habe ganz vergessen, den abzumachen«, sagte sie und wurde rot. »Du kannst ihn behalten, den Schlüsselanhänger, meine ich.«

»Nein, er verleitet mich nur dazu, Träumen nachzuhängen.«

»Das kann ich nicht ändern.«

Während sie so miteinander sprachen, beobachtete Gust, wie Crispin vom Telefon zurückkam und sich an einen Tisch setzte. Er sah ausgesprochen zufrieden aus und fixierte erwartungsvoll den Eingang.

»Dein Mann da drüben weiß wohl immer noch nicht, wann man sich besser zurückzieht«, sagte Gust.

Kurz darauf wurde die Tür geöffnet, und ein bulliger Kerl betrat das Eclipse und ging zu Crispin an den Tisch. Sie sprachen miteinander, der Bullige nickte einige Male, blickte ab und an zu Gust hinüber und kam dann auf ihn zu.

»Hallo«, sagte Gust, »suchst du mich?« Er stand auf.

»Ja, man hat mich auf dich aufmerksam gemacht.«

»Wie schön. Wußte gar nicht, daß ich so berühmt bin. Und womit verdienst du so dein Geld?«

»Manchmal als Profiboxer, manchmal geh ich auch einfach nur los und bringe jemanden um.«

»Na dann kann ich nur hoffen, daß du heute abend nicht im Dienst bist.«

»Und ob ich im Dienst bin«, sagte der Boxer. »Ich soll dir hier ein paar Manieren beibringen, Kleiner. Also nimm das Maul nicht so voll, ich warne dich, ich bin gefährlich.«

»Das mit der Gefahr muß aber schon 'ne Weile her sein, so wie du aussiehst.«

»Ach ja? Wie sehe ich denn aus?«

»Wie 'n Faß abgestandenes Bier.«

»Wie du aussiehst, läßt sich allerdings schwer sagen, irgendwie wie 'ne Fotze. Du mußt tatsächlich 'ne Fotze sein, nur Fotzen machen mich so blöde an.«

»Okay«, sagte Gust, »ich bin also eine Fotze, und was machen wir beide jetzt? Sollen wir hier sitzenbleiben und die ganze Nacht auf dem Gedanken rumkauen?«

»Nein. Du bist meinem Freund da drüben ganz schön auf den Sack gegangen, und ich bin hier, um das richtigzustellen.«

»Das wird nicht leicht für dich werden, befürchte ich.«

»So? Ich glaube nicht, daß es Probleme geben wird, wie wär's, wenn wir einfach rausgehen?«

»Überflüssig«, sagte Gust. »Ich kenne hier alle, der Barkeeper kann den Ringrichter mimen, der hat gerade gesehen, wie sich Crispin eine gefangen hat, besitzt also schon 'ne gewisse Routine. Die Tanzfläche ist groß genug, und für die Gäste hier bedeutet es mal 'ne Abwechslung.«

»Könnte aber einen Haufen Blessuren geben«, warnte ihn der Boxer.

»Das seh ich anders, so lange wird's nämlich nicht dauern.«

Der Boxer dachte darüber nach.

»Ist doch logisch, es hier drinnen zu veranstalten«, sagte Gust. »Prügeln wir uns auf der Straße, dann lochen sie uns beide ein; regeln wir es hier drinnen, ist einer von uns hinterher klüger. Hier ruft niemand die Bullen.«

»Schätzt dich selbst ganz schön hoch ein, oder?«

»Verglichen mit dir?« sagte Gust. »Darauf kannst du wetten. Einen Zehner, daß du nicht länger als dreißig Sekunden stehst, der Barkeeper kann die Zeit stoppen. Wie wär's, gehst du mit? Na los, komm schon.«

»Hör mal, die Sache mit der Lady hier, da hast du dich ziemlich danebenbenommen.«

»Das mußt du mir schon auf die harte Tour beibringen.«

Der Boxer dachte wieder nach. Er war kurz und gedrungen, hatte kleine Hände, die er ständig aneinanderrieb. Außerdem tänzelte er die die ganze Zeit hin und her, täuschte an, duckte sich, was ihn nach Gusts Meinung reichlich lächerlich aussehen ließ.

»Also gut, ich will dir keine richtige Abreibung verpassen, Kleiner«, sagte der Boxer schließlich, »wenn du dich bei meinem Freund entschuldigst und die Lady an seinen Tisch zurückgeht, will ich's dir noch mal durchgehen lassen, wenn nicht, dann lasse ich es allerdings scheppern.«

»Und zwar richtig laut«, sagte Gust, »wie die Glocken von Westminster. Die hast du doch bestimmt schon häufig läuten hören, wenn du flach auf dem Rücken gelegen hast.«

Der Boxer wußte darauf nichts zu erwidern, er hatte einfach keine Antwort parat. Irgendwie lief der Dialog in die falsche Richtung, eigentlich hätte es gar keinen geben dürfen. Das ganze war als Actionfilm gedacht, aber irgendwann war ein Problem mit dem Drehbuch aufgetaucht.

»Also los, entscheide dich«, sagte Gust. »Ich hab's satt, daß mir ständig jemand eine Schlägerei aufdrängen will, und der Grund für die hier geht dich eigentlich gar nichts an. Und hör auf, hier rumzutänzeln, du siehst aus wie ein Sittich mit Holzbein«.

Der Boxer starrte Gust an. Er war kurz davor gewesen, zuzuschlagen, steckte aber im letzten Moment seine Hände in die Hosentaschen. Ihm wurde langsam klar, daß dieser Mann seinen Worten entsprechende Taten folgen lassen konnte; nur ein Irrer wäre sonst so aufgetreten und hätte auch noch einen Zehner darauf verwettet. »Vielleicht habe ich mich auch in dir getäuscht«, sagte er, »ich habe dich eher für ein Großmaul gehalten.«

»Mach schon«, brüllte Crispin im Hintergrund, »schlag doch zu, verdammt noch mal.«

»So, du willst also unnötige Verletzungen vermeiden?« fragte Gust. Der Boxer stimmte dem zu. Je mehr er darüber nachdachte, desto weniger Lust verspürte er. »Schade«, sagte Gust, »dann geht mein Zehner flöten.«

»Ich bin außerdem in zwei Tagen zu einer Hochzeit in Tooting eingeladen«, vertraute ihm der Boxer an, »und da will ich doch, daß mein Gesicht einigermaßen zivil aussieht. Was hältst du davon, wenn wir statt dessen ein Bier zusammen trinken?«

»Verfluchte Scheiße!« schrie Crispin. Er sprang auf, stolperte über seinen Stuhl und stürmte aus dem Club. Niemand außer dem Barkeeper beachtete ihn, und der rief ihm hinterher: »Der Schweinehund hat seine Rechnung nicht bezahlt«, und er setzte an, sich über den Tresen zu schwingen.

»Schone deine Knöchel«, sagte Gust. »Das erledigt der Türsteher.« Er wandte sich wieder dem Boxer zu: »Wenn es dir nichts ausmacht, würde ich mich ganz gern wieder um die Lady kümmern.«

Und das war's dann. Der Boxer hing noch ein Weile herum, aber es gab nun wirklich niemanden mehr, mit dem er hätte reden können, also winkte er allen noch mal zu und ging. Und am Ende bot sich im Dämmerlicht des nahezu leeren Clubs folgendes Bild: Gust, Petal und der Barkeeper, der endlos ein und dasselbe Glas polierte.

Als sie in der Wohnung waren, bot Petal ihm einen Drink an und kam ohne große Umschweife sofort auf den Punkt. »Wir sind jetzt allein, also, sag mir, wo du wieder mit drinhängst. Ich weiß genau, daß du wieder irgendwas am Start hast.«

»Ja, es läuft gerade was«, gab er zu, »aber es ist nicht der Rede wert.«

»Willst du mir was darüber erzählen?«

Er hatte ganz vergessen, wie sehr sie es schätzte, allen Dingen immer auf den Grund zu gehen. »Nein«, sagte er. »Dann kann es auch nicht so unwichtig sein«, erwiderte sie. »Wie auch immer, entweder du sagst mir, was es ist, oder du kannst nicht hierbleiben.«

»Es ist besser für dich, wenn du nichts weißt.«

»Das kann ich selbst beurteilen.«

Während seiner Abwesenheit hatte sie sich irgendwie verändert. Sie hatte schon immer alles wissen wollen, nur empfand er ihre Neugierde jetzt als so unangenehm wie das Bohren einer Black & Decker, und eine innere Stimme mahnte ihn, nichts zu erzählen. »Du steckst mitten drin, was?«

Es wäre nicht gut, ihr alles zu erzählen, ihr zu erklären, daß es alles andere als unwichtig war und daß es da eine Menge Ungereimtheiten gab, die er selbst nicht verstand, denn dann würde sie erst recht keine Ruhe geben.

Also würde er ihr irgend etwas erzählen müssen.

»Es ist egal, wo du anfängst«, sagte sie, »bloß keine Legenden, ich merke immer, wenn du lügst.«

»Okay, neulich wartete ein Mann vor dem Büro meines Bewährungshelfers auf mich.«

»Wer?«

»Was spielt das für eine Rolle?«

»Der muß doch einen Namen haben.«

»Er heißt Sladden. Aber vergiß das, Petal, ich habe bisher noch niemandem etwas davon erzählt.«

»Keine Sorge«, sagte sie. »Also, wer ist dieser Sladden, ein Krimineller?«

»Ja«, gestand Gust ein, »auf seine Art schon. Er ist ein erpresserischer, hinterhältiger Bastard.«

»Kann er dich mit irgendwas unter Druck setzen?«

»Sag mal, können wir das Thema wechseln?«

»Nein. Ich will wissen, worauf ich mich hier einlasse, ich muß an Connor und auch an mich denken. Schließlich ist das meine Wohnung, und ich will nicht, daß eine ganze Ladung Gangster oder die Bullen sie stürmen.«

»So was passiert nun mal, wenn man auf Bewährung draussen ist.«

»Was passiert? Los, weiter. Ich warte.«

»Also gut, folgendes ist passiert: dieser Sladden kommt also vor dem Büro des Bewährungshelfers auf mich zu, ich habe diesen Typen vorher noch nie gesehen, und sagt, ›Hallo. War gar nicht schwer, dich zu finden.‹

›Wer zum Teufel bist du?‹ sage ich. ›Was willst du?‹

›Einen Drink‹, sagt Sladden, ›und du wirst auch gleich ein paar brauchen können.‹

›Also, wer bist du?‹ sage ich, ›ein Bulle?‹

›Schlimmer‹, er darauf. ›Wo gibt's hier in der Gegend einen anständigen Pub? Einen, wo's ruhig ist?›

Wir gehen also in einen Pub, Sladden holt die Drinks und sagt dann: ›Du steckst ganz schön in der Scheiße, Gust.‹

›Stecke ich nicht‹, antworte ich ihm, und: ›Ich war zehn Jahre im Loch, eine falsche Bewegung, und ich fahre für die restlichen fünf ein, also bin ich verdammt vorsichtig, damit ich mir die Finger nicht dreckig mache.‹

›Ich höre wohl nicht richtig?‹ kontert Sladden. ›Deine Finger, die sind bereits schwarz und voller Scheiße.‹

›Falsch‹, sage ich ihm. ›Bisher habe ich keinen einzigen Termin bei meinem Bewährungshelfer verpaßt. Du hast doch gesehen, wie ich da gerade rausgekommen bin, der ist richtig zufrieden mit mir.‹

›Ich rede nicht vom Bewährungshelfer‹, sagt Sladden. ›Ich spreche von dem Ding, das du mit Manny Farb und Harry Ford abziehst. Konspiration mit einschlägig Vorbestraften zum Zwecke der Planung und Durchführung eines bewaffneten Raubüberfalls, ist der richtige Stoff für eine Anklageschrift und zack, hin ist die Bewährung.‹

›Was soll das heißen, bewaffneter Raubüberfall? Und diese Leute, von denen du sprichst, sagen mir überhaupt nichts.‹

Ich frage mich, Petal, woher der was über Manny und Harry weiß.

›Komm mir nicht auf die Tour‹, fährt Sladden fort, ›das zieht bei mir nicht.‹

›Farb, Ford‹, antworte ich, ›tut mir leid, kenne ich nicht.‹ Ich trinke also aus und sage: ›Das war's wohl, ich muß los, wir sehen uns. ‹

›Du bleibst, wo du bist, Arschloch‹, zischt Sladden, ›und hörst mir jetzt ganz aufmerksam zu. Am achtundzwanzigsten kommt eine Ladung Blankopässe aus einer Druckerei nach London, und zufällig weiß ich, daß du derjenige bist, der den Transporter knacken soll. Genau die Sorte Job, von der du meinst, daß du der Spezialist dafür bist.‹

›Ich habe nicht im Traum vor, irgendeinen Transporter zu knacken‹, sage ich darauf. ›Und ob du das hast.‹

›Das müßtest du erst mal beweisen.‹

›Ich weiß‹, meint Sladden, ›und dein verdammtes Pech ist, daß ich es kann und es auch tun werde. Den Beweis habe ich hier in meiner Tasche.‹

›Was auch immer das sein mag, sind doch bloß Märchen.‹

›Dann sind das aber Märchen von Informanten, und die haben sie mir äußerst lebendig erzählt. Diese Geschichten sind teuer, und ich will was haben für mein Geld. Informanten, der Alptraum jedes Verbrechers, nicht wahr?‹ Darauf holt der Bastard einen Umschlag heraus und wirft ihn mir hin.

›Hier, schmeiß mal einen Blick drauf, oder warte, ich zeige es dir, das ist noch besser.‹ Also nimmt er diese Fotos raus und breitet sie auf dem Tisch aus. Ich werfe einen Blick drauf und fange an zu rotieren, Petal, es sind Aufnahmen von mir, Harry und Manny, aufgenommen, als wir aus Mannys Bude kommen. ›Du kennst sie also nicht, behauptest du?‹ meint Sladden. ›Ich muß schon sagen, du scheinst mit Fremden prächtig auszukommen. Aber weiter, schau dir die anderen an.‹

›Nimm dieses verfluchte Zeug hier weg‹, sage ich. ›Zeig das nicht so offen herum.‹

›Das hier von euch dreien‹, sagt Sladden und läßt die Bilder einfach liegen, ›von dir, Farb und Ford, und die Zeugenaussage des Mannes, der die Fotos gemacht hat, damit kann der Staatsanwalt Konspiration nachweisen, und schon bist du wieder drinnen, Gust, das geht ruck, zuck!‹

›Wer hat uns verpfiffen?‹ will ich wissen. ›Wer hat diese Scheißfotos gemacht?‹

›Der Typ aus der Druckerei‹, klärt mich Sladden auf, ›und zwar mit Hilfe einer kleinen Kamera, die wir ihm gegeben haben. Er hat sich abgeseilt und die Bullen informiert, übrigens auch ein Grund, warum wir mit von der Partie sind.‹ Ich frage ihn also noch mal, für wen er arbeitet, und er will immer noch nicht mit der Sprache rausrücken. Wie auch immer, er hat mich am Kragen, Petal. Ich wollte den Typen aus der Druckerei von Anfang an nicht dabeihaben, aber Manny war anderer Meinung. Das habe ich Sladden gesagt. Spielte sowieso keine Rolle mehr, der wußte bereits alles. ›Okay‹, sage ich zu ihm, ›okay, dann buch mir doch einen Platz im nächstbesten Knast, worauf wartest du noch?‹

›Führ mich nicht in Versuchung‹, erwidert er darauf. ›Aber wir wollen die Sache anders abwickeln, es kommt nur darauf an, ob du machst, was wir geplant haben. Außerdem hängt es davon ab, ob du starke Nerven hast und wie sich eine Reihe anderer Dinge noch entwickelt.‹

›Verstehe kein Wort‹, antworte ich.

›Nein‹, er darauf, ›natürlich nicht, und daran wird sich auch nichts ändern. Du brauchst nur das wenige zu verstehen, was du zu erledigen hast.‹

›Ich mache nie blind bei einer Sache mit‹, versuche ich ihm klarzumachen, ›das habe ich mein ganzes Leben nicht gemacht und werde sicherlich jetzt nicht mehr damit anfangen.‹

›Du wirst genau mit dem anfangen, was man dir sagt‹, meint Sladden, ›und du wirst erst dann damit aufhören, wenn man es dir gestattet. Nimm noch 'n Drink, ich hole was, und du denkst inzwischen drüber nach.‹ Als er mit den Drinks zurückkommt, fragt er mich: ›Nun?‹

›Ja‹, antworte ich, ›ich spiele mit.‹ Was hätte ich denn tun sollen, Petal? ›Wenn es sein muß, spiele ich auch den verfluchten König Lear‹, sage ich zu ihm. ›Ich spiele sogar Billard mit einer Handgranate, wenn mir dadurch Maidstone erspart bleibt.‹

›So was in der Art ist es auch‹, sagt Sladden, ›und es wird keine leichte Partie werden.‹

›Was soll ich tun?‹ frage ich. ›Du wirst den Transporter ganz nach Plan klauen‹, sagt Sladden, ›nur mit dem einen Unterschied, du tust es nicht für sie, sondern für uns.‹

›Denk mal nach‹, sage ich, ›bei diesen Typen handelt es sich um Schwerkriminelle, die sind wie tollwütige Hunde. Wenn die Sache auch nur leicht anfängt zu stinken, dann laufen die Amok, und du weißt, wie konsequent sie im Umgang mit Verrätern sind.‹

›Und ob, vielleicht solltest du doch lieber den Rest deiner Strafe absitzen‹, entgegnet er. ›Du könntest recht haben, und dann scheint mir Maidstone doch die friedvollere Alternative zu sein.‹

›Das ist genau die Art Friede, auf die ich verzichten kann‹, sage ich. ›Ich glaube, du hast noch immer nicht ganz verstanden. Wenn du nach zehn Jahren rauskommst, ist das letzte, worauf du scharf bist, wieder einzufahren, um weitere fünf abzusitzen. Und wenn ich Farb anscheißen muß, um dem zu entgehen, na bitte, ich konnte den Kerl sowieso nie riechen. Er hat meinen Schwager verpfiffen und ihm drei Jahre eingebracht. Getraut habe ich ihm nie, und zugestimmt, dieses Ding zu drehen, habe ich nur, weil ich pleite war.‹

›Und du wirst es drehen‹, sagt er, ›und zwar in unsere Richtung.‹

Das war's also, er gibt mir Geld, fünf Scheine unterm Tisch. ›Für die Spesen‹, sagt er, ›und noch was, geht irgendwas schief, deckt dich keiner, wir kennen dich nicht, haben nie von dir gehört. Läuft alles nach Plan, dann werden die restlichen fünf Jahre gestrichen, gelöscht, vergessen.‹ Nun, so sah es aus, er hatte mich bei den Eiern, und das wußte ich.«

»Also hast du es tatsächlich getan, nur nicht für die Leute, die glauben, du würdest für sie arbeiten?« rief sie entsetzt. »Du bist ja total verrückt, ich sollte dich sofort rausschmeißen.« Aber sie blieb, wo sie war. »Erzähl mir mehr über diesen Sladden; was ich von ihm weiß, reicht mir nicht.«

»Nichts zu machen«, sagte Gust. »Ich weiß nicht mehr über ihn, und ich kann nicht mal Kontakt mit ihm aufnehmen.«

»Und ich habe dich auch noch gefragt, ob du in irgendwas drinhängst.«

»Da wußte ich noch nichts über dich und Connor.«

»Was soll das heißen?«

»Ich dachte, es gäbe eine Chance, wenn ich genügend Kohle habe und wir die Vergangenheit hinter uns lassen, daß wir beide noch mal von vorn anfangen könnten.«

»Das kannst du total vergessen«, sagte sie abweisend.

»Also gut. Jetzt, da du alles weißt, möchtest du, daß ich gehe? Wäre vielleicht besser, oder?«

Sie hatte sich von ihm abgewandt und schwieg. Sie starrte auf den Boden. »Mein Gott«, flüsterte sie, »welch ein Alptraum. Wie sollen wir jemals da rauskommen?«

»Wir müssen einfach. Es läuft immer darauf hinaus, irgendwie damit fertigzuwerden.«

»Ich liebe dich noch immer«, sagte sie, »und das weißt du. Warum hast du nie etwas Gutes für mich getan?«

Genau dies waren auch ihre Worte in seinen unzähligen

Träumen im Gefängnis gewesen.

»Weil ich für mich selbst auch nie etwas Gutes getan habe«, sagte er. »Ich sitze in einer Tretmühle und komme nicht raus. Die Gewalt macht mich krank, ich möchte so etwas haben wie Frieden, aber es scheint, als ob ich ihn nie finden würde, ich bin einfach müde.«

»Du? Du sagst, *du* bist müde?«

»Ich bin müde vom Kämpfen.«

»Ich kann dich nicht davon befreien«, sagte sie. »Der Himmel weiß, ich habe es oft genug versucht.«

»Bei der nächsten Gelegenheit hätte ich deine Hilfe nicht in den Wind geschlagen.«

Sie wandte sich von ihm ab. »Genug davon«, sagte sie erschöpft. »Jetzt bleibst du erst mal hier.«

»Für ein paar Tage.«

Sie drehte sich wieder um und sah ihn nahezu flehend an. »Sieh mal«, sagte sie, »du hast zehn Jahre gesessen, jetzt bist du draußen, und du hast eine Chance.«

»Nicht, solange mir Sladden im Nacken sitzt, wenn ich ihn überhaupt jemals wieder loswerde.«

»Wenn du noch mal in den Knast kommst, bist du erledigt.«

»Sicher.«

»Das heißt, wenn Farb dich nicht vorher umbringt.«

»Er wird's versuchen«, sagte Gust, »aber für solche Überlegungen ist es jetzt zu spät, und wenn ich den Hauptgewinn will, muß ich das Ding so durchziehen, das ist meine einzige Chance.«

»Dann bete, daß nichts schiefgeht«, sagte sie.

Er hütete sich davor, ihr zu sagen, daß bereits alles schiefgelaufen war.

»Dann laß uns wenigstens heute nacht so tun, als hätten wir noch eine Chance.«

Er spürte das Verlangen unkontrollierbar in sich hochsteigen, und er wußte, daß eine einzige Bewegung in ihre Richtung sie beide in die Luft jagen könnte. »Nur einen Augenblick glauben können, es wäre wie früher.«

»Das ist vorbei.«

»Gut, aber trotzdem.«

»Ich habe dir doch gesagt, nein.«

Das war endgültig. Aber da gab es noch etwas mit ihr zu klären, nur wußte er nicht, wie er ansetzen sollte. Ihr letzter Satz hatte ihn in ein abgrundtiefes Loch fallen lassen, und ihm war bewußt, daß sie niemals mehr in der Lage sein würden, etwas miteinander zu klären. Es stand wie eine Wand aus Glas zwischen ihnen, und nichts und niemand würde das je ändern können. Irgendwo nebenan spielte ein alter Jazzsong, und die Sängerin klagte:

I had pity on you and I took you in,
Now all you have to offer me's an inch of gin;
Why don't you do like some other men do:
Get out of here, and get me some money too.

»Es gibt da einige Dinge, über die ich nachgedacht habe im Knast«, sagte er. Aber wie üblich, war sie diejenige, die seinen Gedankengang beendete: »Auch wenn wir es täten, es wäre für mich, als würde ich es mit jemandem wie Crispin machen.«

»Ich darf mir nicht einen Fehler erlauben, nicht wahr?«

»Wieso?« sagte sie. »Du hast keinen Fehler ausgelassen, also, was machen ein paar mehr oder weniger schon aus? «

»Mit uns ist es bergab gegangen.«

Sie zitterte ein wenig. »Du hast dir selbst die rechte Hand abgehackt. Das war ganz leicht, es war nur ich.«

Er sagte nichts, dachte aber, *du hast recht, ich kann zwar nicht sagen, daß es ganz leicht war, aber ich habe es getan,* und die jahrelange Qual, die ihm die Sehnsucht nach ihr bereitet hatte und von der er geglaubt hatte, er habe sie ausgestanden, überfiel ihn von neuem. Jetzt war er an dem Punkt angelangt, wo er begriff, was die Hölle bedeutet. Für ihn hieß das, Schönheit war nun unerreichbar, unempfänglich und gleichgültig hinter jener Wand aus Glas. Sie sah ihn an, ohne auch nur wahrzunehmen, daß er es war, nach dem sie Ausschau hielt; mit schwindender Überzeugung hatte sie nach ihm gesucht, bis schließlich nichts mehr davon übrig war, die Überzeugung schwand, bis sie endgültig starb; er fand sich nun auf der anderen Seite dieser Wand aus Glas wieder, ohnmächtig, sie zu durchbrechen, und er hoffte nur, daß es nicht so etwas wie ein Leben nach dem Tod gab. Sie fielen aufs Bett. »Wir haben keine Chance«, murmelte sie. »Laß uns nicht mehr darüber sprechen, laß uns schlafen.«

Er hielt sie statt dessen an sich gepreßt, und er fühlte ihren Widerstand, er war schwach. Er dachte, *die Freuden, die unerreichbar scheinen, sind die höchsten.* Sie schliefen ein, nachdem sie sich geliebt hatten, als sei es das erste Mal gewesen, aber natürlich war es nicht an dem, und er konnte spüren, daß sie das auch wußte.

Später sagte sie: »Es ist die Realität, mit der du nicht umgehen kannst, vielleicht denke ich deshalb immer an dich wie an einen Toten.«

»Wir sind nicht tot, wir sind nur Kinder.«

Sie setzte sich auf. »Was!« rief sie. »Wir? Kinder?«

»Schon gut«, sagte er, »sobald ich hier weg bin, werde ich dich und Connor nie wieder belästigen.«

»Ich nehme dich beim Wort.«

»Dennoch, ich war für dich bestimmt.«

»Red nicht so dummes Zeug. Niemand ist für irgend jemanden bestimmt.« Sie beruhigte sich ein wenig. »Vielleicht stimmt es, und Connor ist nur ein Ersatz für mich. Möglich, er weiß das und ich auch, aber er kümmert sich um mich, er zahlt die Miete, und ich brauche jemanden, der sich um mich sorgt.«

»Ich habe immer geglaubt, du seist so stark.«

»Niemand ist so stark, für dich ist es nur bequem, so zu denken.«

Sie versuchten, die Ewigkeit in fünf Minuten zu bannen. Sie waren zu ungeduldig und gebärdeten sich wie zwei sich einander anvertrauende Geistwesen, engumschlungen auf einer Tanzfläche jenseits von Zeit und Raum, für einen Moment eins und dann wieder körperlos.

»Ich liebe dich«, sagte er. »Ob mit oder ohne Connor.«

»Nein.«

»Ich werde es dir beweisen.«

»Zu spät. Schlaf jetzt.« Und dennoch flüsterte sie: »Noch mal, nimm mich noch mal.«

»Hast du noch immer nicht genug von mir?« fragte sie, als der Morgen graute.

»Nein«, sagte er. »Wie könnte ich jemals genug von dir haben, das ist nun mal so.«

»Das ist nicht wahr«, sagte sie. »Glaube mir.«

»Wir könnten uns eine vernünftige Wohnung nehmen«, sagte er. »Ich könnte arbeiten gehen.«

»Du machst dir was vor.«

»Wir könnten irgendwo zusammenleben. Hier.«

Sie lachte nur. »Träum weiter, Dummkopf«, sagte sie. »Wir beide werden nie zusammenleben, und das weißt du auch. Wie könntest du irgendwo ruhig sitzen, du bist doch immer auf der Flucht.« Sie fuhr ihm mit den Fingern durchs Haar und zog seinen Kopf zu sich herab.

»Was wir brauchen, ist ein wenig Frieden«, sagte er.

Aber den würden sie niemals finden, und er wußte das. Sie hatten die falschen Karten gezogen. Das Höchste, was sie erreichen konnten, waren diese wenigen Momente hier in der Dunkelheit; sie waren zwei Einzelwesen, die planlos umherkreisten wie Gestirne auf Kollisionskurs.

Als der Morgen anbrach, erlosch die Straßenbeleuchtung in der Berwick Street. Es hatte wieder angefangen zu regnen, und das Pflaster zeigte feuchte Male. Genau um acht klingelte ihr Wecker. Sie stand auf. »Ich gehe jetzt.«

»Wohin?«

»Frag nicht, das habe ich auch nie getan.«

»Gehst du gleich fort?«

»Ich lass dir Kaffee übrig.«

»Warte. Wie ist das jetzt mit Connor?«

»Was soll das heißen? Was ist mit Connor?«

»Ich rede von uns. Wie soll es weitergehen?«

»Nichts geht weiter«, sagte sie. »Ich habe es dir doch gesagt, Connor kümmert sich jetzt um mich.«

»Ich dachte, wir hätten beschlossen, das zu ändern.«

»Haben wir nicht.«

»Und ich?«

»Du?« sagte sie und zitierte damit wieder einen seiner Gefängnisträume, »du bist Vergangenheit. Letzte Nacht? Nie geschehen.«

Im Zentrum des Schmerzes, den ihre Worte auslösten, verspürte er so etwas wie eine absurde Erleichterung, denn sie war ihm zuvorgekommen, das zu sagen.

»Sehen wir uns heute abend im Eclipse?« fragte er. »Ich habe da eine Verabredung.«

»Das weiß ich noch nicht.«

»Ich muß dich wiedersehen. Heute abend. Ich fühle mich schlecht, wenn du nicht da bist.«

»Das geht vorbei.«

»Wir könnten essen gehen. Vielleicht im Blackjack.«

»Mal sehen. Ruf mich im Club an.«

»Ein letztes Mal«, sagte er. »Komm her.«

Sie weinte, als er *komm her* sagte, und sie kam dennoch und ging nirgendwo mehr hin, bis sie endlich wieder einschliefen, nachdem sie sich in der sich verflüchtigenden Dunkelheit einander ausgeliefert hatten; und als sie sich ihm wieder entzog, stürzte er aus der Lust tief hinab in die Hoffnungslosigkeit und betrachtete den Novemberhimmel, dessen Wolken wie festgenagelt wirkten; sie sahen aus, als hätte sie jemand so lange gekocht, bis sie endlich dieses Weiß angenommen hatten. Er lauschte den Stimmen der Händler vom Berwick-Straßenmarkt. Sie hatten bereits ihre Stände aufgebaut und schrieen unablässig: »Grüne Bananen! Wer will grüne Bananen kaufen!« Die Stimmen der Männer erschienen Gust wie etwas Alltägliches, das eine Verwandlung erfahren hatte, so wie sich auch Petal verwandelt hatte, als sie über Connor sprach; auf einen Schlag wurde aus der Göttin ein Croupier bei einem Spiel für Verlierer; oder aber auch wie die Aussicht aus seiner Zelle auf die Betonmauern, wenn das Sonnenlicht auf eine bestimmte Weise darauf fiel. Jetzt, in seinem Halbschlaf, erinnerten ihn die Stimmen der Händler an die Glocken einer Kirche, die den zweiten Teil einer Messe einläuteten, und die er gehört haben könnte, während er in einem Gefängnisgarten gearbeitet hatte. Es war, wie es einer seiner Zellengenossen, ein wegen Unterschlagung einsitzender Banker, einmal ausgedrückt hatte, als er über den Kunstkurs sprach, an dem er teilnahm, und sagte, daß in der Gegenwart vieles möglich sei, während in der Malerei nur das gegenwärtig sei, was man im Rahmen sehe, es gebe nichts neben oder hinter dem Rahmen, und die Zukunft lasse sich nur erahnen und in manchen Bildern noch nicht einmal das. Er drehte sich zu Petal um. Noch einmal wollte er *ich liebe dich* sagen, aber glücklicherweise wollten ihm diesmal die Worte nicht über die Lippen. Sie war ohnehin schon aufgestanden und zog sich gerade an.

»Kommst du heute noch mal zurück?«

»Weiß ich noch nicht.«

Gegen seinen Willen schlief er wieder ein, und sie war längst fort, als er erwachte; der Kaffee, den sie stehengelassen hatte, war längst kalt. Das Telefon klingelte einmal; er nahm nicht ab.

Sie hatten auch über das Telefon gesprochen.

»Ich werde es nicht benutzen, nur Telefonzellen.«

»Wie früher«, hatte sie geantwortet.

Aber es war nicht wie früher. Er hatte ihr in die Augen gesehen, und der Ausdruck darin erinnerte ihn an den Blick seiner Großmutter an jenem Tag, als er ihr mitgeteilt hatte, sie müsse nur wegen eines kleinen Eingriffs ins Krankenhaus. Er hatte drei Fünfziger aus der Tasche genommen und sie Petal gegeben.

»Kauf dir irgendwas.« Sie wollte das Geld nicht nehmen, tat es aber schließlich doch. Jetzt war sie jedenfalls fort, und er dachte darüber nach, wie einem, ohne daß man dem seinerzeit eine Bedeutung beigemessen hätte, irgendwann einmal bewußt wird, daß Liebe unmerklich zur Routine verkommen ist, bis sie eines Tages gänzlich entschwindet und nur noch die Erinnerungen bleiben. Welche Erinnerungen? Eigentlich so ziemlich alles: beliebige Details, angenehm, solange man zusammen war, aber schrecklich, wenn man es nicht mehr war.

War es vorbei, verdunkelte sich das Gesicht der Erinnerung und zeigte Fänge, die blutige Wunden rissen.

13

Gust verließ die Wohnung am Nachmittag. Es regnete in Strömen. Die Kleingeldschnorrer hatten sich in die hintersten Ecken der Hauseingänge verzogen. Reglos kauerten sie unter ihren Decken, ihre Plastiktüten griffbereit neben sich, den Blick starr auf Welten gerichtet, die nie ein Mensch zuvor gesehen hatte. Bankangestellte hasteten vorbei, den *Standard* über ihren Köpfen und nach freien Taxis Ausschau haltend. Gust aber bemerkte den Regen nicht. Er mußte nachdenken, und das fiel ihm hier draußen leichter als in der Wohnung, in der ihn alles an Petal erinnerte. Petal war nur ein Aspekt der Gesamtsituation, und es gab da noch einige mehr: Manny, Sladden. Wollte er heil aus der ganzen Geschichte herauskommen, so durfte er keinen Fehler begehen.

Er grübelte über Manny nach. Gust konnte ihn nicht ausstehen, er traute ihm nicht über den Weg, und was er Sladden über ihn gesagt hatte, entsprach der Wahrheit: wäre er nicht völlig abgebrannt gewesen, hätte er sich niemals auf eine Zusammenarbeit eingelassen. Gleich zu Beginn hatte er Manny gefragt: »Pässe? Seit wann gehören geklaute Pässe zu deinem Repertoire?«

»Es gehört 'ne ganze Menge zu meinem Repertoire«, hatte Manny geantwortet, »und diese Euro-UK-Scheiße ist viel wert auf der Straße, vor allem, wenn du einen Abnehmer hast. Ich habe einen Kontaktmann in der Druckerei, ich habe den Fahrplan des Lasters, die Route, den Termin — einfach die gesamte Operation. Es ist alles vorbereitet — wenn du so willst, ein Spaziergang.«

Klar. Gust beschloß, ihm einen Besuch abzustatten, um einige Details abzuklären, wollte jedoch nicht allein gehen und machte sich deshalb auf die Suche nach Frankie Petrosa.

Er ging in Jackies Sandwichbar neben dem Diadem. Jackie war Petrosas Freundin. »Hi, Jackie, ist Frankie da?«

»Nein, aber er wollte in zehn Minuten hier sein, ist in der City Road steckengeblieben.«

»Taxi fahren«, sagte Gust, »was für ein Leben.«

»Bewahrt ihn immerhin vor dem Knast, wenigstens für 'ne Weile, und überhaupt, du hast es gerade nötig. Schwarzbrot mit Leberwurst?«

»Hör mal«, sagte Gust, als sie ihm das Brot zurechtmachte, »wenn er wiederkommt, sag ihm, daß ich nach ihm gefragt habe. Ich bin drüben im Diadem, es ist dringend. Danke.«

Er bezahlte das Sandwich und aß es auf dem Weg in den Pub.

Eine halbe Stunde später tauchte Frankie auf. »Tut mir leid«, sagte er, »bin aufgehalten worden.«

»Hat mir Jackie schon gesagt.«

»Scheiß Verkehrschaos«, sagte Frankie und setzte sich, »außerdem hat der Kerl auch noch seine Brieftasche liegenlassen.«

»Wie wär's mit 'ner kleinen Tour nach Clapham, dort warten und wieder zurückfahren? In der Zeitung steht, daß sie die Luftverschmutzung reduzieren wollen, aber zufällig habe ich in Marjorie Grove bemerkt, daß sie dort ziemlich dick ist, sollte man mal überprüfen.«

»Das Übliche?«

»Ja schon, aber ich würde dich gern im Hintergrund haben. Ich weiß nicht, wie viele es sind, aber diese Typen scheinen zu glauben, sie könnten mir direkt ins Gesicht pissen, und wenn sie nicht zur Vernunft kommen, werde ich ihnen eine Lektion erteilen müssen, deshalb wär's gut, wenn du dabei wärst. Bist du bewaffnet?«

»Nur das Messer. Und du?«

»Da läßt sich erst heute abend was machen«, sagte Gust,

»bis dahin bleiben mir nur meine Hände.«

»Normalerweise reicht das.«

»Ich will sie mir nicht unbedingt ruinieren, es ist nur, falls sie versuchen sollten, mir die Birne einzutreten, na, wir werden ja sehen. Wenn ich allein klarkomme, kriegst du den normalen Tarif, sollte ich deine Hilfe brauchen, wird das natürlich extra bezahlt. Hier, nimm erst mal den Hunderter, laß ihn aber gleich verschwinden, ich will nicht, daß irgend jemand etwas mitbekommt, hier haben die Wände Ohren.«

»Handelt sich wohl um 'ne äußerst finstere Sache?« fragte Frankie und steckte das Geld ein.

»Möglicherweise Verrat. Und Verräter sind finster, oder?«

»Ich find sie zum Kotzen«, sagte Frankie. »Bin sowieso dafür, sie gleich umzulegen. Einer weniger, und allen ist gedient.«

»Ich kann dir hier nicht mein ganzes Problem ausbreiten«, sagte Gust, »nur soviel, irgend jemand klebt mir an den Sohlen, und die Scheiße ist, ich weiß nicht wer. Nach Hause kann ich nicht, weil ich da beschattet werde, keine Ahnung, von wem, sogar einmal früh am Morgen hatte ich die Bullen am Hals, kannst du dir das vorstellen?«

»Sieht so aus, als hättest du alle Hände voll zu tun«, sagte Frankie und nahm einen Schluck Bier. »Okay, laß uns gehen, ich stehe im Parkverbot.«

Sie verließen den Pub. »Ist das deine Karre?« fragte Gust. »Der BMW? Nicht schlecht.«

»Und er ist neu.«

»Das ist nicht zu übersehen. Und damit fährst du Taxi?«

»Was?« entfuhr es Frankie, als sie einstiegen. »Dieser Fünfhundertdreizehn ist mein eigenhändig aufgetuntes Höllengeschoß auf Rädern, damit hängst du jede Funkstreife ab.«

Sobald sie im Wagen saßen, gab Gust Frankie Anweisungen: »Wenn wir da sind, kommst du hinter mir die Treppen hoch, zweiter Stock Vorderhaus. Wenn drinnen irgendwas passiert, reagierst du sofort, tritt einfach die Tür ein. Wenn nicht, dann warte am Treppenabsatz. Entweder wird's ein lebendiger Nachmittag oder nicht. Wie gesagt, es braucht niemand verletzt zu werden, es sei denn, sie sind so beschränkt und bitten darum.«

»Wer von denen könnte am ehesten eine dicke Lippe riskieren? Jemand, den ich kenne?«

»Ich glaube nicht, daß du ihn kennst, aber dieser Hammer ist das Hauptproblem.«

»Von dem habe ich gehört.«

»Für die meisten reicht das schon.«

»Wie siehst du das eigentlich mit der Gefahr?« sagte Frankie und ließ den Motor an.

»Was fragst du mich?«

»Weil mich deine Meinung interessiert.«

»Wenn du vor die Wahl gestellt wirst, Risiko oder Untergang«, sagte Gust, »dann mußt du eben das Risiko wählen. Das ist gefährlich. Das weißt du.«

»Risiken sind wie Drogen«, sagte Frankie. »Je mehr Kontakt du damit hast, desto mehr Kontakt willst du damit haben.«

»Muß aber nicht gleich zu einem Lebensstil werden.«

»Ich denke schon«, sagte Frankie.

»Tu, was du nicht lassen kannst.«

»Man kann nicht alles allein regeln. Es gibt Situationen, da braucht man Unterstützung.«

»Solange du nicht meine brauchst«, sagte Gust. »Ich bitte nie irgend jemanden um irgendeinen Gefallen, nicht mal einen Kumpel, dann kann man auch nicht so leicht angeschissen werden.«

»Kumpel«, sagte Frankie, »das stimmt, da lauert häufig der Anschiß.«

»Ich weiß nicht, ob das stimmt. Ich weiß sowieso nichts.

Ich denke auch nicht nach, ich versuche einfach nur zu überleben.«

»Beruhige dich. Ich bin dreiundzwanzig, mich interessiert schon, ob ich eine Zukunft habe.«

»Klar hast du die, im Bau. Von wegen Zukunft, red doch keinen Mist, wir haben nicht mal eine Vergangenheit.«

»Kein Wunder, daß ich dauernd in Schwierigkeiten stecke, das erklärt 'ne Menge.«

»Was heißt das überhaupt, *Denken*?« sagte Gust. »Ist damit das Denken am Abend gemeint, dieses oberflächliche Zeug, wenn man, ein Kissen im Nacken, einen Joint im Mund und ein Magazin vor der Nase in seiner Koje liegt? Ist das damit gemeint? Oder diese andere Form, die einen mit den Träumen anfällt?«

»Auf Träume gebe ich nichts«, sagte Frankie. »Ich träume nie.«

»Was, nie? Nicht mal von der Sache auf dem Parkplatz in Carshalton Beeches? Erinnerst du dich noch, was da abgelaufen ist?«

»Wo der Typ ein bißchen zu hart drangenommen wurde? Ist erst mal was danebengegangen, ist es auch schon vorbei. Darüber denke ich nicht weiter nach, habe ich noch nie getan.«

»Ich wünsche dir, Frankie, daß es so bleibt«, sagte Gust. »Aber vergiß eines nicht, irgendwann kommt jeder mal in Schwierigkeiten.«

»Na und, dann ist es eben so. Da wir schon beim Thema sind, du bist doch mal angeschossen worden. Wie siehst du das mit dem Tod, was bedeutet er für dich?«

»Ist wie ein eiskalter Wind, mehr nicht.«

»Da muß mehr sein. Was ist zum Beispiel mit Schmerzen?«

»Kannst du vielleicht mal eine Minute ruhig sein«, sagte Gust, »und einfach nur fahren?«

»Wir kommen schon an«, sagte Frankie. »Was schlägst du vor, was soll ich mit diesem ganzen Scheißverkehr hier vor uns machen, einfach drüberfahren? Komm schon, erzähl lieber was vom Sterben.«

»Also gut, wenn du unbedingt willst. Betrachte es mal von dieser Seite: wen kümmert es schon, wenn jemand stirbt? Wie lange ist es her, daß es dich so richtig berührt hat, daß jemand gestorben ist? Selbst wenn's ein Freund war, immer wenn jemand abgefahren ist, hast du da mehr als ein Achselzucken übrig gehabt? Hast du jemals was anderes gesagt als, verflucht, schon wieder einer, irgendwann erwischt es uns alle mal? Das ist ja auch in Ordnung so, bis der Tag kommt, an dem es dich erwischt. Das ist der schwarze Tag, an dem du dich auf einmal zu deinem Körper sagen hörst: He, was soll das, wo willst du denn hin? Das ganze Leben haben wir zusammengearbeitet, jetzt gehst du kaputt, wo ich dich brauche, und du liegst am Boden wie betäubt, was ist los mit dir? Das ist es, Angst, Panik. Es ist, als wenn du einen Laden auseinandergenommen hast und dir die ganzen Vollidioten auf der Straße entgegenrennen und dein Scheißauto einfach seinen Geist aufgibt. So was hast du noch nicht erlebt, Frankie, wenn's hoch kommt, waren's ein, zwei Schlägereien, bist danach ein paar Tage mit Sonnenbrille auf der Nase durch die Gegend geschlichen, und die kleinen Mädels haben dich gefragt, Frankie, was ist passiert, Frankie, erzähl uns mal, was mit dir los ist, aber das ist nicht dasselbe, wie die letzte Karte aufzunehmen und festzustellen, daß nichts drauf ist.« Sie näherten sich dem Kreisverkehr bei Battersea. Unter der Brücke wurden Straßenarbeiten ausgeführt, und nur eine Spur war befahrbar, sie gerieten in einen Riesenstau. »Muß schon sagen, tolle Route, die du dir da ausgesucht hast«, sagte Gust. »Bei dem Tempo sitzen wir zwei Fotzen so lange hier, bis die gesamte verschissene Regierung zurücktritt.«

»Die Strecke wäre ideal, wenn es eine Straße gäbe«, sagte Frankie. Er wendete und fuhr den Prince of Wales Drive hinauf. »Übrigens, hast du schon gehört, was in der Lexington Street passiert ist?«

»Meinst du das mit Benny Arnold?«

»Ja. Gleich nachdem er die Belohnung dafür abgegriffen hat, daß der Koksring aufgeflogen ist, nebenbei, fünfzehn Riesen.«

»Zehn«, sagte Gust.

»Von mir aus auch zehn, jedenfalls machen seine Freunde mit ihm eine Tour durch die Clubs, füllen ihn völlig ab, bringen ihn dann nach Hause, legen ihn ins Bett, übergießen ihn mit Benzin und zünden ihn an.«

»Nun, du weißt ja, wie das mit Benny war«, sagte Gust. »Stand nicht gerade im Ruf, großzügig zu sein, das war sein eigentliches Problem. Gab nie 'ne Runde aus und kam sich auch noch mächtig schlau dabei vor. Nicht einen Penny hat er seinen Freunden rübergeschoben, im Gegenteil, als er das Geld eingesackt hatte, waren sie nur noch Luft für ihn.«

»Ich frage mich, was der jetzt wohl denkt.«

»Gar nichts«, sagte Gust. »Damit hat er nichts mehr zu tun. Ich habe gehört, er soll ausgesehen haben wie eine Scheibe Frühstücksspeck, die zu lange in der Pfanne war.«

»Erinnerst du dich, irgend so ein Journalist wollte doch ein Buch über ihn schreiben, und Benny tönte in allen Pubs rum, er würde in die Flimmerkiste kommen.«

»Dafür ist er in eine andere Kiste gestiegen, und das Buch über ihn ist auch nie geschrieben worden«, sagte Gust, »statt dessen haben sie die Kiste einfach zugenagelt.«

»Vielleicht werden wir alle genagelt und erreichen deswegen nie irgendwas.«

»Was will man auch anderes erreichen, als aus der Scheiße rauszukommen? Und abgesehen davon, egal, wo du hingehst, es ist immer das gleiche, es ändert sich nie was.«

»Ist richtig ermutigend, wie du die Dinge siehst«, sagte Frankie, »da fragt man sich doch glatt, ob es die Sache wert ist, zum Beispiel einen Bruch zu machen und dafür in den Bau zu wandern. Wenn ich so darüber nachdenke, frage ich mich sogar, ob es Sinn hat, nach Clapham zu fahren, warum soll man sich das Leben unnötig schwer machen, wenn's sowieso sinnlos ist?«

»Damit du Jackie das Leben schön machen kannst«, sagte Gust, »und was Clapham angeht, da schwimmen ein paar Haie rum, und ich hinterlasse eine Blutspur. Schließlich geht's ums Überleben. Alle wollen überleben, nur die Selbstmörder nicht, und selbst dann, dich selbst ins Jenseits zu befördern, da gehört schon einiges zu.«

»Auf solche Ideen bin ich noch nie gekommen, egal, was ich am Hals hatte. Ich habe Jackie. Ich spreche nicht von irgendwelchen One-night-stands, wenn du so jemanden hättest wie Jackie, Gust, dann würdest du anders über alles denken.«

»Yeah, genau das ist es, ich hab keine Jackie.« Allmählich begann der Verkehr wieder zu fließen.

»Eins will ich noch wissen«, sagte Frankie.

»Heilige Scheiße, Frankie, hör jetzt endlich auf. Du bist ja anstrengender als früher meine Schwiegermutter.«

»Macht es dir manchmal was aus, daß da niemand ist in deinem Leben?«

»Nein, aber ich sag dir jetzt was, es würde mir auch nichts ausmachen, wenn du einen Zahn zulegen würdest.« An der nächsten Ampel mußten sie wieder anhalten.

Frankie fragte: »Wovon haben wir gerade gesprochen?«

»Von gar nichts, ich habe nur nachgedacht.«

»Worüber?«

»Okay«, sagte Gust, »wenn du's unbedingt wissen willst.

Ich habe mir überlegt, daß ich irgendwann einmal nicht mehr so fit sein werde wie jetzt, und ich werde erleben müssen, daß mir jemand vom Barhocker hilft und sagt, dieser arme Alte hat gerade in sein Bier gekotzt, und habe mir gedacht, daß ich nie in ein Altersheim gehen werde, ich werde dafür sorgen, daß mir das nicht passiert.«

»Aber du hast doch deine Erinnerungen, wenn du alt bist.«

»Und was, bitte schön, soll ich damit anfangen? Soll ich mir darauf einen runterholen?«

»Was ist schon dabei, alt zu werden?«

»Merkst du früh genug, wenn's bei dir soweit ist«, sagte Gust.

»Wenn man dich so hört, könnte man meinen, alles wäre reine Zeitverschwendung.«

»Das ist ja auch das einzige, was wir mit der Zeit anzufangen wissen, wir verschwenden sie.«

»Und was glaubst du, wie du enden wirst?«

»Tot — wie alle anderen auch.«

An einem Platz, auf dem eine Kirche stand und an dem sich noch ein Pub und eine Bank befanden, mußten sie wieder anhalten. Vor dem Pub lud der Fahrer eines Telebus' eine Gruppe Autistiker in seinen Wagen. Sie hatten den Nachmittag in diesem Eckcafé verbracht und verabschiedeten sich nun von einigen Leuten, bevor sie wieder dahin gebracht wurden, wohin auch immer man sie abgeschoben hatte.

»Was guckst du so?« sagte Frankie. »Der Telebus? Das ist ein Wochenendausflug für geistig Behinderte, mehr nicht, sei froh, daß wir nicht dazugehören.«

Während Gust den Bus betrachete, formulierte er die Worte im Kopf, die er eigentlich zu Frankie hätte sagen müssen: *Um alle deine Fragen zu beantworten, ich bin erwachsen und ich weiß, ich bin erledigt. Ich bin sechsundvierzig und habe zehn Jahre eingesessen, ich habe Bücher gelesen, mir Gedanken gemacht und mich in meiner Zelle fit gehalten, aber jetzt plötzlich bricht alles über mir zusammen. Es ist fatal, aber ich hatte nie eine andere Wahl (hier an der nächsten Ecke, Frankie, nach links). Ich gehe immer wieder denselben Weg, immer wieder, jedesmal sage ich mir, versuch's nicht, damit kommst du nicht durch, die Straße ist versperrt. Kannst du dir vorstellen, wie's enden wird? Der allerletzte Alptraum. Keine Frauen mehr, keine Drinks, nur noch ein alter, abgewrackter Mann unter vielen in einem dieser Siechenheime sein, einer, der schreit, ich muß mal pinkeln, ich muß mal scheißen, und um den sich dann irgendwann mal jemand kümmert. Das Pflegepersonal ist schon in Ordnung, sicher, aber sie murmeln vor sich hin, was für ein elender Gestank, O Gott, schon wieder der alte Gust, schau ihn dir an, wir müssen seine Wäsche wechseln, schon das zweitemal heute, den Pyjama und alles andere auch, von oben bis unten saubermachen, das Bett neu beziehen, überall Scheiße, das kann einem sogar den eigenen Freund verleiden, oder etwa nicht, okay, bringen wir's hinter uns, nachher können wir ja in der Kantine 'ne Cola trinken, mit Ted war's letzte Nacht ganz toll, Mandy, er hat so schöne Augen, findest du nicht, manchmal schimmern sie grün, er sagt, seine Mutter kommt aus Wales, ich find ihn süß, das Bettlaken können wir wegschmeißen, halt die Luft an jetzt, jede faßt ein Ende, abziehen und in den Müll damit, das wird nicht mehr sauber, ist ja ganz schwarz vor lauter Scheiße, auch der Bezug, mit so was wird keine Waschmaschine fertig, kann man auch nicht erwarten.*

Er sah Frankie an, der inzwischen *Kiss FM* eingeschaltet hatte. »Okay«, sagte Gust, »wir sind bald da. Paß auf, wenn du dich wirklich einmischen mußt, rechne mit dem Hammer, der Typ, von dem ich vorhin gesprochen habe, er ist Farbs Leibwächter, laß ihn auf keinen Fall aus den Augen. Er ist schlimmer als eine Wanze, er ist eine Ratte ohne Rückgrat, der fällt dich glatt von hinten an. Vergiß das nicht.« Er tippte

Frankie ans Knie. »Hier, die nächste, die von der Elspeth Road runterführt. Fahr noch fünfzig Meter, und park irgendwo ein, wir laufen dann das Stück zurück.« Als sie an dem Haus vorbeifuhren, konnte er einen Blick hoch zum Fenster werfen. Er hörte Rockmusik und sah einige Männer, die mit dem Rükken am Fenster standen. »Sieht so aus, als wären sie alle da.«

»Meinst du, die erwarten uns?«

»Nein«, sagte Gust und stieg aus, »denn sonst hätten sie irgendeinen beschissenen Trauermarsch aufgelegt.«

Sie gingen zurück zu dem Apartmenthaus und gleich durch die Haustür; zu klingeln erübrigte sich, denn jemand hatte das Schloß zerstört. Sie nahmen die Treppen zum zweiten Stock, und am Treppenabsatz sagte Gust zu Frankie: »Du bleibst hier draußen, und sieh zu, daß dich keiner sieht, klar?« Gust drückte die Klingel und hielt den Finger so lange drauf, bis drinnen die Musik aufhörte. Ein großer, massiger Typ öffnete; direkt hinter ihm stand ein kleinerer im Regenmantel. »Hallo Manny«, sagte Gust. Der Kleine war der Hammer, Gust beachtete ihn nicht. Man nannte ihn den Hammer wegen der Waffe, die er für gewöhnlich benutzte; man hatte seinen Namen verkürzt, denn einige Rookies aus der Gegend, die ihn als Kiezgröße ansahen, nannten ihn noch immer den Blinden Hammer, sie wußten es eben nicht besser. Tatsächlich gab es mal eine Zeit, da hatte man ihn den Blinden Hammer genannt, jedoch nicht, weil er selbst blind gewesen wäre, vielmehr hatte er einer Kassiererin bei einem Bankraub Säure ins Gesicht geschüttet, so daß sie daraufhin erblindete; danach war er rumgerannt und hatte damit geprahlt, so hatten sie ihn schließlich geschnappt und für neun Jahre eingelocht. Gust wünschte, es wären dreißig Jahre gewesen; er haßte diesen Kerl. Als der Hammer Gust sah, strahlte er vor Freude, es war jedoch die Art Freude, die andere als überflüssig empfinden; er haßte Gust ebenso, denn der hatte ihm mal geraten, das

Verbrechen aufzugeben und besser als Monster in Horrorfilmen zu agieren. Der Hammer bewegte sich jetzt rückwärts in den Raum wie ein Mann, der seine Reichweite abzuschätzen versucht; dabei lächelte er Gust an wie ein Kannibale in Erwartung eines Stück Menschenfleischs.

»Tritt doch näher«, sagte Manny.

»Das ist nah genug.« Gust lehnte sich gegen die Wand des Wohnzimmers und wandte sich an den Hammer: »Trägst du immer einen Regenmantel in der Wohnung, du Amateur?«

»Du hast hier nichts zu suchen«, sagte Manny, »aber wenn du schon mal da bist, benimm dich wenigstens.«

»Ich werde noch einen draufsetzen«, erwiderte Gust, »und zur Abwechslung mal Klartext reden.«

Vier Kerle, die Gust nicht kannte, hockten auf der Couch. Sie sagten nichts, sie reagierten auch nicht, als Gust eintrat, sie saßen nur da und sahen ihn an. Sie rauchten Zigarren, die nach versengtem Teppich stanken und trugen Anzüge, die knisterten. Solche Anzüge waren wahrscheinlich en vogue in Irkutsk und brachten die Landeier dort an faden Abenden allenfalls dazu, sich nach diesen Kerlen umzudrehen.

»Du hast meine Frage noch nicht beantwortet, Hammer«, sagte Gust. Er ging auf ihn zu und betrachtete den Regenmantel. »Was hast du da in deiner Tasche? Sieht mächtig schwer aus, ist wohl deine Strafakte.«

»Ist 'nen bißchen schwerer als das«, sagte der Hammer.

»Dann kann's nur ein Panzer sein«, sagte Gust, »piß dich nicht gleich ein vor Angst. Nicht nur, daß du Schiß hast, es könnte drinnen regnen, nein, schleppst sogar 'nen Eisen mit dir rum, selbst wenn du nur einen trinken gehst.«

»Du bist 'ne echte Stimmungskanone«, sagte der Hammer, »was haben wir bloß die ganze Zeit ohne dich gemacht?« Die Ausländer auf dem Sofa zeigten ein schiefes Lächeln, nur um den Mund, nicht mit den Augen.

Gust machte eine Handbewegung in ihre Richtung. »Können uns die Genossen da drüben verstehen?«

»Schwer zu sagen«, sagte Manny, »aber ich glaube, eher nicht. Sind Freunde aus dem Ausland, Mafia, oder so, und was willst du nun hier?«

»Einige Erklärungen.«

»Erklärungen?« fragte Manny. »Was hätte ich dir zu erklären?« Unvermittelt wandte sich Gust dem Hammer zu. »Ich kann deinen Regenmantel wirklich nicht ausstehen«, sagte er. Er riß ihm den Mantel von den Schultern, und der Mantel fiel dumpf zu Boden. Gust hob ihn auf und zog eine Neunmillimeterpistole aus einer der Taschen. »Ach du meine Güte, schau sich das einer an, so ein Kaliber braucht doch eigentlich nur ein Rentner im Haus.« Er nahm das Magazin heraus und warf es gegen das geschlossene Fenster. Dann schleuderte er dem Hammer die Waffe und den Mantel ins Gesicht. Der Hammer wollte auf ihn losgehen, aber Manny ging dazwischen.

»Bleib ruhig, Gust«, sagte Manny, als das Geräusch splitternden Glases verklungen war. »Ich will hier drinnen keine Auseinandersetzung.« Manny war tatsächlich bekannt dafür, daß er Gewalt verabscheute, ihm wurde übel davon, und seine Schläger mußten sich letztendlich um solche Dinge kümmern. Die vier Männer auf dem Sofa beugten sich gespannt nach vorn, als würden sie das Hauptrennen im Fernsehen verfolgen.

»Ach, laß es die kleine Fotze ruhig versuchen«, sagte Gust, »ich hätte meine wahre Freude dran, und er könnte am Ende die Teile seiner Hirnschale zusammensammeln.«

»Nein«, sagte Manny, »und was hast du überhaupt für ein Problem?«

»Zwei Kerle kamen in Marly's Club und haben versucht, mich umzulegen. Hat das irgendwas mit dir zu tun? Weißt du was davon?«

»Nein.«

»Ich habe gehofft, es sagt dir was.«

»Nein, tut es nicht«, sagte Manny, »ich habe keine Erklärung dafür.«

»Merkwürdig, plötzlich scheinst du für nichts mehr eine Erklärung zu haben«, sagte Gust. »Was die beiden Typen bei Marly's betrifft, es ist wahrscheinlich günstig für dich, daß es so ist, denn einer von ihnen hat im Krankenhaus seinen Geist aufgegeben, hast du das gewußt?«

Offensichtlich wußte hier niemand davon, denn Manny fragte: »Hast du ihn umgelegt?«

»Er starb durch einen Unfall. Zugegeben, das war mein Glück, ansonsten wäre ich nämlich nicht hier.«

»Wäre auch nicht zu verachten gewesen«, sagte der Hammer. Einer der Ausländer auf dem Sofa machte eine leichte Bewegung, bemerkte, daß Gust ihn beobachtete, und legte nur seine Zigarre ab.

»Muß eine ansteckende Krankheit gewesen sein, die er hatte«, fuhr Gust fort, »denn der anderen Flasche geht's auch nicht berauschend.«

»Hast du den auch umgebracht?« fragte Manny.

»Der hat mich nie darum gebeten, also, warum sollte ich so was tun?«

»Weil du ein primitives Arschloch bist«, sagte der Hammer.

Gust überhörte das. »Nein«, sagte er zu Manny, »dein Mann hat eine Bemerkung fallenlassen, also mußte ich ihm ein paar Schläge verpassen, aber ich vermute, er starb an Erschöpfung. Mir war so, als hätte er versucht zu tanzen, und dabei war er wohl zu unbeholfen, stolperte über seine eigenen Füße und hat sich einen Cocktailspieß ins Ohr gerammt, so was könnte sogar einem Hund passieren, oder?«

»Du hast deinen Anteil bekommen«, sagte Manny, »das ist alles, was ich weiß.«

»O nein«, sagte Gust. »Das ist nicht alles, was du weißt. Waren das deine Männer im Club, Manny?«

»Ich weiß nichts über sie!« rief Manny.

»Und wieso wußten sie dann so viel über mich? Ich erwähnte Pässe, und sie wußten sofort Bescheid. Sie wußten auch, daß ich das Geld, das sie kriegen sollten, um mich umzulegen, in der Tasche hatte, und ich frage mich, wer ihnen das gesagt hat. Du siehst also, Manny, ich bin wirklich nicht glücklich.«

»Hau ab, und kotz dich woanders aus«, sagte der Hammer.

»Was ich dir gesagt habe, entspricht den Tatsachen«, sagte Manny.

»Das kann nicht sein. Nichts, was du sagst, entspricht jemals den Tatsachen, und dieser Haufen Müll, den du mir hier unterjubeln willst, sowieso nicht.«

»Ein Tip unter Freunden, paß auf, was du sagst.«

»Das ist 'n Scheißtip«, sagte Gust. »Der letzte, der mir so einen Tip gegeben hat, den haben sie begraben, zumindest die Stücke, die sie noch finden konnten.« Der Mann auf dem Sofa bewegte unschlüssig seine Zigarre am Rand des Glastisches hin und her, dann überlegte er es sich wieder anders und steckte sie in den Mund.

»Wer sind diese Typen überhaupt?« fragte Gust und meinte damit die Männer auf der Couch.

»Die haben nichts mit dir oder Harry zu tun, sie handeln mit Autos.«

»Die werden in London bestimmt weit kommen«, höhnte Gust. »Die sehen nicht gerade aus, als könnten sie einen Briten von einer einfachen Zündkerze unterscheiden.«

»Die wickeln ihre Geschäfte im Ausland ab.«

»Verstehe«, sagte Gust, »die handeln also nur mit gebrauchten Trabbis und Ladas? Haben gar kein Interesse an Pässen?«

»Genau, und ich befürchte, wir haben im Moment so viel

zu tun, daß du jetzt leider gehen mußt. Tut mir leid, daß ich dir nichts zu trinken anbieten kann.«

»Schon gut, ich trinke sowieso nicht mit Arschlöchern.«

»Dann bist du sicherlich selten besoffen«, sagte der Hammer.

Gust schaute geradewegs durch ihn hindurch. »Wo ist die Ware gelandet, Manny?«

»Das geht dich nichts an. Wo sie landet, war nie dein Bier. Du hast dein Geld bekommen, also verzieh dich endlich.«

»Manny, ich werde der Sache auf den Grund gehen, und das könnte sehr unangenehm werden, es könnte dabei zu ernsthaften Auseinandersetzungen kommen.«

»Außer deinem Arsch fällt mir keiner ein, in den man treten könnte. Du bist so gut wie erledigt, Gust, du hast keinen Kredit mehr. Du hast zu viele Feinde und zu wenig Freunde. Bring ihn raus, Hammer, und mach den Laden dicht. Noch eins, Gust, wenn du nicht auf meine schwarze Liste willst, hör auf damit, Leute zu beleidigen. Einen Freund wie mich findest du nicht mehr.«

»Und ob, massenhaft auf Scheißhauswänden«, sagte Gust, »und den Rest auf dem beschissenen Boden.«

»Harte Worte, Freund«, sagte ein Mann auf dem Sofa.

»Stimmt«, antwortete Gust, »und da du hier ein Auswärtsspiel hast, solltest du sie dir merken.«

»Nimm's nicht so tragisch«, sagte Manny. Den Ausländern erklärte er: »Das hier ist bloß eine geschäftliche Angelegenheit, er meint es nicht so. Typen wie Gust sind hier alle gleich. Die verdienen nicht viel, regen sich deshalb schnell auf und sind eben etwas hitzig.«

»Ja«, sagte Gust, »außer denjenigen, die zu geldgierig sind, die kühlen schnell ab, und zwar auf eine Temperatur, die im Leichenschauhaus herrscht.«

»Tut mir leid, wenn du in der Scheiße sitzt«, sagte Manny, »mehr kann ich nicht sagen, außerdem muß ich mich jetzt wirklich um diese Herren hier kümmern. Wir haben einige geschäftliche Dinge zu regeln und gehen dann im West End essen.«

»Im Red Wok?«

»Vielleicht«, sagte Manny, »und es war mir wirklich ein Vergnügen, mit dir zusammenzuarbeiten.«

»Ich gebe dir eine letzte Chance, die Sache zu klären.«

»Verpiß dich.«

»Okay.« Gust zuckte die Schultern. »Du willst es nicht anders.«

Er verließ die Wohnung und traf am Treppenabsatz wieder auf Frankie.

»Das war frustrierend«, sagte Frankie, als sie ins Auto stiegen. »Ich weiß nicht, wie du dich bei diesem verdammten Hammer überhaupt noch beherrschen konntest.«

»Hast du alles gehört?«

»Warum nicht? Hatte ja nichts anderes zu tun.«

»Ich habe sie gewarnt.«

»Habe ich mitbekommen«, sagte Frankie, als sie aus der Parklücke schossen. »Die sollten erst mal ein bißchen wachsen.«

»Das werden sie«, sagte Gust. »Wie Unkraut, aber auf dem Friedhof.«

14

Gust kam früh ins Eclipse in der Hoffnung, Petal würde auftauchen. Er stand am Tresen und trank einen Scotch, als ein übergewichtiger Glatzkopf sich auf den Hocker neben ihm schob und sagte: »Laß dir mal was ins Ohr flüstern, Freund.«

»Heute nicht«, entgegnete Gust. »Verpiß dich.«

Gust hatte ihn noch nie gesehen. Der Mann hatte eine

krächzende Stimme, roch nach Hamburgern, sein aufgeblähter Bauch quoll ungesund über den Gürtel, und sein blasses, feistes Gesicht glänzte vor Schweiß. Er trug Jeans und eine Ultra-Dig-Jacke und tat sein Bestes, um richtig verlottert auszusehen, dabei hätte es all dieser Anstrengungen eigentlich gar nicht bedurft. »Mein Name ist Spaulding.«

»Dann verschwinde, schieß in Wind wie 'n Golfball vom Tee, Baby.«

»Du bist nicht der einzige, der mir so kommt, aber mein Name ist nun mal Spaulding.«

»Ist nicht meine Schuld.«

»Wir müssen miteinander reden.«

»Mann, ich versuche, dir klarzumachen, daß ich nicht schwul bin«, sagte Gust, »also, schwitz dir's von mir aus durch die Rippen.«

»Jetzt verstehe ich, warum manche sagen, du bist schwierig.« Spaulding legte Gust eine Hand auf den Rücken, sie fühlte sich an wie eine lauwarme Wärmflasche.

»Nimm deine verdammte Hand da weg.«

»War doch nur freundlich gemeint.« Gust packte Spauldings Arm und bog ihn so weit nach hinten, bis Spaulding seine eigene Hand im Nacken hatte.

»Mach das nicht noch mal, verstanden?« Er ließ den Arm los.

»Gott«, sagte Spaulding. Er zog seinen Arm wieder nach vorn, beugte ihn einige Male und verzog dabei das Gesicht. »Du bist verdammt aggressiv.«

»Leute, die wie du den Väterlichen raushängen lassen, sind mir am meisten zuwider!«

»Ich könnte tatsächlich dein Vater sein«, sagte Spaulding, »und ein ziemlich strenger dazu, wenn man bedenkt, daß ich hier direkt um die Ecke wohne.«

»Welche Ecke? Keine Ahnung, wovon du redest. Ich sage

dir nur eins, das hier ist nicht deine Art Bar. Warum versuchst du's nicht an der Ecke vorm Mutineer oder im White-Hot, wenn du ein paar Groschen zuviel in der Tasche hast? Ich mein's nur gut, denn für mich bist du nichts weiter als ein harmloser Schwachkopf, also zwing mich nicht, es dir auf die harte Tour beizubringen.«

»Nicht nötig, das hier tut's auch.«

»Ich kann's nicht fassen«, sagte Gust, als er einen Blick auf den Dienstausweis warf. »Detective Inspector? Poland Street? Großer Gott, ich wußte zwar, daß ihr's in der Factory alle miteinander treibt, aber daß ihr hier draußen rumeiern müßt, um auf eure Kosten zu kommen, das wußte ich nicht.«

»Fordere dein Glück nicht heraus, Gust. Du hängst bereits an den Eiern überm Abgrund.«

»Nicht unbedingt, aber du bist schon der zweite innerhalb von zwei Tagen, das ist einfach zuviel. Poland Street? Sagt mir durchaus was. Bist du zufällig 'n Kumpel von einem Bullen namens Pacey? Und kennst du einen anderen liebenswerten Menschen, Charlie Bowman? In welcher Abteilung arbeitest du?«

»A14.«

»Ungeklärte Todesfälle? Du ermittelst also in einem Mordfall?«

»Ja, zwei, wenn man so will.«

»Erklärt aber noch nicht, warum ihr ständig hinter mir her seid.«

»Weil du wieder mal Probleme hast. Und nicht zu knapp.«

»Meinst du den Ausschlag in meinem Gesicht? Ist ein Überbleibsel aus dem Knast, keine Angst, hat nichts mit AIDS zu tun. Ich war schon beim Arzt damit, besteht also kein Risiko für dich, mich anzufassen.«

»Du verstehst mich nicht richtig.«

»Ich versuch's erst gar nicht.«

»Darüber solltest du noch mal nachdenken«, sagte Spaulding. Er nahm einen Schluck Whisky.

»Wie ich sehe, trinkst du im Dienst.«

»Ja, mitunter, na und? Willst du das melden?« Spaulding schüttelte das Eis in seinem Glas. »Du bist also überrascht, daß du hier von einem Polizisten befragt wirst?«

»Ich kriege einfach nicht auf die Reihe, warum.«

»Dafür gibt's 'nen ganzen Haufen Gründe, alle zusammen bedeuten schlechte Nachrichten für dich, einige davon sind sogar besonders schlecht.«

»Das hat doch wohl nichts mit Paceys Gelaber über die Schlägerei in irgendeiner Bar zu tun? Es fängt an, mich zu langweilen, für mich ist die Sache schon gegessen.«

»Was diese Schlägerei betrifft, da muß Pacey irgendwas falsch verstanden haben«, sagte Spaulding. »Komisch, passiert nicht oft, daß wir so völlig desinformiert sind, obwohl es durchaus mal vorkommen kann. Ich würde niemals behaupten, daß so was ausgeschlossen ist, verstehst du.«

»Einen Scheiß versteh ich.«

Spaulding seufzte. »Gibst dir ja mächtig Mühe, schwierig zu sein. Du bist 'ne Dosis, die ich wahrhaftig nicht brauche, Leute deiner Sorte haben wir mehr als genug in den Akten.«

»Soviel, daß ihr es gerade noch bewältigen könnt, nehme ich an«, meinte Gust. »Schließlich werdet ihr dafür bezahlt.«

»Richtig, doch du bist in einer schlechten Position. Ein Fehltritt, und bis zum Jahr 2000 kannst du die Straße vergessen.«

»Ich weiß, deswegen passe ich besonders gut auf, wohin ich laufe, darauf kannst du Gift nehmen.«

»Nicht gut genug«, sagte Spaulding. Er trank aus und wollte sich noch einen bestellen, aber das Mädchen hinter dem Tresen nahm keine Notiz von ihm.

»Hast du heute frei, oder was ist los?« fragte Gust. »Willst du etwa den ganzen Abend bleiben?«

»Wieso fragst du?« erwiderte Spaulding. »Wartest du auf jemanden?«

»Auf meine Großmutter«, antwortete Gust. »Sie ist zwar nicht mehr ganz so scharfsinnig, schließlich ist sie achtundachtzig, aber es macht wesentlich mehr Spaß, mit ihr zu reden als mit dir, weil sie nicht so viel Stroh im Kopf hat.«

»Tut gut, mal wieder richtiges schönes, altes Englisch zu hören«, sagte Spaulding. »Denn die meisten Leute heutzutage malträtieren die Sprache, oder wie siehst du das?«

»Stimmt. Nichts ist mehr von Dauer, aber wie hast du mich hier überhaupt gefunden?«

»Es war ein Kinderspiel, und damit verrate ich dir absolut kein Geheimnis. Ich habe mich in der Gegend ein bißchen herumgetrieben und dich mit Frankie Petrosa aus einem gestohlenen BMW steigen sehen, dann bin ich dir einfach hierher gefolgt.«

Gust wußte nichts über Spaulding, geschweige denn, daß er jemals von ihm gehört hätte, aber wer kennt schon jeden Bullen? Am meisten jedoch störte ihn die Tatsache, daß er in A14 arbeitete. Die Bullen dort waren nicht irgendwelche abgehalfterten Detectives. Sie wurden allein nach der Fähigkeit ausgewählt, Mörder zur Strecke bringen zu können; wenn man so wollte, bestimmten sie selbst, wer in ihren Kreis aufgenommen wurde. Es waren eingefleischte Einzelgänger, einer wie der andere, und ihnen eilte der Ruf voraus, schwierig zu sein und niemals einen Fall aufzugeben. Sie arbeiteten ausgelagert in der Poland Street, denn sie waren nicht willkommen bei Scotland Yard und wenig anpassungsfähig, deshalb wurden sie bei Beförderungen nie berücksichtigt, das jedoch war ihnen gleichgültig. Gust war das alles hinlänglich bekannt.

»Nehmen wir noch einen?« fragte Spaulding.

»Nicht mit dir. Worüber willst du nun mit mir reden?«

Spaulding schnipste mit den Fingern und rief dem Mädchen hinter dem Tresen zu: »Einen doppelten Ring-a-ding mit Eis, Kleines. Einen.« Das Mädchen bediente drei andere Gäste, spitzte die Lippen und zeigte ihm im Spiegel die Andeutung eines verächtlichen, feuchten Kusses. Spauldings blaßblaue Augen sprühten vor Zorn. Er sagte zu Gust: »Also noch mal mit Gefühl, willst du hier mit mir plaudern oder lieber ein Stückchen weiter die Straße rauf?«

»Bei diesem Wetter bloß nicht zur Poland Street«, erwiderte Gust. »Schätze, die haben wieder mal öffentliche Gelder gekürzt und die Heizung abgedreht; ist richtiggehend kriminell, Leute in so einem Scheißhaus arbeiten zu lassen; nebenbei bemerkt, du solltest wirklich mal was für deinen Hals tun.«

»Für dich schmeißen wir sogar die Heizung an«, sagte Spaulding. »Für Typen deiner Kategorie läuft sie auf Hochtouren.«

»Das ändert nichts. So oder so, ich kann heute nirgendwo mit dir reden, habe dir doch schon erklärt, daß ich gleich dieses Familientreffen habe. Es sei denn, du willst mir einen blasen, das würde die Sache natürlich ändern.«

»Tut mir leid, das ist momentan nicht drin«, antwortete Spaulding.

»Denk mal an, und ich dachte, du wärst allein deswegen hier aufgetaucht.«

»Ich bin hier, weil ich unter anderem den Todesfall in Marly's Club untersuche. Das heißt, genaugenommen geht es um zwei Männer; einer ist tot, und der andere wird für den Rest seines Lebens ein Krüppel bleiben, das bedeutet schwere Körperverletzung zuzüglich Mord, wenn ich's dem Richtigen nachweisen kann.«

»Klingt eher nach einem Betriebsunfall, wenn du mich fragst«, sagte Gust, »und überhaupt, gestern morgen habe ich doch schon alles mit diesem Kaffer durchgekaut, mit deinem Kumpel Pacey.«

»Na, dann kauen wir eben alles noch mal durch«, sagte Spaulding. »Fangen wir am besten damit an, daß du endlich aufhörst, so zu tun, als wüßtest du von nichts, das würde die Sache wesentlich erleichtern.«

»Du wirst jetzt schockiert sein, aber ich weiß wirklich von nichts. Das heißt, eigentlich dürfte der Schock für dich nicht allzu groß sein, denn schließlich habe ich Pacey alles schon erzählt. Los weiter, laß noch mehr von deinen Sprüchen hören.«

»Also gut, da ist noch etwas ganz anderes, und irgendwie muß ich es dir beibringen.« Spaulding kratzte sich an der Wange, und seine Haut nahm ein hektisches Rot an. »Fällt mir nicht leicht, es so direkt auszusprechen.«

»Versuch's einfach«, sagte Gust.

»Du wirst es nicht gern hören.«

»Na und«, sagte Gust, »von euch kommt sowieso nie was Angenehmes.« Zu dem Mädchen hinter der Bar sagte er: »Einen doppelten Sherry mit Eis, nur einen.« Sein Drink kam sofort, und er fragte Spaulding: »Und, bist du zufrieden mit deinem leeren Glas, ja?«

»Nein«, antwortete Spaulding gereizt. »Das hier ist eine Bar wie jede andere, und momentan spielt sich hier nicht viel ab, ich bin Gast wie jeder andere und mag es nun mal nicht, wenn ich nicht bedient werde.«

»Du bist nicht wie jeder andere, du bist ein Bulle und fällst auf wie ein überzähliger Schwanz in der Hochzeitsnacht.«

»Okay, da ich 'n Bulle bin, vergessen wir ganz schnell, was ich dir erzählen wollte, und kommen noch mal auf diese Schlägerei bei Marly's zurück. Kannst du mir sagen, was du zu diesem Zeitpunkt getan hast?«

»Red keinen Quatsch. Welchen Zeitpunkt, wann sollte ich

da anfangen? Ich war nicht mal da.«

»Du warst vorgestern nacht gar nicht im Club?«

»Nein.«

»Komisch, man hat dich dort aber gesehen.«

»Pacey, wie er leibt und lebt. Bleib dabei, wenn's dich glücklich macht. Du hast sicherlich auch Zeugen, nicht?«

Schlagartig verlor Spaulding die Fassung. »Spiel hier nicht den Oberschlauen, Gust, schließlich geht's um Mord, und du weißt einen Scheiß, was wir haben oder was wir nicht haben.«

»Tut mir leid«, sagte Gust, »aber nach zehn Jahren im Bau kann mich das nicht mehr beeindrucken.«

Spaulding sah ihm in die Augen. »Okay, lassen wir jetzt die Sache bei Marly's und reden über das andere. Du weißt nichts, weil du gar nichts wissen kannst. Ich hätte niemals geglaubt, daß ich jemandem wie dir mal sagen werde: Du tust mir leid.«

»Und weshalb?«

»Weil es dich persönlich betrifft. Hast du eine halbe Stunde Zeit? Ja, du wartest auf deine Großmutter, aber ich denke, du solltest eine Nachricht für sie hinterlassen und diese Zeit opfern. Dieser aktuelle Vorfall hat sich heute ereignet, während du mit Frankie unterwegs warst.«

»Willst du mich verarschen?«

»Nein, aber wenn du mir nicht glaubst, dann komm doch mit und überzeug dich selbst, laß uns gehen und einen Blick auf Miss Chang werfen.«

»Petal? Habt ihr lausigen Bastarde sie etwa kassiert, oder was? Geht's ihr gut? Was habt ihr mit ihr gemacht?«

»Wir haben überhaupt nichts mit ihr gemacht«, erwiderte Spaulding. »Wir haben sie lediglich gefunden, und was deine Frage betrifft, ob es ihr gut geht, du solltest besser fragen, ob es ihr gut gegangen ist.«

»Was soll das heißen?« fragte Gust. Er fühlte, wie er blaß bis unter die Haut wurde.

»Was glaubst du denn, was das heißt?« Spaulding sprach erbarmungslos weiter. »Daß sie tot ist, natürlich, was sonst? Leute sterben immer, wenn du in der Nähe bist.«

Can't live without you, dachte Gust, das mußte aus irgendeinem Song stammen, den sie zusammen gehört hatten. Völlig unvermittelt fiel ihm dieser Wecker ein, den sie ihm mal zu Weihnachten geschenkt hatte. Sie waren vollkommen pleite gewesen und hatten sich einen ganzen Nachmittag im John Lewis herumgetrieben, denn dort war es warm gewesen, und sie hatten ihn dann zusammen ausgesucht. Gestern nacht noch hatte er ihn in ihrer Wohnung gesehen, und es hatte ihn gefreut. Er mußte sich beherrschen. »Gehen wir?« fragte Spaulding. »Übrigens, das vorhin mit der Hand, das geschah aus reinem Mitgefühl.«

»Hör auf zu quatschen, ja!« sagte Gust. »Laß uns rübergehen.«

Er nahm immer zwei Stufen hinauf zur Straße.

»Bist du in Ordnung?« fragte Spaulding. »Das wird jetzt alles andere als angenehm werden.«

»Mir geht's gut.«

Finster.

15

Als Gust und Spaulding ankamen, waren die Experten von der Spurensicherung schon gegangen und hatten den für die Abriegelung des Tatorts verantwortlichen Beamten zurückgelassen. Außer ihm war der junge Polizist anwesend, der von der Nachbarin alarmiert wurde, als Petal auf ihr Klingeln nicht reagiert hatte. Zwei uniformierte Polizeibeamte standen mit einem Leichensack am Treppenabsatz.

»Wir haben schon auf Sie gewartet, Mr. Spaulding«, sagte

der Ermittlungsbeamte. »Außer den Fingerabdrücken von Gust und ihr haben wir noch zwei weitere, einer davon weist Blutspuren auf.«

Gust blieb in der Tür stehen.

»Ist dir doch klar, es verstößt völlig gegen die Vorschriften, daß du hier bist«, sagte Spaulding.

Gust erwiderte nichts. Er betrachtete nur das, was auf dem Boden lag.

»Wenn's dir nichts ausmacht, daß ich das so offen sage«, sagte Spaulding, »aber dir scheint das hier nicht gerade unter die Haut zu gehen.«

Gust verzog keine Miene und antwortete nicht.

»Du hast doch was für Miss Chang empfunden, oder?«

»Ach ja?« sagte Gust.

»Ich frage dich.«

»Das hier ist euer Job, nicht meiner«, erwiderte Gust. Er wußte, er würde Probleme bekommen, wenn er seinen Mund richtig aufmachte.

»Wenn das so ist, dann kannst du auch reinkommen.« Spaulding agierte wie ein Makler, der einem Interessenten eine Wohnung zeigt.

Gust folgte Spaulding ins Wohnzimmer. So blutverschmiert, war es ein anderer Ort; nicht im entferntesten erinnerte er an vergangene Nacht. Petals Leiche lag auf dem Boden, umgeben von den Splittern eines Spiegels, den sie irgendwann einmal zusammen gekauft hatten; der Blick ihrer Augen war gläsern, sie waren halb geschlossen; es waren die Augen einer Frau, die einen zutiefst verachtet. Als es sich endlich in sein Bewußtsein drängte, daß es tatsächlich ihre Leiche war, die er betrachtete, und daß das unter dem Bett, auf dem sie beide die letzte Nacht verbracht hatten, ihre Handtasche war, mit der sie bis zuletzt versucht haben mußte, sich zu wehren, wurde alles, was er jemals an Gedanken in seinem Kopf gehabt hatte, weggerissen, und in diese Leere senkten sich Schwaden roten Nebels herab.

»Kein schöner Anblick mehr, was?« bemerkte Spaulding. »Selbst für einen harten Burschen wie dich.«

Aber Gust nahm ihn kaum wahr. *Als ich mich in dich verliebt habe, lange bevor du auch nur etwas davon geahnt hast — oder hast du es gewußt? —, habe ich die ganze Nacht auf der Straße gestanden und das Fenster deines Zimmers im vierten Stock — es war in der Carlyle Street — beobachtet, so lange, bis das Licht ausging, und ich habe mir gewünscht, daß ich derjenige wäre, der es ausmacht. Kam dir niemals der Verdacht — ich habe dich nie danach gefragt —, ob es mehr als Zufall war, daß ich dir am nächsten Tag auf der Straße fast in die Arme gelaufen bin, als du aus der Tür gekommen bist und mich aufgezogen hast, weil ich nicht rasiert war? Und dann sind wir ins Cucaracha gegangen und haben Chili con carne gegessen von meinem letzten Geld. Das ist jetzt achtzehn Jahre her.*

Er hörte, wie hinter ihm ein Bulle zu dem anderen sagte: »Es bricht mir das Herz, Mann.«

Gust dachte, *mich hat es getroffen, mich allein!*

»Habt ihr denn überhaupt kein Mitleid?« fragte Spaulding.

Gust hörte, wie jemand würgte, und irgendwie registrierte er, daß er es war. Er wollte weggehen, einfach nur raus, aber es war noch zu früh; es wäre so gewesen, als verließe man eine Beerdigung nach der Hälfte der Zeremonie. Jäh wurde ihm der Sinn von Trauerfeiern bewußt. Es hatte nichts mit dem Priester, der Musik oder der Kirche zu tun, es ging nur darum, das Unfaßbare erträglich zu machen, der Vernunft zu dienen, es einfach nur begreifen zu können.

Hier drinnen jedoch war nichts mehr zu begreifen, hier war nur der Geruch von kaltem Blut. Es roch nach Stahl, nach einer scharfen Linie, eine, die endgültig war und alles andere abtrennte. »Habt etwas Respekt, ja?« sagte er. »Seid einfach still.«

»Der Respekt nutzt sich ab in unserem Job«, erwiderte Spaulding. »Das muß auch so sein, ansonsten kämen wir alle ins Irrenhaus.«

»Ich wünschte, ihr würdet dort sein«, sagte Gust. Er beugte sich hinunter zu Petals Gesicht, außer der Nasenwurzel war nichts mehr davon übrig.

»Hast du sie heute morgen geküßt?« Als Gust keine Antwort gab, fügte Spaulding hinzu: »Ich möchte wetten, sie wäre noch am Leben, wenn du nicht gewesen wärst.«

»Wenn du nicht augenblicklich deine Fresse hältst«, bemerkte Gust vollkommen ruhig, »bringe ich dich vor den Augen deiner eigenen Männer um, hast du verstanden?« Er kniete sich neben sie. »Sie haben ganze Arbeit bei dir geleistet«, sagte er laut zu ihr. »Zuerst haben sie ein Rasiermesser genommen, vielleicht auch ein Teppichmesser, dann haben sie dir den Todeskuß aufgedrückt, vermutlich mit etwas Schwerem, war es nicht so, Petal? Würde sagen, eine Eisenstange oder ein Baseballschläger.«

»Womit auch immer«, sagte Spaulding, »die Waffe haben sie nicht zurückgelassen.«

»Nein«, sagte Gust. »Es waren zwar Wichser, aber keine Amateure.«

»Wie fühlst du dich jetzt?« fragte Spaulding.

»Du willst mich zerquetschen, nicht wahr? Aus diesem Grund hast du mich hierhergebracht.«

Der Ermittlungsbeamte trat zu ihnen und sagte: »Keiner der bisher Befragten hat irgend etwas Verdächtiges beobachtet.«

»Wie auch«, sagte Gust, »in der Berwick Street sehen alle verdächtig aus.«

»Du bist ein herzloses Arschloch«, sagte Spaulding. »Sollte mich wundern, wenn dir das hier wenigstens den Appetit verderben würde.«

»Tut's nicht«, sagte Gust, »ich bin nämlich nicht hungrig.«

»Du mußt doch aber irgendwas spüren.«

»Sicher. Habe ich dir doch gerade erklärt, ich verspüre keinen Hunger.«

»Typen wie du gehören nicht zur Gattung Mensch.«

»Warum hebst du dir diesen Schwachsinn nicht für die Mörder auf? Solltest du sie jemals kriegen, kannst du denen das ja predigen.«

»Ach, hast du die Moral jetzt gepachtet?«

Gust packte Spaulding an der Jacke. »Versuch du doch mal, deinen Weg durch dichten Nebel zu ertasten. Durch roten Nebel. Und ich hoffe, daß die Toten dich dafür richten werden, daß du mich hierhergebracht hast, wenn's die Lebenden nicht tun.« Er schob ihn beiseite. »Laßt mich durch«, sagte er zu den Polizisten.

»Nur eine Sekunde«, sagte Spaulding. »Könnte sein, daß ich dich noch für eine Aussage brauche. Da ist die Sache bei Marly's und das hier. Wo wohnst du?«

»Nirgends.«

»Du wirst es noch bereuen, daß du nicht kooperativer warst.«

»Das Leben ist eine Aneinanderreihung von Dingen, die man bereut«, antwortete Gust.

Er ging, und niemand versuchte, ihn daran zu hindern.

Irgendwie fand er den Weg zur Straße. Er schaffte es bis zur Shaftesbury Avenue, lehnte sich gegen die Hauswand eines Kinos und übergab sich. Eine Frau, die gerade mit ihrem Freund vorbeiging, sagte: »Schau nicht hin, Perry. Ich frage mich, ganz ehrlich, wann will die Regierung endlich mal was unternehmen, um diese schrecklichen Leute vom Trinken abzuhalten?«

Gust hatte zwar seinen Magen entleert, aber es fiel ihm immer noch schwer, einen klaren Gedanken zu fassen, alles war zu verworren. Der rote Nebel verdichtete sich in seinem

Hirn. Die erste Unterhaltung mit Petal ging ihm durch den Kopf: *Ich bin noch jung. Okay, ich bin schon mal mit dem Gesetz in Konflikt gekommen, das ist kein Geheimnis, ich war im Bau, na und? Ich habe Narben, ich habe gekämpft, das ist nun mal so, wenn man sich mit Kriminellen einläßt. Aber die Leute, die ich mir vorgenommen habe, haben's verdient, das sind alles Wichser und Verräter. Du und ich, wir könnten es miteinander versuchen, du bist glücklich, ich bin glücklich. Ich könnte mit dir zusammenziehen. Habe etwas Kohle rübergerettet von ein paar Dingern, die geklappt haben, und außerdem verbraucht man nicht viel, wenn man einsitzt.*

Er mußte auch an einen seiner besten Freunde denken, den Iren, als der an den Tresen des alten Contract Clubs kam, nachdem er eine ganze Woche auf Tour gewesen war und durchgesoffen hatte, und fragte, Gust, kannst du mir ein Bier ausgeben? Er kippt das erste runter, dann noch die Hälfte vom zweiten und kotzt dann alles wieder aus. War das wirklich alles schon zehn Jahre her, der gepanzerte Wagen auf der A12? Zehn Jahre? Es kam ihm vor, als sei es gestern gewesen. Auf den körperlosen Schwingen seiner Alpträume, die ihn im Gefängnis so sehr gequält hatten, daß er den Schlaf fürchtete, flog Gust zurück zu der Nacht, in der der Ire nach dem Überfall starb, weil es dem Nachtwächter gelang, ihn festzuhalten und ihm seinen Knüppel übers Gesicht zu ziehen. Der Ire brach zusammen, spuckte das Innenleben seines Schädels aus, rot, schwarz und gelb, Stücke von seinen Zähnen, alles, alles spuckte er aus, stoßweise, blutig. Mehr konnte Gust in der Panik des Augenblicks nicht wahrnehmen, die Eindrücke verwischten sich; es gab einen Knall, und The Malt hatte dem Nachtwächter mit einer Signalpistole den Kopf weggeblasen. Sie ließen alles zurück, flohen und brachten den Iren in den sicheren Unterschlupf in Hammersmith. Er wimmerte immerzu »Tee, Tee«, aber es gab keinen Tee, sie hatten nur Whisky.

Er überlebte noch Dreiviertel des darauffolgenden Tages; die Laute, die er von sich gab, glichen einem merkwürdigen Singsang, und so erhielt Gust eine Lektion darin, wie ein Mensch spricht, wenn ihm die untere Hälfte seines Gesichts abhanden gekommen ist. Da er nicht mehr schreien konnte, produzierte der Ire Töne, die an das Gurren turtelnder Tauben im Frühling erinnerten. Gust saß mit geschlossenen Augen an seinem Bett, denn er konnte den Anblick der sich fahrig bewegenden Zunge nicht mehr ertragen, die noch immer versuchte, ihrem verlorengegangenen Kiefer nachzujagen. Als es Nacht wurde und auch der Whisky nicht mehr half, brachten sie ihn ins Fulham-Palace-Road-Krankenhaus. Er starb eine Stunde später, und kurz darauf erschienen die Bullen bei ihnen.

Erst jetzt fing er an zu begreifen, daß auch Petal tot war. Er spürte das Bündel Banknoten in seiner Tasche, als er an der Straßenecke der Peter Street stand. Und er wandte sich an den dunklen Himmel und sagte: »Hast du vor, alle meine Freunde auf die Art und Weise zu erledigen, du Bastard?« Und drohend erhob er die Faust.

Er fühlte erneut Erbrochenes in seinen Mund schießen, und er beugte sich über den Rinnstein. Ein paar Zeilen, die er wohl irgendwo im Gefängnis gelesen haben mußte, kamen ihm in den Sinn:

> You hear her
> Running down the stairs on her clattering heels:
> And you are deafened
> By the sound of doors shutting on you.

Der Wahnsinn kroch durch den Nebel in seinem Kopf und massierte ihn mit geschmeidigen Fingern.

16

Später hätte er eigentlich ins Eclipse gehen sollen, um Sholly zu treffen, statt dessen ging er ins Diadem, um sich zu betrinken. Noch konnte er das Eclipse nicht ertragen.

Nach einer halben Stunde war er noch immer dort und starrte in sein Glas. Er blickte sich um. Das Dasein schien dreckig wie der mit Kippen randvolle Aschenbecher eines Spielers. Er saß da und versuchte, sich eine Vorstellung davon zu machen, was Petal hatte alles erdulden müssen, während sie starb; und er konnte es noch nicht akzeptieren, daß es seinetwegen geschah und sie deshalb nicht in diesem Augenblick im Eclipse miteinander tanzen konnten.

Er sah sich um, und da saß der Boxer von letzter Nacht neben ihm.

»Hallo«, sagte der Boxer, »wie stehen die Dinge?«

»Nicht gut.«

»Du siehst auch nicht gut aus. Nicht gut drauf, was? Du machst den Eindruck, als könntest du einen Freund gebrauchen.«

»Stimmt«, antwortete Gust, »aber gerade jetzt habe ich keinen.«

»Das ist schlecht«, sagte der Boxer, »jeder braucht einen Freund. Hattest du jemals welche?«

»O doch«, sagte Gust, »aber ich habe sie im Nebel verloren.«

»Wo?«

»Nebel. In meinem Kopf.«

Der Boxer rückte mit seinem Hocker leicht zurück. »Du solltest deswegen mal einen Arzt aufsuchen.«

»Sinnlos.«

»Nun, ich weiß auch nicht, was du tun solltest, geht mich

ja auch nichts an. Ich stelle keine dummen Fragen.«

»Letzte Nacht hast du das aber getan.«

»Das war ein Mißverständnis«, sagte der Boxer. »Wie geht's der Lady?«

»Der wird jetzt nichts mehr passieren.«

»Freut mich, das zu hören«, sagte der Boxer. »Sie ist ein Juwel, ein richtiger kleiner Diamant.« Er stand auf. »Ich hau jetzt ab, laß mich auf jeden Fall wissen, wenn du in Schwierigkeiten steckst.« Er nahm einen Kuli mit dem Werbeslogan eines Buchmachers und schrieb etwas auf die Rückseite einer leeren Westminster-Schachtel. »Das ist die Telefonnummer von Paul's Gym in Wapping, die wissen immer, wo ich zu finden bin.«

»Danke, aber ich komme schon zurecht.«

»Laß uns wenigstens noch einen nehmen.«

Sie nahmen noch fünf.

Dann sagte der Boxer: »Achte auf diesen Nebel in deinem Kopf, paß auf, wo du hinläufst.« Er schwankte aus dem Pub und prallte dabei gegen die Tür.

Die Tür hatte das Nachsehen.

Später saß Gust immer noch im Diadem. Jemand tippte ihm auf die Schulter und sagte: »Der Typ da drüben will mit dir reden.«

Connor stand an der Tür.

»Komm raus«, sagte er, als Gust zu ihm herüberkam.

Sie überquerten die Straße, weg von den Straßenlaternen.

»Und«, fragte Connor, »was ist?«

»Was meinst du?«

»Das weißt du verdammt genau.«

»Wie hast du's rausgefunden?«

»Auf die direkte Tour. Ich kam nach Hause, und die Bullen waren da.«

Gust sagte nichts.

»Was ist auf einmal mit dir los?« fragte Connor. »Bist du stumm?«

»Ja«, sagte Gust.

»Ist das alles, was dir einfällt?«

»Es reicht zumindest«, sagte Gust, »das ist alles. Alles, was ich zu sagen habe.«

»Du hast nicht mal 'n Amen für sie?«

»Meinst du, sie hört es?«

»Unglaublich«, murmelte Connor. »Ist schon erstaunlich, was für ein Dreckskerl du bist.«

»Ich habe ebenso Erinnerungen an sie wie du.«

»Was sind schon Erinnerungen? Sie sind nicht viel wert, oder?«

»Wir werden uns wohl damit begnügen müssen, nicht wahr?«

»Was passiert ist, ist allein deine Schuld.«

»Ich weiß«, sagte Gust. »Ich habe Petal praktisch getötet, weil ich nicht darüber nachgedacht habe, was ich tat. Was willst du sonst noch?«

»Du bist für mich gestorben«, sagte Connor. Er schlug hart zu. Gust verteidigte sich nicht. Er ging zu Boden, und Connor nahm ihn sich vor, vor allem sein Gesicht. Immer und immer wieder trat er mit seinem Stiefel zu. Als er genug hatte, sagte er: »Du bist es nicht mal wert, daß man dich umbringt« und ging dann die Straße hinunter, ohne sich auch nur umzudrehen. Gust blieb auf dem Bürgersteig liegen und sah ihm hinterher. Nach einer Weile wischte er sich das Gesicht ab und stand auf.

Er ging zurück in den Pub und bestellte einen doppelten Scotch. Der Alkohol ätzte seine aufgeplatzten Lippen. Die anderen Gäste sahen ihn beklommen an, aber niemand näherte sich ihm. Stimmen drangen durch den Nebel in sein

Hirn: »Wir wollen nicht, daß es uns ergeht wie Petal. Sorge dafür, daß es schnell vorüber ist, wenn wir dran sind.«

Gust antwortete ihnen: »Verglichen mit dem, was derjenige zu erwarten hat, der es getan hat, ist das, was mir gerade passiert ist, wie der Kuß eines barmherzigen Engels.« Das sprach er laut aus.

Er saß am Tresen, trank und pfiff vor sich hin. In Gedanken glitt er für sie über eine Klaviatur, über schwarze und weiße Tasten, für alles, was er und Petal miteinander erlebt hatten, in Dur und in Moll. Es war seine Grabrede für sie.

Er hatte schon Leute gesehen, die an einem frisch aufgeworfenen Grab weniger getrauert hatten.

17

Sholly war wütend, weil Gust sich verspätet hatte. Er befürchtete, man habe Gust geschnappt und ihm bei den Bullen das Singen beigebracht. Und diese Befürchtungen brachten ihn in Rage. Als er Gust sah, rief er: »Wo zum Teufel hast du gesteckt?«

»War beschäftigt.«

Sholly betrachtete ihn eingehender. »Du siehst ja schrecklich aus. Was ist bloß mit deinem Gesicht passiert, Mann?«

»Kümmer dich nicht darum«, antwortete Gust. Er setzte sich ihm gegenüber. »Was ist, hast du's?«

»Ob ich's habe?« fragte Sholly. »Logisch hab ich's. Und du? Hast du die Kohle? Wenn ja, laß sehen.«

»Nein, du Arschgesicht. Sag mir erst, wo das Ding ist.«

»Im Scheißhaus, im Spülkasten der zweiten Latrine, und komm nicht auf die Idee und mach die Flatter.«

»Wovor sollte ich Angst haben?« fragte Gust. »Vor den Scheißhaufen?«

Sholly war gereizt genug, um fast »Warum nicht?« zu schreien, aber er besah sich Gust noch mal genauer und hielt sich zurück. »Stimmt«, sagte Gust, »an meiner Visage ist nichts mehr zu versauen.«

Das Männerklo oben war leer. Er ging in die zweite Kabine, schloß sich ein, nahm die Pistole aus dem Wasserbehälter und riß das Plastik auf. Die Waffe war trocken, aber um sicherzugehen, hielt er sie in den warmen Luftstrom des elektrischen Händetrockners. Es war eine brandneue .38er, eine Beretta.

Er lächelte sie an und sagte: »Für dich gibt es eine Menge zu tun.«

Er lud sie, steckte sie in die Tasche und ging dann zu Sholly zurück. Das restliche Geld drückte er ihm unter dem Tisch in die Hand. »Es stimmt, kannst es später nachzählen. Übrigens, du kennst doch Petal Chang, nicht wahr?«

»Die mit den klasse Titten? Klar«, sagte Sholly. »Hatte oft Gelegenheit, die zu bewundern, als sie im Contract Club oben ohne gesungen hat. Ist 'ne gute Tänzerin, kommt oft ins Tiara. Warst du nicht mal mit ihr zusammen? Was ist mit ihr?«

»Nichts«, sagte Gust. »Nichts mehr. Heute nachmittag ist sie gestorben.«

»Gestorben? Was meinst du damit?«

»Man hat sie umgebracht, sehr wahrscheinlich mit 'ner Eisenstange, kann auch ein Baseballschläger gewesen sein, so genau wissen die es noch nicht.«

Shollys Gesicht wurde aschfahl. Sieben Tage die Woche verkaufte er den Tod, nur gegen Bares, eins zu eins, aber er selbst war nicht wild auf den Kontakt mit dem Schnitter. »Scheiße«, sagte er bestürzt. »Haben sie schon einen Verdacht?«

»Nein, aber du hängst doch immer hier rum, hast du sie in letzter Zeit mit irgend jemandem gesehen, der dir besonders aufgefallen ist?«

»Du kennst doch Petal«, sagte Sholly, »alle möglichen Typen haben ihr einen ausgegeben.« Gust bemerkte, wie er krampfhaft nach einer Ausrede suchte, um sich möglichst schnell davonmachen zu können. Die Nachricht von ihrem Tod hatte ihn aufgeschreckt; neuerdings schreckten ihn schlechte Nachrichten immer auf. »Ob am Tag oder in der Nacht, die Kerle haben das immer gemacht. Kam sie ohne Begleitung, dann hat sie eben mit einem Unbekannten getanzt, wie man so sagt.« Er heftete seinen Blick auf Gusts Tasche und sagte: »Brauchst du die Knarre dafür?«

»Wenn du auch nur im Traum an so was denkst, Sholly, dann bist du erledigt. Es wird mir ein Vergnügen sein, mich höchstpersönlich davon zu überzeugen.«

»Hör mal«, Sholly wand sich und rückte seinen Stuhl ein Stück zurück, »solange du mich nicht als Zielscheibe benutzt, kümmert's mich einen feuchten Dreck. Ziel damit auf wen oder was du willst, es ist deine Sache, wofür du das Ding benutzt, klar? Ich verzieh mich.«

»Das Klügste, was du machen kannst«, sagte Gust, »und wenn du irgendwelche Neuigkeiten hörst über Petal, ich lass mich das was kosten.«

Aber Gusts Worte erreichten Sholly nicht mehr. Das Innenministerium führte unter anderem auch eine Akte über ihn, und er hatte wenig Interesse daran, schlafende Hunde zu wecken.

Gust ging zur Greek Street, um ein Taxi zu nehmen.

Er war sich ziemlich sicher, daß irgendein Arschloch ihm vor dem Eclipse auflauerte, um ihn fertigzumachen, aber wie sooft, je mehr man sich auf eine bestimmte Situation einstellt, desto weniger ist sie auch geneigt, sich zu entwickeln.

Es ist immer genau die Situation, mit der man am wenigsten gerechnet hat, die einen letztendlich umhaut.

18

Gust nahm ein Taxi und fuhr zu Johnny Laray in Brockley. Johnny fütterte gerade seine Windhunde hinter dem Haus und ließ ihn hinein mit einem Eimer in der Hand. Als er Gust sah, erschrak er: »Um Gottes willen, hast du einen Laster gerammt, oder was?«

»Man hat mich verprügelt, das ist alles«, antwortete Gust. »Kann ich reinkommen?«

»Klar.«

Johnny war Gusts Exschwager, und sie hatten sich von jeher gut verstanden. Auch nach der Trennung von Johnnys Schwester Cheryl hatte sich daran nichts geändert. Johnny hatte lediglich bemerkt: »Es war richtig, sie in die Wüste zu schicken, Schwester hin, Schwester her, sie ist eine blöde Kuh.«

Johnny fütterte die Hunde weiter, und Gust sah ihm dabei zu. Die Hunde hatten alle klangvolle Namen, aber zu Hause benutzte er sie nie. »Micky, Michelle, Vic! Vic hat eine Sehnenzerrung am Hinterlauf«, erklärte er, »trotzdem hat mir ein Typ aus St. Albans fünf Riesen für ihn geboten, bar auf die Hand. Er will ihn für die Zucht. Natürlich habe ich abgelehnt, ein Leben ohne ihn wäre nicht mehr dasselbe.« Er tätschelte dem Hund die Schnauze.

Gust sah, wie sich der Hund an Johnnys Beine schmiegte. Er selbst hatte mit Tieren nicht viel im Sinn, aber er verstand die Beziehung zwischen Johnny und seinen Hunden sehr gut. Das war Liebe sieben Tage die Woche, selbst wenn der Zughase die Bahn entlangflitzte.

»Also gut«, sagte Johnny, »was gibt's?«

»Das hier ist kein Anstandsbesuch«, sagte Gust. »Ich bin auch nicht vorbeigekommen, um mir 'nen Zehner von dir zu leihen oder irgendwas in der Art. Es geht um was Ernstes. Ich werde dir alles erzählen, aber dafür brauchen wir Zeit.«

»Schon in Ordnung«, sagte Johnny. »Laß mich das hier nur fertig machen, wir gehen dann rein und trinken erst mal einen.«

»Ich kann einen starken Drink gebrauchen.«

Die Hunde drängten sich um Johnny und versuchten, eine doppelte Portion Futter zu ergattern. Er streichelte eine junge Hündin. »Hier, das ist Prinzessin«, sagte er. »Sie ist meine neueste Errungenschaft und wirklich schnell, sie könnte uns gut und gern ein paar Riesen einbringen. Sie startet in einem Rennen nächsten Samstag.« Die Hündin lief auf und ab und schwänzelte zwischen Gusts Beinen hin und her.

Johnny war schließlich soweit, und sie gingen ins Haus. »Also, wie stehen die Aktien?« fragte Johnny.

»Schlecht, schlechter geht's eigentlich gar nicht mehr.«

»Erzähl mal, und laß dir Zeit.«

»Das muß ich auch«, sagte Gust. »Ich kann nicht mal beschreiben, wie ich mich fühle. Ich bin danach auf die Straße und habe gekotzt, und seitdem ist mir, als wenn ich gar keine Empfindungen mehr habe.«

»Hör zu«, sagte Johnny, »ist vielleicht besser, nicht gleich darüber zu reden.«

»Warum? Sind wir hier nicht allein?«

»Nein. Wie ich Shirley kenne, bleibt sie nicht mehr lange, sie langweilt sich abends immer, momentan ist sie aber noch im Wohnzimmer. Ich warne dich, sie ist nicht jedermanns Fall, und du wirst es gleich merken, sie hat nicht gerade ihren besten Tag. Heute abend steht sie auf Gin und Frauenrechte.« Er rief: »Bin wieder da, Shirl, bist du im Wohnzimmer?«

Die Frau brüllte: »Verdammt noch mal, wo soll ich sonst sein?«

Sie gingen ins Wohnzimmer. Sie räkelte sich auf dem Sofa;

für ein Mädchen war sie zu alt, und der rosafarbene Rock, den sie trug, begann an der Taille und endete irgendwo auf gleicher Höhe. Sie sah ein Video mit Bruce Lee und zeigte Beine, die so lang waren wie die Autobahn, und rote Strapse. Sie sah aus wie etwas, was bei einer Zuhälterweihnachtsfeier vom Weihnachtsbaum gefallen war.

»Das ist Shirley«, sagte Johnny.

Kurz angebunden fragte sie Gust: »Und wer bist du?«

»Mein ehemaliger Schwager«, sagte Johnny.

»Ach, Cheryls Ex? Den habe ich nie getroffen.«

»Konntest du auch nicht«, sagte Johnny, »er war nämlich weg.«

»Ach so, einer von denen.«

»Einer von denen?« fragte Gust.

»Einer von denen, die immer lange irgendwo Ferien machen«, höhnte sie.

»Das reicht«, sagte Johnny, »hör auf damit.«

»Warum?« fragte sie und fummelte ihre Reizwäsche zurecht. »Ich will mehr hören. Ich krieg hier sowieso nichts mehr mit in diesem Loch, abgesehen von Füchsen im Garten und furzenden Hunden in der Küche.«

»Laß es, Shirley«, sagte Johnny, »du hast schon wieder ein paar zuviel drin.«

»Ein paar?« sagte sie. »Na und? Ich wünschte, ich wäre wieder auf'm Strich in King's Cross.«

»Geht ganz schnell, wenn du nicht aufhörst zu kläffen.«

»Mir auch egal. Ich muß ja bescheuert sein, hier im wahrsten Sinne des Wortes vor die Hunde zu gehen.« Sie machte eine abfällige Handbewegung und schmiß dabei ihren Drink um, der auf einem Untersetzer mit der Aufschrift *Olé! España!* stand, dann spreizte sie die Beine und zeigte ihre Pussy.

»Hör auf damit«, sagte Johnny, »das habe ich dir schon hundertmal gesagt.«

»Warum denn? Du interessierst dich sowieso nur für deine Scheißköter, also, was bleibt mir übrig?«

Ihr Nichts von einem Oberteil war extrem weit ausgeschnitten, und Gust betrachtete ausgiebig ihre Titten. Da sie sowieso fast völlig entblößt präsentiert wurden, fand er auch nichts dabei. Sie erinnerten ihn an die Kürbisse, die er als Jugendlicher aushilfsweise an einem Marktstand in der Berwick Street verkauft hatte.

Sie angelte sich ihr Glas und schmiß es nach Johnny. »Hier, fang auf. Mach's voll, und vergiß das Eis nicht.«

Johnny fing es auf und roch daran. »Dieser spanische Brandy haut dich wirklich um.«

»Steck dir deine Kommentare in den Arsch, und kipp mir einen ein.«

»Ich habe das dumpfe Gefühl, ich störe hier«, sagte Gust.

»Stören?« antwortete Shirley. Sie nahm die Fernbedienung des Fernsehers und stellte den Ton ab. »Du störst hier überhaupt nicht.« Sie zog einen ihrer himbeerfarbenen Slipper aus, schleuderte ihn quer durchs Zimmer und traf eine portugiesische Puppe, die daraufhin zu Bruch ging. »Na los, ihr beiden Tucken«, rief sie, »nur keine Hemmungen, kotzt euch aus, und kümmert euch bloß nicht um mich.«

»Ich wollte eigentlich nur Johnny besuchen und nicht in der Öffentlichkeit diskutieren«, sagte Gust.

»Nun mal nicht so zurückhaltend«, sagte Shirley, »ich bin nicht die Öffentlichkeit, bin praktisch sein Privatleben. Jedenfalls im Augenblick.«

»Es ist in deinem eigenen Interesse.«

»Ach, es ist in meinem eigenen Interesse? Was du nicht sagst, tausend Dank auch.« Zu Johnny gewandt, nörgelte sie: »Manchmal wünsche ich mir schon, daß deine dreckige Vergangenheit dich endlich in Ruhe läßt.« Sie riß Johnny ihren Drink aus der Hand, setzte das Glas an die Lippen und nahm einen großen Schluck, dann begann sie, mit der Fernbedienung von einem Kanal zum anderen zu schalten. Die Mattscheibe wurde buchstäblich von einem wahren Sprühregen flimmernden Blattgolds gesprengt, um dann unvermittelt einen Affen zu zeigen, der an einer Nuß knabberte. Dank der Fähigkeiten moderner Fernsehcomputergraphik stürzte plötzlich alles in sich zusammen.

»Habt ihr das gesehen?« sagte sie. »Wie weggeblasen. Genau wie sein Geld.« Sie hing jetzt vornübergebeugt auf dem Sofa, sturzbetrunken. »Apropos Geld, ich schwirr jetzt ab in die Disco. Hast du mal ’nen Hunderter, du Wichser? Ich scheiß nämlich auf euch beide und nehm mir ’nen Taxi zur Zivilisation.« Johnny gab ihr den Hunderter.

Mit dem Fuß fischte Shirley nach einem fliederfarbenen Telefon und wählte eine Nummer. Draußen heulte der Wind über Brockley Park hinweg und rüttelte an den Fenstern. »Einen Hunderter?« lallte sie. »Wie spendabel. Es hat mal Zeiten gegeben, da hätte ich sogar ’ne geklaute Diner’s-Club-Karte von dem gekriegt.«

Nach einer Weile klingelte es an der Tür. Shirley schaffte es irgendwie aufzustehen. »Mein Taxi. Viel Spaß beim Schmusen, ihr Turteltauben. Ich sehe euch dann wieder auf dem Cover von *Hello.*« Sie versuchte, die Rückenlehne des Sofas zu fassen, griff daneben, fand ihr Gleichgewicht wieder und bewegte sich unsicher auf die Tür zu. Auf ihrem Weg nach draußen stieß sie mit Gust zusammen.

»Gust«, sagte sie. Sie rülpste ihm ins Gesicht und sagte dann zu Johnny: »Warum gibst du dich mit so einem Dreck ab?«

»Zum letzten Mal, halt dein Maul, Shirl.«

»Knackis«, grunzte sie, »solche Typen schleppen das Bunkerfieber ein, kann man bloß hoffen, daß es nicht ansteckend ist.« Sie quälte sich in eine Zobelimitation und schmiß die Tür hinter sich ins Schloß.

»Ist sie nicht verständisvoll?« sagte Johnny. Es klang, als wäre er stolz auf sie. »Jedenfalls ist sie jetzt weg, und wir können reden, fang irgendwo an.«

»Ich brauche Unterstützung, Johnny«, sagte Gust. »Ganz dringend, und zwar sofort, heute abend noch. Es ist ein Risiko dabei, aber ich habe sonst niemanden.«

Noch während er sprach, hatte er das Gefühl, die Illoyalität hafte an seinem Gesicht wie die Schminke an dem einer Hure; so verwirrt sein Geisteszustand auch sein mochte, er erkannte dennoch die Verrücktheit seines Vorhabens. Es war, als würde er zu Johnny sagen: »Vertrau mir«, um dann nach nebenan zu gehen und sich seine Frau vorzunehmen. Aber notwendiges Handeln war wie Sex, beides mußte über die Bühne gehen.

»Welches Risiko?«

»Es könnte ein Feuerwerk geben.«

»Um Himmels willen, komm schon, warum fragst du nicht jemand anders, Frankie Petrosa zum Beispiel?«

»Habe ich schon«, sagte Gust. »Frankie ist in Ordnung, aber das hier ist eine Nummer zu groß für ihn.« Er schwieg. Dann brachte er es schnell hinter sich: »Sie ist weg, Johnny.«

»Wer? Wovon sprichst du?«

»Petal.«

»Wo ist sie hin?«

»Nicht so, das meine ich nicht.«

»Was meinst du dann? Wohin ist sie gegangen?«

»Nirgendwohin«, sagte Gust, »wenn sie überhaupt so weit gekommen ist. Seit heute nachmittag ist sie weg. Sie ist tot.«

»Petal?« sagte Johnny. Er setzte sich unvermittelt hin. »Das glaube ich nicht. Wie ist es passiert?«

»In ihrer Wohnung. Sie hatte mich mitgenommen. Erst haben sie ihr ein breites Lächeln ins Gesicht geschnitzt, dann irgendwas über den Schädel gezogen, vielleicht 'nen Baseballschläger. Egal, von ihrem Kopf war nicht mehr viel übrig.«

»Woher weißt du das?«

»Starr mich nicht so an, als wäre ich es gewesen! Die Bullen haben mich hingebracht, damit ich's mir ansehe, deshalb weiß ich das von ihrem Gesicht.«

»Was?« schrie Johnny. »Du phantasierst doch, Mann, so etwas machen die Bullen niemals. Welcher Bulle war das?«

»Spaulding, ein Detectice Inspector aus der Factory, A14.«

»A14, schöne Scheiße. Obwohl, Spaulding, der Name sagt mir eigentlich nichts. Der muß ja völlig vernagelt sein, so was abzuziehen. Das ist vollkommener Schwachsinn, könnte leicht zum Bumerang für ihn werden. Was zum Teufel hat ihn dazu getrieben?«

»Er will mich fertigmachen, Johnny. Könnte mit der Schlägerei bei Marly's zusammenhängen, in die ich verwickelt war und bei der einer draufgegangen ist. Vielleicht auch mit dem Ding, das ich gedreht habe. Schließlich bin ich erst seit zwei Monaten raus aus dem Knast, und ich brauchte dringend Geld. Irgendwie bin ich da reingeschlittert, aber bevor wir das Ding auch nur durchziehen konnten, gabelt mich dieser Typ auf, und der hatte Fotos von uns allen. Und so hatte ich die Wahl, entweder das zu tun, was er sagt, oder meine restlichen fünf Jahre abzusitzen.«

»Wer war das?«

»Ich kenne ihn nicht, er mich dafür aber um so besser.«

»Hat er irgendwas mit Petal zu tun?«

»Woher soll ich das wissen?« erwiderte Gust. »Ich weiß überhaupt nichts mehr.«

»Und was war das für 'n Ding?«

»Schien simpel zu sein, Pässe klauen und liefern. Ich sollte nur den Laster ausräumen, und das habe ich auch getan. Nur mit einem kleinen Unterschied: nicht für die, die's ursprünglich geplant hatten, sondern für den Typen mit den Fotos. Was anfangs wie ein Kinderspiel aussah, hat sich urplötzlich in zehntausend Scheißhaufen verwandelt, und ich sitze jetzt mittendrin.«

»Du mußt irgendwas gegen ihn unternehmen«, sagte Johnny, »ich meine diesen Lutscher, der die Fotos hat.«

»Geht nicht, an den ist kein Rankommen.«

»Man kommt an jeden ran, wieso nicht an ihn?«

»Weil er von der Regierung ist.«

»Ach du Scheiße«, rief Johnny, »worauf hast du dich da nur eingelassen? Nein, wart mal, wer hat dich überhaupt erst auf die Sache gestoßen?«

»Manny.«

»Manny Farb? Was ist eigentlich mit dir los? Bist du übergeschnappt? Gott, ich hasse dieses Arschloch. Manny ist ein Denunziant, das weißt du doch, zumindest solltest du das wissen. Schließlich war er es, der mich sechsundachtzig hinter Gitter gebracht hat. Wer sonst noch? Der Hammer, ist der auch dabei? Der und dieser andere kleine Wichser, Harry Ford? Wie war das, du brauchtest Geld zum Leben? Himmel, jedes Angebot von diesem riesigen Haufen Scheiße verkürzt doch nur dein gottverdammtes Dasein, Mann.«

»Wenn du nach zehn Jahren rauskommst«, sagte Gust, »bist du so gut wie tot, du fühlst dich wie der letzte Dreck. Ich mußte nehmen, was ich kriegen konnte. Und jetzt das mit Petal. Versteh doch, Johnny, Petal und ich, wir hatten unsere Höhen und Tiefen. Sicher, wir haben uns getrennt, als ich im Bau war, aber wir sind dennoch Freunde geblieben, deswegen hat sie mich ja auch mit zu sich genommen. Versetz dich doch mal in meine Lage, du liebst sie immer noch, scheißegal, ob das richtig oder falsch ist, wie würdest du dich fühlen, nachdem man sie getötet hat?«

»Genau wie du«, sagte Johnny, »aber ich kann's einfach nicht glauben. Petal war ein tolles Mädchen.«

»Ich weiß«, sagte Gust. Er stöhnte auf. »Und was das Übelste an der Sache ist, und das mußt du einfach begreifen, sie wäre noch am Leben ohne mich. Eins ist mir klar, man hat sie umgelegt, um mich zu treffen, ich weiß nur nicht, wer. Vielleicht aus Rache wegen der Schlägerei in Marly's Club, andersrum könnten's auch Mannys Leute gewesen sein. Irgendwie, wenn ich so drüber nachdenke, klingt Manny sehr wahrscheinlich.«

»Was war überhaupt los bei Marly's?«

»Zwei Männer, die mich ausschalten sollten. Sie haben's mir gesagt, also habe ich den einen erledigt, aus dem anderen habe ich einen Krüppel gemacht. Ja, ich hab's getan, ich mußte es tun. Es ging nur darum, sie oder ich. Auch deswegen sind die Bullen hinter mir her. Spaulding eben.«

»Dieser Spaulding, hat der irgendwas aus dir rausgekriegt?«

»Das, was die Bullen immer von mir bekommen, nicht mal das Schwarze unterm Fingernagel. Nur Manny, Manny ist was anderes. Hat er bei Petals Tod seine Hände im Spiel, hat er ausgedient wie ein benutzter Pariser, und dabei brauche ich Unterstützung.«

»Du willst ihn umlegen?«

»Ich habe nichts zu verlieren.«

»Warum heute nacht?« fragte Johnny. »Überleg's dir noch mal. Du siehst schrecklich aus, richtig krank.«

»Nein, dieser ganze Dreck um mich herum läßt mir nicht viel Zeit, es muß heute nacht sein. Versuch doch zu verstehen, was ich Petals wegen durchmache. Du kannst dir nicht vorstellen, wie sehr ich sie vermisse. Die ganze Zeit im Knast habe ich nur an sie gedacht, und ich komme raus, und sie ist mit Connor zusammen. Aber gerade letzte Nacht, es war, als hätten wir uns nie getrennt.«

»Verstehe«, sagte Johnny. »Nein, du kannst die Sache nicht als erledigt betrachten. Ist bei dem Deal für dich eigentlich was rausgesprungen?«

»Ja, wenn wir schon davon sprechen«, sagte Gust, holte die zusammengerollten Scheine aus der Tasche und zählte tausend Pfund ab. »Nimm es und hilf mir. Ich werde die Typen finden, die sie getötet haben, ich werde die ganze Stadt durchkämmen. Es gibt nur ein Problem, ich brauche einen Unterschlupf. Meine Unterkunft wird überwacht, und ich weiß nicht, wo ich hin soll.«

»Da wäre das Haus hier. Shirley braucht nicht viel Platz, wenn sie überhaupt da ist, es gibt also nur sie, mich und die Hunde.«

»Wenn ich dich darum bitten würde, könntest du hier was für mich aufbewahren?«

»Wenn's nicht gerade in die Luft geht.«

»Handelt sich nur um Geld. Geld ist das einzige, was ich habe, und ob du's glaubst oder nicht, es kann mir nicht mal ein Dach überm Kopf verschaffen.«

»Hier ist es sicher.«

»Ich weiß. Aber vergiß eins nicht, die Bullen sind rund um die Uhr hinter mir her, vor allem jetzt, nach all diesem Blutvergießen.«

»Mal ganz kurz zurück zu Spaulding«, sagte Johnny, »kann man ihn umdrehen?«

»Nein, doch nicht die von A14. Der ist genau wie alle anderen aus dem Haufen, fähiger, als er aussieht, und er hat sich vollkommen auf mich konzentriert, er ist wie ein Ausschlag, den man nicht los wird. Ich würde mich ja wegen der Sache bei Marly's stellen, normalerweise, und würde sagen, es war Notwehr, war es ja auch, aber ich bin sicher, bei meinem Strafregister schluckt das kein Richter.«

»Allerdings«, sagte Johnny, »das glaube ich auch. Noch was, hast du irgendwie 'ne Idee, wer außer Manny noch in Frage kommen könnte? Fällt mir nur so ein, denn Manny ist eine absolute Null, das ist bekannt. Er mimt nur den Vermittler, arrangiert mit Vorliebe irgendwelche Deals und hält sich dann raus. Hat er immer so gemacht, mit Mord will er nicht in Verbindung gebracht werden, dazu ist er zu feige. Aber wenn du sagst, daß der Hammer mit von der Partie ist, das ist einer, der ist zu allem fähig. Der würde sogar dem Teufel den Kopf einschlagen. Von hinten, versteht sich.«

»Ja, mein spezieller Freund«, sagte Gust, »nicht zu vergessen, Harry Ford, der hat mich aus seiner Wohnung geschmissen. Mit dem ist auch noch 'ne Rechnung offen, es sei denn, jemand kommt mir zuvor.«

»Du kennst das doch mit den Ratten?« sagte Johnny. »Was machen Ratten in der Gosse? Erst bespringen sie sich gegenseitig, dann fressen sie einander auf, da hast du deinen Harry Ford.«

»Harry ist im Moment nebensächlich, erst kommt Manny dran. Schließlich muß ich irgendwo anfangen, und solange ich nicht das Gegenteil erfahre, gehe ich davon aus, daß Manny alles über Petals Tod weiß. Also werde ich ihm jetzt ein bißchen auf die Pelle rücken, das wär dann heute schon das zweite Mal.«

»Weißt du, wo er steckt?«

»In Soho«, sagte Gust. »Der tafelt dort mit seinen Freunden; die sahen mir übrigens sehr nach Osteuropäern aus. Und es gibt nur einen einzigen Ort, wo Manny essen geht, und zwar im Red Wok, gleich hinter der Feuerwache. Der füllt seinen Dickdarm immer mit diesem chinesischen Zeug.«

»Den Wok kenne ich«, sagte Johnny. »Ist dieser verdammt große Laden über zwei Stockwerke. Du bist bewaffnet?« Gust nickte. »Okay, dann hole ich mir nur was, um meinen Mantel zu beschweren.«

»Was hast du?«

»Zugegeben, ist vielleicht eine Nummer zu groß für drinnen, eine .765er. Die Kugel wird 'n bißchen Porzellan zerschlagen, wenn sie den Typen auf der anderen Seite wieder verläßt, kann ich aber nicht ändern, momentan habe ich nichts anderes zur Verfügung.«

»Wenn was außer Kontrolle gerät, ich kenne den Laden in- und auswendig«, sagte Gust. »Petal hat da früher gearbeitet, und ich weiß, da gibt's ein paar Leute, denen tut's leid, daß sie tot ist, also mach dir keine Sorgen.«

»Du willst damit sagen, wir erledigen ihn gleich im Restaurant? Da, wo alle spachteln und einen guten Blick haben auf das kostenlose Vergnügen?«

»Wenn wir es in der Öffentlichkeit tun, wird das Manny auf den Boden der Tatsachen zurückholen. Ich habe nicht gesagt, daß ich ihn gleich umlegen will, ich will ihm bloß etwas den Nacken beugen, ihm Angst einjagen, ihn zum Reden bringen.«

»Ich denke dabei nur an die Bullen. Wird 'nen ganz schönen Tumult geben.«

»Auf keinen Fall, ich bin doch nicht verrückt. Ich garantiere dir, wir sind wieder draußen, lange bevor die Bullen eintreffen.«

»Nun, das scheint ja richtig gemütlich zu werden«, sagte Johnny. »Was meinst du, Manny? Es wird mir ein Genuß sein«.

Sie gingen hinaus zu Johnnys Wagen und fuhren dann die nassen Straßen entlang Richtung West End. Gust unterbrach bald das Schweigen: »Um mich herum ist dieser rote Nebel.«

Johnny überholte drei Busse, die an einer Haltestelle warteten. Er sagte nichts.

Gust sprach weiter: »Erinnerst du dich, als wir drei zum erstenmal was zusammen getrunken haben, an dem Morgen, nachdem Petal und ich zusammengekommen waren? Es war der Pub an der Broadwick Street, The Nine Lives, und ich war so aufgekratzt, daß wir Champagner bestellten, und auf dem

Klo habe ich dir gesagt, daß ich sie liebe. Weißt du noch? Dann sind wir in die Endell Street zum Schwimmen gegangen, und du warst so betrunken, du wärst beinah abgesoffen, und danach haben wir den ganzen Tag weitergetrunken, die ganze Nacht durchgemacht, und zum Frühstück gab's gebratenes Hähnchen. Und dann, wegen all dieser Probleme mit den Bullen und weil ich ständig gesoffen habe im Diadem, kühlte die Leidenschaft langsam ab, und eines Tages, als ich morgens um fünf nach Hause kam, sagte Petal: ›Hör zu, Gust, ich kann nicht behaupten, daß du kein Mann bist, aber soviel steht fest, du bist kein Mann für mich. Um ehrlich zu sein, ich kann mir nicht vorstellen, daß du für irgend jemanden der Richtige bist. Du bist ein Einzelgänger, du brauchst keine Frau; wenn du ein Ding gedreht hast und hierher zurückkommst, dann willst du nicht eigentlich mich, sondern nur ein Bett und ein Dach überm Kopf. Deine Worte, daß du mich liebst, kannst du dir von jetzt an sparen.‹ Von da an ging's nur noch bergab, bis ich in den Knast kam, und daran muß ich jetzt natürlich denken, und ich sage dir, ich bin so verdammt verzweifelt über ihren Tod, den es nicht geben würde, wenn ich nicht zu ihr gegangen wäre. Deshalb starb sie, ich hätte das nie tun dürfen. Ich lebe in diesem Nebel und bin eigentlich gar nicht mehr richtig da.«

»Sieh mal«, sagte Johnny, »du wirst es vielleicht nicht wahrhaben wollen, noch nicht, aber du wirst weitermachen, das geht jedem so, du kommst schon drüber hinweg.«

»Nein«, sagte Gust, »denn ich habe den Menschen verloren, den ich brauche, um weitermachen zu können.«

Plötzlich legte er die Hand auf das Lenkrad. »Halt an, John, ich habe es mir anders überlegt. Wir fahren nirgendwohin, halt an hier, laß mich aussteigen.«

»Was soll das? Was zum Teufel ist mit dir los?«

»Du fährst mit einem, der völlig durchgeknallt ist. Also, laß mich raus, dreh um und fahr nach Hause, tu, was ich dir sage, ich mache das allein.«

»Einen Scheiß machst du. Und nimm die Flossen vom Steuer. Wenn du unbedingt aussteigen willst, laß dich einfach rausfallen, aber ich warne dich, ich habe fast fünfzig drauf, du könntest dir was tun.«

»Ist ja gut«, sagte Gust. Er gab den Gedanken auf, daß Johnny den Wagen anhalten würde, und starrte durch die Windschutzscheibe. »Ich versuche lediglich, das alles zu begreifen«, sagte er. »Weißt du noch, der Tag, an dem wir mittags mit Petal im French verabredet waren. Es wurde später und später, und ich dachte, sie käme überhaupt nicht mehr. Als sie plötzlich aus dem Sonnenlicht in den Laden trat, so anmutig und frisch, und ich sage dir, heute abend wird in diesem Restaurant der Anfang gemacht, ich werde die Wahrheit herausfinden und wenn es der letzte Gang wäre, den ich antreten müßte.«

»Das gefällt mir«, sagte Johnny, »der letzte Spruch eben, wo hast du das her?«

»Habe ich mal im Knast gelesen. Wären auch die passenden Worte, wenn man irgendwo rausgeholt wird, um erschossen zu werden, irgendwie so. Und dann, erinnerst du dich, als ich dir von dem Wochenende erzählt habe, gleich nach meiner Scheidung von Cheryl? Du konntest nicht kommen, es war ein Samstag, und Petal und ich haben die alte amerikanische Karre genommen, die ich damals hatte, und wir sind über den Fluß. Es war Mitte Juni, wir waren den ganzen Tag im Battersea Park, haben ein paar Bier getrunken und uns ein Kricketspiel angesehen, und dann sind wir durch den Park Richtung Princess of Wales gegangen.«

»Damals waren wir richtig glücklich«, sagte Johnny, »und die Zeiten kommen wieder; wie auch immer, träumen hat zumindest noch nie geschadet.«

»Die Zeit für Träume ist vorbei«, sagte Gust. »Das war vorgestern noch anders, als ich am Soho Square gepennt habe. Am Morgen habe ich die Spatzen in dichten Schwärmen die Oxford Street hochfliegen sehen, sie flatterten hin und her über den Bussen, und ich dachte mir, die Sonne scheint, der Schnee fällt, wir sterben, aber sie sind immer da.«

Wortlos fuhr Johnny weiter, aber Gust konnte einfach nicht aufhören zu reden. »Wenn ich an Petal denke, fühle ich dasselbe wie an dem Tag, als ich meine Großmutter ins Krankenhaus gebracht habe. Sie war achtundsiebzig, und der Arzt hatte uns gesagt, es sei nur ein kleiner Eingriff, aber ich wußte es besser, genau wie sie. Sie lag im hinteren Zimmer, die Kissen im Rücken; sie trug ihre Strickjacke und sagte: ›Bring mir bitte alles, was ich brauche, um manierlich auszusehen, ich setze schon mal meine Zähne ein‹. Also griff ich mir ihre Kleider, holte den Koffer aus dem Schrank und packte ihn, und als sie rauskam, war sie angezogen und sagte: ›So, ich bin fertig, und wo ist meine Lesebrille?‹ Ich holte sie ihr, und als ich zurückkam, saß sie auf der Kante des Bettes, das sie ganz ordentlich gemacht hatte. ›Ist das Taxi schon da?‹ fragte sie, und als ich antwortete, es stehe vor der Tür, sah sie mich an und sagte: ›Weißt du, mein Junge, das Ende, das ist kein Feind.‹ Später, im Gefängnis, habe ich angefangen, Dylan Thomas zu lesen, und eine Zeile habe ich mir gemerkt, wo er sagt: Auf den ersten Tod folgt nie ein zweiter, und meine Großmutter kam mir in den Sinn, und so habe ich oft mit ihr gesprochen, wenn ich nach Paragraph 43 in Einzelhaft saß. Sie schlüpfte öfter mal rein, um mich zu besuchen. Aber an dem Tag, als ich sie ins Krankenhaus brachte, sagte ich: ›Sprich nicht in dem Ton über das Ende, Großmutter‹, und sie sah mich nur an und sagte: ›Mein Sparbuch liegt unter dem Teppich da beim Fenster, und egal, was die Leute sagen, du hast dich immer um mich gekümmert.‹«

»Laß uns das Thema wechseln«, sagte Johnny. »Wer hat dich so zugerichtet? Dein Gesicht sieht wirklich übel aus.«

»Lohnt nicht, darüber zu sprechen«, sagte Gust. »Ich habe mich eben verprügeln lassen, das ist alles.«

Und so sollte sein Gesicht bis zum Ende aussehen, es sollte nicht mehr die Gelegenheit bekommen zu heilen.

19

Gust und Johnny betraten den Red Wok kurz nach zehn.

Johnny hatte recht, es war ein großes, gepflegtes Restaurant. Auf den Tischen standen Glasschalen mit Schwimmkerzen, glücklicherweise, denn die einzige andere Lichtquelle war die Bar im hinteren Teil des Raumes.

Gust stieß Johnny an: »Da sitzt Manny, an dem Tisch dort.« Er hielt den Oberkellner an, den er noch aus der Zeit kannte, als Petal hier gearbeitet hatte.

»Hallo, Gust«, sagte der Kellner, »wie geht's? Möchtest du einen Tisch?«

»Nein«, sagte Gust. »Hier wird's gleich Ärger geben, und ich will vermeiden, daß die falschen Leute mit hineingezogen werden. Es geht um den großen Tisch da drüben, an dem die sechs Männer sitzen, nur damit du Bescheid weißt.«

»Der Tisch von Mr. Farb?«

»Ganz genau.«

»Was hast du vor?«

»'nen Riesenkrach.«

»Das ist doch nicht dein Ernst«, sagte der Kellner. »Bist du besoffen, oder was? Es ist besser, du verschwindest, du bist ja verrückt.«

»Wenn die Bullen kommen, wird längst alles vorbei sein«, sagte Gust. »Sorge nur dafür, daß niemand sie ruft, bevor wir verschwunden sind, und halte deine Leute in sicherer Entfernung vom Tisch.«

Der Kellner warf einen Blick auf Gusts ausgebeulte Jackentasche. »Ja«, sagte Gust, »die ist echt, und man könnte sagen, der Hahn ist schon gespannt. Aber keine Sorge, dir passiert nichts.«

»Was zum Teufel ist mit dir los?« fragte der Kellner.

»Was mit mir los ist?« erwiderte Gust. »Es handelt sich um Petal Chang. Du erinnerst dich an sie?«

»Petal? Sicher. Seid ihr wieder zusammen?«

»Nein, heute nachmittag hat man sie ermordet, und ich bin hier, um der Sache auf den Grund zu gehen.«

»Ermordet? Petal? Warum sollte jemand einem Mädchen wie ihr das antun?«

»Ich bin hier, um das rauszukriegen.«

»Hör zu, kannst du das nicht woanders erledigen? Muß das unbedingt hier sein?«

»Ich verstehe nicht, wieso ein Dreckskerl wie Farb ausgerechnet euer Restaurant bevorzugt«, sagte Gust, »aber er ist nun mal hier. Mach dich jetzt dünn, es wird niemandem weiter was passieren.«

»Du denkst, es war Farb?«

»Würde ich etwas anderes denken, wäre ich wohl nicht hier.«

»Petal«, sagte der Kellner. »Ja, geht in Ordnung.« Sein Gesichtsausdruck hatte sich verändert, er wirkte jetzt abwesend und verschlossen. Er schwebte davon, und einige Sekunden später war niemand mehr in der Nähe von Mannys Tisch zu finden.

»Es kann losgehen«, sagte Gust zu Johnny.

Manny saß am Tisch, eingerahmt von dem Hammer und den vier Männern, die Gust und Frankie in Marjorie Grove gesehen hatten. Gust ging auf ihn zu. »Hallo, da bin ich.«

Der Hammer machte eine Bewegung, aber Gust fuhr ihn an. »Rühr dich nicht, oder du fährst zur Hölle.« Er drehte sich blitzschnell wieder zu Manny. »Das hier ist Johnny Laray, begrüß ihn, Manny. Sicherlich erinnerst du dich an Johnny, oder? Du hast ihm sechsundachtzig drei Jahre im Bau verschafft. Mein Schwager«, stellte er Johnny den vier anderen schweigenden Männern vor. Er klopfte auf die Ausbuchtung an seiner Tasche. »So, Manny, laß uns unser Gespräch fortsetzen.«

»Gespräch?« rief Manny. »Was soll der Alarm hier? Soll das ein Witz sein, oder was?«

»Nein«, sagte Gust, »es geht um die Sache, die wir heute nachmittag begonnen und dann abgebrochen haben, eine Sache, die inzwischen ziemlich ernst geworden ist. Ich bin hier, um herauszufinden, ob wir das Problem lösen können, obwohl, ich habe schon eine Idee.«

»Du kannst das allein lösen, indem du abhaust«, sagte Manny. »Verpiß dich, du siehst doch, daß ich gerade mit Freunden esse.« Das war nur die halbe Wahrheit, denn die anderen hatten inzwischen mit dem Essen aufgehört. Sie nahmen die Ausbuchtungen an den Taschen von Johnny und Gust verdammt ernst.

»Damit wir uns richtig verstehen, Manny«, sagte Gust, »das hier ist dein letztes Abendmahl.«

Manny legte Löffel und Gabel beiseite, mit Stäbchen war er nie zurechtgekommen. So gut es sein mit Nudeln vollgestopfter Mund zuließ, sagte er zu Johnny: »Vergiß doch die sechsundachtziger Angelegenheit, Laray, das können wir doch aus der Welt schaffen.«

»Ja«, sagte Johnny, »mir reicht's, wenn wir's bis an die Decke schaffen, ich puste dir jetzt einfach deinen Fraß aus dem Leib.«

Manny konnte es noch immer nicht fassen. »Laßt uns doch

vernünftig miteinander umgehen«, sagte er. Eine Nudel entschlüpfte seinem Mund und landete auf dem Tischtuch.

»Das ist nicht meine Stärke«, sagte Johnny.

»Es gab einen Todesfall heute nachmittag, Manny«, sagte Gust. »Ein Mädchen.«

»Einen Todesfall?« wiederholte Manny. »Ein Mädchen? Erzähl mal. Übrigens, was ist eigentlich mit deinem Gesicht passiert? Setz dich, trink was. Du auch, Johnny. Ober, bringen Sie noch zwei Stühle.«

Aber da waren keine Ober. »Scheiß auf die Drinks«, sagte Gust. »Steh auf, Manny.« Er hielt die .38er in der Hand.

»Nein«, sagte Manny und fixierte die Waffe. »Nein.« Er versuchte, sich vom Tisch wegzuschieben, aber sein Stuhl verkantete sich zwischen Tisch und Wand.

Gust beugte sich über ihn. »Komm, sei vernünftig, Manny, das ist ein größeres Kaliber, und deine Eingeweide werden in einem noch schlechteren Zustand sein, wenn ich dich im Sitzen erwische. Also, steh auf, nimm's wie ein Mann, oder sollen deine Freunde sich für dich schämen müssen? Sieht einfach besser aus, wenn du aufstehst.«

»Was heißt das schon, besser, wenn ich sowieso ein toter Mann bin?«

»Er will damit sagen, besser für den Leichenbestatter«, bemerkte Johnny.

Alle Welt hätte jetzt erkennen können, daß die Sechs sich wünschten, weit weg vom Red Wok zu sein, man konnte ihren Angstschweiß buchstäblich riechen. Jeder der Männer sah auf seinen Teller, auf dem Riesengarnelen in einer hellen Sauce schwammen, zwölf Pfund die Portion, und jeder fragte sich, ob er jemals wieder daran Geschmack werde finden können; nie war die Grenze zwischen Leben und Tod für sie fließender gewesen. Befremdlich an der Situation war, daß keiner der anderen Gäste irgendwelche Notiz von ihnen nahm. Wenn sie überhaupt etwas bemerkten, dann allenfalls zwei Männer, die im Stehen mit sechs anderen Männer sprachen, die saßen. »Wenn uns irgend etwas zustößt«, sagte der Hammer, »braucht man dir wohl nicht zu sagen, was dich erwartet. Danach.«

»Es wird kein Danach geben«, sagte Gust. »Ich bin für das Hier und Jetzt verantwortlich, und nur eine einzige Bewegung von dir, und du wirst weder im Hier noch im Jetzt sein.«

Manny gab auf. Er schwitzte, rasselnd wie entzündete Bronchien, stießen seine Lippen die Luft aus. »Ich kann einfach nicht glauben, was hier vor sich geht«, sagte er und ließ einen Furz.

»Ganz schön heiß hier drinnen, was?« sagte Johnny. »Womit klebst du eigentlich an deinem Stuhl fest, mit deiner Scheiße? Bloß keinen Durchfall jetzt, Manny, in Gesellschaft ist das peinlich. Steh schon auf, und stell dich nicht so an.«

»Kann nicht«, winselte er, »mir ist schlecht.«

»Dann bleib, wo du bist«, sagte Johnny. Manny hatte ein Tsing-Tao vor sich stehen, Johnny nahm es und goß es ihm über den Kopf.

»Wir werden uns arrangieren«, sagte Manny und wischte sich das Gesicht mit dem Ärmel ab. »Laßt uns morgen darüber reden.«

»Nein«, sagte Gust, »es gibt keinen Spielraum mehr für Arrangements, schon gar nicht morgen. Ich habe dir heute nachmittag bereits gesagt, daß ich alles abklären will, und das war, bevor ich von der anderen Sache erfahren habe.«

»Wir können doch alles regeln.«

»Nein«, wiederholte Gust.

Der Hammer bewegte sich ruckartig, und Johnny fuhr ihn an: »Noch eine Bewegung, und du leistest deiner gebratenen Ente auf dem Teller Gesellschaft.«

Überaus vorsichtig legte einer der Ausländer seine Zigarre

ab, das war auch schon alles, was er tat. Gust fuhr fort: »Die Dinge haben sich inzwischen zu ihrem Nachteil entwickelt, Manny, auf Grund des Todes meiner Freundin. Sehr zu ihrem Nachteil.«

»Wie hieß deine Freundin?«

»Petal Chang.«

»Wer soll das sein, zum Henker?« fragte Manny. »Ich kenn nicht mal ihren Namen.«

»Du wirst sie dort kennenlernen, wo du jetzt hingehst, gleich. Sie wird sich dir vorstellen und dich noch mal umbringen.«

Manny wurde gelb im Gesicht.

»Du bist ein Lügner, zweifellos«, sagte Gust. »Es gibt niemanden in der Stadt, dessen Namen du nicht kennst. Du warst es auch, der die beiden Bluthunde bei Marly's auf mich gehetzt hat, und als das nicht geklappt hat, hast du Petal getötet oder töten lassen. Du wußtest, was sie mir bedeutet und daß wir jahrelang zusammengelebt haben, also, warum hast du ihr das angetan, Manny? Warum mußtest du ihren Kopf so zurichten?«

Abwehrend streckte Manny seine Hand aus, und sein Körper wippte auf und ab: »Ich habe wirklich nichts damit zu tun!«

»Die Bullen haben mich heute nachmittag aufgegabelt, damit ich mir ihre Leiche ansehe«, fuhr Gust ungerührt fort, »und das sah nicht besonders schön aus. Sie machte erst mal Bekanntschaft mit einem Teppichmesser und dann mit etwas, das ein Baseballschläger gewesen sein könnte. Du kennst doch eine Menge Sadisten, Manny. Du hast doch Freunde, die es mögen, einer Frau mal gründlich eins mit einem Baseballschläger oder einer Eisenstange zu verpassen.«

»Ich weiß nicht mal, wer diese chinesische Schlampe überhaupt ist!« schrie Manny. »Wie oft soll ich dir das noch sagen?«

»Du lügst«, sagte Gust. »Wenn du es nicht warst, dann hast du eben jemanden auf sie angesetzt.«

»Warum sollte ich jemanden auf andere Leute ansetzen? Und warum sollte ich etwas gegen dich haben?«

»Weil du mich aus dem Weg räumen willst, Manny, und es scheint so, als wollten das alle momentan. Du hast mich in das Geschäft reingezogen, weil ich auf Bewährung draußen bin, ich bin entbehrlich, und ihr habt mich einfach benutzt. Jetzt habe ich Geld, mit dem du mich nicht gern in der Gegend rumrennen siehst, und die beiden Typen, die bei Marly's aufgetaucht sind, haben das gewußt. Ihr Job war es, mich umzulegen, und mein Geld war ihr Honorar, sie haben mir das gesagt. Hinter unserem Deal läuft irgendwas ab, irgendwas, worüber du Bescheid weißt, aber ich verdammt noch mal nicht. Um mir Durchblick zu verschaffen, fange ich bei dir an, und ich kann mir keinen besseren Ausgangspunkt vorstellen.«

»Du hast deinen Anteil bekommen«, keifte Manny, »mehr kann ich dazu nicht sagen, ich habe nichts gegen dich, unser Geschäft ist abgewickelt, du hast das Geld bekommen, es ist vorbei.«

»Wenn's nach den Typen bei Marly's geht, nicht«, sagte Gust. »Nach denen zu urteilen, war's alles andere als vorbei. Sie haben mir erzählt, daß bestimmte Dinge, von denen wir alle wissen, worum's sich handelt, nie da angekommen sind, wo sie sollten.«

»Was mich betrifft, ist alles kosher. Und der ganze andere Kram, den du mir hier auftischst, davon weiß ich nichts, diese Petal Chang und der ganze andere Rest, habe nie von ihr gehört, und ich war auch nicht dabei.«

»Das bist du ja nie, wenn Leute sterben.«

»Das stimmt«, sagte Johnny, »du bist immer nur dabei, wenn's um Geld geht.«

»Zumindest wirst du bei deinem eigenen Tod anwesend sein«, sagte Gust, »selbst du kannst diese Einladung nicht ausschlagen, und jetzt ist es soweit. Hilf ihm hoch, Johnny.«

Johnny beugte sich über Manny. Manny fing fast an zu heulen, und der Ausländer, der kurz zuvor seine Zigarre abgelegt hatte, schien etwas aus seiner Tasche zu benötigen. Er hatte die Rechnung ohne Gust gemacht. »Pfoten auf den Tisch, du Wichser, vergiß es, es wird auch so schon unappetitlich genug.«

»Du kannst es doch nicht hier drin machen!« schrie Manny.

»Wer achtet schon auf uns?« sagte Gust. »Niemand.«

Johnny hievte Manny aus dem Stuhl und drückte ihn gegen die Bambuswand. Der eine oder andere Gast fand das interessant genug, um sich umzudrehen, aber nicht ein einziger sah etwas Ungewöhnliches darin, daß man einem Betrunkenen aufhalf.

Nur wenige Tische weiter, eine Batterie leerer Weißweinflaschen vor sich auf dem Tisch, interviewte ein namhafter Kunstkritiker einen international renommierten Maler. Für viele Menschen war es ein Rätsel, wie dieser Maler es überhaupt geschafft hatte, mit seiner Kunst Geld zu verdienen, und der Kritiker wollte in seinem Interview herausarbeiten, wie es dazu kommen konnte, wann sein Aufstieg begonnen hatte.

»Wann es richtig losging, meinen Sie?« fragte der Maler nach.

»Ganz genau!« sagte der Kunstkritiker. »Ich meine, wann haben Sie gespürt, daß die Direktheit Ihrer Wahrnehmung, dieses Unvermittelte, einen bleibenden Eindruck auf das Publikum hinterläßt?«

»Ach«, rief der Maler enthusiastisch, »diese Geschichte habe ich doch schon hundertmal erzählt. Es war der Abend, an dem der arme Maurice in mein Atelier gestolpert kam, nach meiner ersten größeren Ausstellung, und krakeelte: ›Ich hasse deine lausigen Gemälde, Gerald, sie sind die reinste Kloake, sie sind Scheiße hoch drei.‹ Dann schmiß er das Roast Beef an die Wand, schloß mich im Klo ein und schrie: ›Deine Kunst rinnt dir aus dem Arsch, du prätentiöser kleiner Schwanz‹, und das war sie, die Inspiration zu meinem großen Triptychon, Katharsis In Excreta: Abstraktes Gemälde, Auf dem Donnerbalken!«

»Dann stimmt es also, was man sagt«, hauchte der Kritiker ehrfurchtsvoll, »daß das der Grund sei, weswegen alle Ihre Bilder braun sind?«

»Selbstverständlich.«

»Sie haben mal geäußert, Sie hätten nie eine Akademie besucht«, sagte der Kritiker und kritzelte eifrig.

»Akademie?« johlte der Künstler und schlug mit der flachen Hand auf den Tisch, er amüsierte sich köstlich. »Das Leben ist meine Schule!« Genau in diesem Augenblick drückte Gust ab; die Kugel prallte von der Wand zurück, sprengte den Teller des Künstlers und besudelte ihn und andere Gäste mit Haifischflossensuppe. Stilvoll ineinander verschlungene Nudeln und mit Sojasauce eingefärbte Fischstücke segelten deckenwärts, bis sie auf einen Lampion trafen. Mit offenem Mund verfolgte der Maler die Flugbahn des durch die Luft fliegenden Essens. »Das Chiaroscuro!« flüsterte er. »Eine Offenbarung!«

Leute schrieen durcheinander, und einige bemühten sich, zum Ausgang zu gelangen, aber Johnny gab ihnen mit der Waffe zu verstehen, daß es besser sei, umzukehren.

»Alles in Ordnung mit Ihnen?« versuchte der Kritiker den Lärm zu übertönen.

»In Ordnung?« gab der Künstler zurück und wischte sich mit dem Tischtuch die Suppe aus den tränenden Augen, »natürlich ist alles in Ordnung! Aber ich sehe, etwas hat Sie fast an der Kehle erwischt.«

»Nur ein Glassplitter«, sagte der Kritiker und betastete sein Kinn, »nicht der Rede wert.«

»Natürlich nicht!« sagte der Maler. »Ihr Journalisten seid ja schließlich immer mittendrin.«

Der Hammer feuerte zurück, als Johnny den Tisch in seine Richtung kippte; die Kugel riß ein Loch in Gusts Jackettsaum und pfiff über den Kopf des Künstlers hinweg. Begeistert applaudierte er (»Noch mehr Chinakracher!«) und fing dann an, das zerbrochene Geschirr auf dem Tisch zu einem Haufen aufzuschichten, wobei er mit den Überresten eines Löffels ab und an auf das eine oder andere wies. »Wir waren doch gerade dabei, über die Beziehung zwischen Linienführung und Farbe zu sprechen«, rief er dem Kritiker vor dem Hintergrund peitschender Schüsse und in Panik geratener Menschen zu, »und wie Sie jetzt selbst unschwer erkennen können, verläuft die Front immer mitten durchs Hauptgericht, und zwar in jedem Gemälde.« Er beugte sich vor und wischte dem Kritiker mit dessen Krawatte das Blut vom Kinn. »So«, sagte er, »schon besser, nichts Ernstes, nur eine Schramme. Hier muß ich wirklich öfter hingehen, kann mich nicht erinnern, daß es hier jemals so eine Performance gab.« An Mannys Tisch stöhnte einer der osteuropäischen Gäste auf und krümmte sich. »Unglaublich«, sagte der Maler, »ich vermute, daß es sich hier um eine Kabarettvorstellung handelt, oder?«

»Ich denke, wir sollten dennoch in Deckung gehen, egal, was sich hier abspielt«, sagte der Kritiker.

»Unsinn«, antwortete der Maler, »wenn das hier echt ist, dann ist es genau das, was sie von uns erwarten.« Er langte nach einer offenen Weinflasche. »Am besten, man trinkt gleich aus der Flasche«, erklärte er. »Im Magen ist es erst einmal sicher, ein Glas wäre nur Zeitverschwendung. Abgesehen davon«, fügte er noch hinzu und betrachtete das, was von seinem Glas übriggeblieben war, »daß es sich aus so einem Stiel nicht besonders gut trinken läßt.«

Johnny schoß noch einmal. Eine Packung Kondome fiel aus einem Mantel, der an der Garderobe hing, und der Inhalt fächerte am Fußboden auseinander. Diesmal war das Geschrei nicht ganz so groß, da viele Gäste bereits unter den Tischen Zuflucht gefunden hatten. Im Hintergrund konnte man allerdings das Lamento einer Frau hören, die nicht zu knapp Reis und Chilisauce abbekommen hatte und nun hinter einem Stuhl hervorlugte und sich darüber beschwerte, daß ihr Designerkleid ruiniert sei.

»Schön«, sagte der Maler, »wirklich schön.«

»Ich weiß nicht, wie Sie das sehen, aber ich muß gestehen, ich wäre glücklicher, wenn wir uns woanders hinbegäben«, sagte der Kritiker und erhob sich zögernd.

»Seien Sie kein Narr. Ich muß mich wundern, das aus Ihrem Mund zu hören, ich habe immer gedacht, die vierte Gewalt sei an Brandherde gewöhnt. Wenn ich Sie wäre, würde ich auf keinen Fall abhauen, denn wir haben noch eine Flasche im Eiskübel, und Ihnen ist doch gar nichts passiert.«

»Wenn wir uns vielleicht auf den Boden legen würden?«

»Wie sollen wir denn den Populismus in der modernen Kunst diskutieren, wenn wir unter dem Tisch hocken?«

Manny war nicht verletzt, aber eingeklemmt zwischen Tisch und Wand, konnte er sich auch nicht vom Fleck rühren. Er flehte: »Hört endlich auf, wir können doch über alles reden. Was wollt ihr denn überhaupt?«

»Petals Mörder«, sagte Gust. Er zielte auf Manny. »Willst du nicht eingreifen, Hammer?« fragte er, ohne ihn anzuschauen, »ich hätte nichts dagegen.«

»Bloß nicht«, sagte einer der Typen aus dem Osten, »du wirst dir nur Ärger einhandeln.«

Der Hammer zeigte keinerlei Reaktionen mehr, er saß nur stocksteif da.

»Keinen Kommentar zu Petal, Manny?« fragte Gust.

Manny schüttelte den Kopf: »Was soll ich sagen, ich habe keinen blassen Schimmer.«

»Du lügst«, sagte Gust. Er drückte ab und schoß Manny gezielt ein Stück seiner rechten Hand ab. Manny kreischte auf, der Handfetzen flog hoch, prallte über ihm von der Wand ab und landete dann auf dem Tisch. Manny vollführte eine Art Verbeugung und preßte die verwundete Hand gegen seine Eier, dabei kreuzte er die Schenkel, um die Ader abzupressen. Blut spritzte überallhin.

»Das reicht«, sagte Gust. »Laß uns abhauen.« Er entdeckte den Kellner, mit dem er gesprochen hatte, gab ihm tausend Pfund und bat ihn, das Geld zu verteilen, und bedankte sich.

»Wir haben nichts gesehen«, sagte der Kellner. »Das Telefon schien nicht zu funktionieren, also haben wir uns in der Küche versteckt.«

»Ich schulde dir was«, sagte Gust, »und zwar einen sehr großen Gefallen.«

Sie kamen an die Tür und bahnten sich ihren Weg durch die Menschenmenge, die sich davor versammelt hatte; die Leute fluchten, manche weinten sogar. Niemand versuchte, sie am Gehen zu hindern, geschweige denn, daß man sie wahrnahm, jeder war nur mit sich selbst beschäftigt.

Draußen auf der Straße sagte Johnny: »Das war der richtige Judaslohn für Farb, möchte nur wissen, warum du seinen Kopf drangelassen hast?«

»Damit er darüber nachdenken kann, warum seine Hand so klein ist.«

»Was ist mit deinem Jackett passiert?«

»Keine Ahnung«, sagte Gust überrascht und schaute an sich herunter. »Sieht so aus, als wäre eine Kugel durchgegangen.« Er streifte es ab und warf es in den nächsten Abfalleimer.

Im Restaurant war der Tumult jetzt erst im vollen Gange

und vermischte sich mit dem Sirenengeheul der Kranken- und Streifenwagen. Irgend jemand mußte es doch bis zu einem Telefon geschafft haben. Ein Mann, von oben bis unten bekleckert mit gewürztem Gemüse, drückte sich an ihnen vorbei und stolperte brüllend über die Straße: »Diese Bastarde denken, sie kämen mit Mord durch!«

»Alle anderen schaffen das auch«, sagte Johnny, als sie zwei Streifenwagen Platz machten und die Straße überquerten, »also warum nicht auch wir?«

Die Straße verschluckte sie. Ein 14er Bus, den sie nahmen, weil er gerade kam, spuckte sie am Diadem wieder aus. Durch die offene Pubtür konnten sie aus der Ferne das Schreien und Rufen noch hören. Während sie am Tresen darauf warteten, bedient zu werden, betrat ein durchaus ernstzunehmender Typ, dessen gelbe Kaschmirkappe an den Seiten dunkle Saucenflecken zierten, den Laden und beugte sich über die Theke. »Hallo«, sagte er zum Barmann. »Ist der Governor da? Sicherlich oben, nicht wahr? Ist auch egal, ich wollte nur einen Scheck einlösen.«

»Hier werden keine Schecks eingelöst«, sagte der Barmann.

»Wie? Ich krieg immer Bargeld für meine Schecks vom Governor. Du mußt neu sein, aber mach dir keine Gedanken, hier drin kennt mich jeder.«

»Kennt irgend jemand diesen Typen hier?« rief der Barmann. Niemand drehte sich um.

»Komm schon«, sagte der Kunde, »ich brauche nur dreißig Pfund, und die gebe ich sowieso hier aus.«

Der Governor kam die Treppe herunter. Als er den Kerl mit der Kaschmirkappe sah, reckte er den Kopf wie eine Giraffe. Er wies mit dem Finger auf ihn und brüllte: »Hey, du! Raus aus meinem Laden, du hast hier Hausverbot!« Die allgemeine Unterhaltung, die ohnehin kaum leiser geworden war, ging weiter, als wäre nichts geschehen.

Johnny und Gust bestellten sich gerade ihr zweites Bier, als eine in Designergrunge gewandete Frau neben Gust sich umdrehte und schnippisch bemerkte: »Wenn Sie gerade nach Kleingeld fragen wollten, vergessen Sie's. Was ist denn mit Ihrem Gesicht passiert?«

»Habe es mir sicherlich an Ihrer spitzen Zunge aufgeschnitten«, erwiderte Gust.

»Sie erinnert mich an Shirl«, sagte Johnny. In diesem Moment strömten Polizisten durch die beiden Türen und sahen sich die Gesichter der Gäste genau an. Gust lehnte sich über den Tresen wie ein Betrunkener, und als die Bullen sich gründlich genug umgesehen hatten, verschwanden sie wieder, sie schienen es eilig zu haben.

»Johnny«, sagte Gust kurz darauf, »wolltest du nicht pinkeln gehen?«

»Nein, ich wollte uns gerade noch ein Bier bestellen.«

»Hör zu, du gehst jetzt pinkeln, also, verschwinde aufs Klo.«

»Warum so eilig?«

»Quatsch nicht rum«, sagte Gust, »und wenn noch andere unten sind, warte, bis sie weg sind.«

Aber sie waren allein unten. Gust nahm den Großteil seines Geldes aus der Tasche, das er in einen alten Umschlag gesteckt hatte. »So, hau ab jetzt, nach Hause«, sagte er. »Versteck das irgendwo.«

»Was ist das?«

»Großer Gott, Geld, jetzt tu, was ich dir sage.«

»Verdammt, das ist ein ganz schöner Haufen«, sagte Johnny und warf einen Blick in den Umschlag. »Das müssen Tausende sein. Wieviel ist es?«

»Weiß ich nicht«, sagte Gust, »aber fang bloß nicht an, es hier drinnen zu zählen, und wenn die Bullen bei dir auftauchen sollten, du hast keine Ahnung. Nimm dir, soviel du brauchst. Ich hole mir den Rest später, und wenn nicht, aus irgendwelchen Gründen, verwende es für die Hunde und nicht für Shirley.«

»Wart mal.«

»Genau das kann ich nicht«, sagte Gust. Er schlug Johnny zum Abschied auf die Schulter. »Bis bald, mein Alter.«

Er zog seinen Reißverschluß zu und verschwand, lautlos wie die Dunkelheit, die sich über einen Garten senkt.

20

Ein Mann undefinierbaren Alters, den man freiwillig kein zweites Mal ansehen würde, kam zu Draper. Man kannte ihn als den BESUCHER, aber die Mitarbeiter der Abteilung zogen es vor, ihn besser nicht zu kennen. Sein Büro lag in dem Teil des Gebäudes, wo auch der Fahrstuhl endete, und aus dieser Etage kamen die schlechtesten Nachrichten und die meisten Schwierigkeiten.

»Ich will einen Bericht über diese Gatov-Sache, und zwar sofort«, teilte er Draper mit, »jedes einzelne Detail; es gibt hier Leute, die zerreißen sich bereits das Maul darüber.«

»Solange es sich dabei nicht um den Minister handelt«, sagte Draper.

»Zu Ihrem Glück ist der Minister in Paris, aber die Polizei kann hier nicht weg, also lassen Sie uns bei denen anfangen. Es gibt da einen Detective Inspector Spaulding, der läßt mein Telefon heißlaufen; er behauptet, Sie behinderten die Ermittlungen in einem Mordfall in Soho. Wie äußern Sie sich dazu?«

»Sie sprechen diese Sache mit Gust an«, sagte Draper. »Ja, ich weiß, daß ich da querschieße, aber ich kann ihn Spaulding nicht überlassen.«

»Warum nicht?«

»Ich wollte diese Angelegenheit sowieso noch mit Ihnen besprechen.«

Sladden hüstelte und starrte aus dem Fenster.

»Warum kann man diesen Gust Spaulding nicht überlassen?«

»Weil er für uns arbeitet, deshalb.«

»Scheint mir, als würden Sie fast ebenso viele Verbrecher wie Gatov für sich arbeiten lassen«, sagte der BESUCHER.

»Ja, zugegeben, wir hatten eine schwierige Phase«, sagte Draper, »aber jetzt, wo wir Gatov am Wickel haben, werden sich die Dinge leichter entwickeln. Er sieht ein wenig mitgenommen aus, so wie die Dockland-Bahn, aber seine Geschichte gleitet dahin wie eine japanische Magnetbahn.«

»Züge interessieren mich nicht im geringsten«, sagte der BESUCHER. Er beschäftigte sich in seiner Freizeit mit dem Schachcomputer und war ein Rotweinkenner. »Mich interessieren Ergebnisse. Ich will was über diese Flugkörper hören, was die Russen mit ihnen vorhaben und wo sie sich befinden.«

»Gatov hat uns alles darüber erzählt«, sagte Sladden.

»Er hatte auch keine andere Wahl«, murmelte Ricky.

»Ich warte«, sagte der BESUCHER.

»Sie können diese Flugkörper vergleichen mit Goldbarren zur Deckung von Devisengeschäften«, erklärte Draper. »Der Kunde sieht die Ware so gut wie nie. Der Trick der Russen besteht darin, das Zeug so oft wie möglich zu verkaufen, die verantwortlichen Generäle nehmen alle Anzahlungen, die Sie kriegen können, ohne die Flugkörper zu bewegen. Klar, wenn das Geld wirklich sauber wäre, dann würden sie sie bewegen, und genau das hat Gatov ausgehandelt: richtiges Geld.«

»Hören Sie auf mit dem Fachchinesisch, ja?« forderte der BESUCHER. »Wo sind die Scheißdinger im Augenblick?«

»Wo sie immer waren, im siebenten militärischen Bezirk. Soviel wie Gatov weiß, haben sie sich noch nicht vom Fleck gerührt. Jedenfalls bis jetzt nicht.«

»Na, und wann wird man sie bewegen? Wissen Sie das? Was sagt Gatov dazu?«

»Darüber sind die Ansichten geteilt«, erwiderte Draper. »Wir kennen die Einstellung Gatovs und die der Generäle. Gatov will sich so schnell wie möglich zum Multimillionär machen, aber die Generäle, die für die Flugkörper verantwortlich zeichnen, wollen, daß die Dinger dortbleiben, wo sie sind, und den Preis in die Höhe treiben, bevor sie einen Transportbescheid unterschreiben, denn so, wie die Dinge dort drüben stehen, haben sie keinen Pensionsanspruch.«

»Selbst wenn sie sie verschieben wollten, bleibt der Transport das eigentliche Problem«, sagte Sladden. »Die Sattelschlepper, auf denen sie transportiert werden, schaffen nicht mehr als fünfzehn Meilen die Stunde, und bis in die Türkei ist es ein verdammt weiter Weg.«

»Ja, und außerdem fallen eine Menge Nebenkosten an«, sagte Ricky. »Sie müssen die Mannschaften auszahlen und die Techniker, jeder muß seinen Anteil kriegen.«

»Deswegen sind diese Typen gezwungen, nach England zu kommen«, sagte Draper, »sie müssen Gelder lockermachen, um den Deal finanzieren zu können, ihn dann abwickeln und den Generälen harte westliche Währung anbieten, damit die nicht mehr ablehnen können. Aber die Logistik, die müssen sie noch ausarbeiten, und dazu brauchen sie Zeit, es ist also keine Sache von heut auf morgen.«

»Schlimm genug, wenn's übermorgen ist«, sagte der BESUCHER.

»Verschwenden Sie keinen Gedanken daran«, sagte Draper, »schon heute gibt's genug Probleme.«

»Wir sitzen also mit unseren Ärschen auf einem Pulverfaß«, sagte der BESUCHER, »während Sie dafür sorgen, daß es denen nicht so geht.«

»Ich verstehe Ihre Position«, sagte Draper, »aber da wir ihre Flugkörper nun mal nicht zerstören können, müssen wir sie eben an der geschäftlichen Seite der Angelegenheit zu packen kriegen, und das tun wir.«

»Aber wie lange soll das dauern? Ewig können wir das nicht geheimhalten. Denken Sie an die Presse, es reicht eine undichte Stelle.«

»Ist mir bewußt, aber man kann's nicht erzwingen. Wir müssen uns die Zeit nehmen, die wir brauchen.«

»Nun, eins will ich klarstellen«, sagte der BESUCHER, »oben ist man äußerst unzufrieden. Man zieht sogar in Erwägung, die gesamte Operation näher zu überwachen.«

»Großer Gott«, Draper war wütend, »bloß keine Buchhalter und Bürokraten, die sich einmischen, das ist, als würde uns der militante Tierschutz genau in dem Augenblick von den Pferden holen, wo wir den Fuchs im Visier haben.«

»Wir werden sehen«, sagte der BESUCHER. »Inzwischen gibt es noch einen weiteren Aspekt. Ich verstehe nicht, wieso Gusts Rolle bezüglich der gestohlenen Pässe, überhaupt dieser ganze Teil der Operation so einen Stellenwert hat. Soweit ich weiß, hatten Sie doch geplant, die Dinger selbst zu stehlen und Gust nur zu benutzen.«

»Schauen Sie«, sagte Sladden, »in so einem Fall kommt man nicht weit, wenn man sich strikt an die Buchstaben des Gesetzes hält, das wissen wir doch alle.«

»Die Pässe hatte Gatov sowieso schon durch einen Mittelsmann namens Farb gekauft«, sagte Draper. »Es war Farb, der Gust benutzt hat, und wir brauchten sie nur abzufangen. Nebenbei bemerkt, vier dieser Pässe dienten uns als Falle. Aber das wissen Sie doch alles, Sie haben doch meinen letzten Bericht gelesen.«

»Zwei der Männer, die diese Pässe benutzt haben, sind tot.«

»Ja, alles hat eben seine zwei Seiten«, sagte Draper milde.

»Abgesehen davon gibt es auch keine endgültige Lösung für unser Problem, wir können nur versuchen, die Kontrolle darüber zu behalten.«

Drapers besänftigender Tonfall reizte den BESUCHER. »Verkaufen Sie mich nicht für dumm. Ich sage Ihnen jetzt, was ich weiß. Von meinem Platz aus in diesem ganzen Theater sehe ich nur Schatten und keinen einzigen Lichtstrahl, und wenn es richtig dunkel wird, dann gibt es eine interne Untersuchung in der Sache, daß Sie Ihre Eier werden singen hören.«

»Etwas mehr Geduld«, sagte Draper, »das ist alles, worum ich Sie bitte, es besteht kein Anlaß zur Panik. Und außerdem gibt's noch einen positiven Nebeneffekt. Wenn das alles vorbei ist, wird es eine Menge hausgemachter Krimineller weniger geben, von Gatov ganz zu schweigen.«

»Nun, dann hat die Sache auch ihre gute Seite«, sagte der BESUCHER, »denn ich wünsche nicht, daß irgend jemand davonkommt.«

»Niemand wird mit irgendwas davonkommen«, sagte Draper. »Nicht solange ich die Verantwortung trage.«

»Und die Flugkörper?«

»Wir können nur sicherstellen, daß sie dortbleiben, wo sie jetzt sind, bis sich die Dinge in Rußland geregelt haben.«

»Na, das kann ja noch ein paar hundert Jahre dauern«, sagte der BESUCHER. Er stand auf. »Aber Sie haben nur eine Woche.«

»Was?« fragte Sladden. »Eine Woche?«

»Eine Woche. Sieben Tage. Und jeder einzelne davon ist ein Werktag.«

»Könnte sogar schneller gehen«, sagte Draper.

»Das wäre noch besser«, sagte der BESUCHER. »Sie haben es jedenfalls gehört, ich sagte, eine Woche. Also, klären Sie die Angelegenheit, bevor sie Ihnen um die Ohren fliegt, und in der Zwischenzeit lassen wir da oben Sie nicht aus den Augen.

21

Die zwei Männer verfolgten Gust durch den Regen, als er das Diadem verließ, und vor dem Prince-Edward-Kino griffen sie ihn an. Der Dicke sagte: »Riskier's nicht, jede Bewegung kostet dich einen Monat im Krankenhaus.«

Sie waren Profis, behandelten ihn mit der Lässigkeit von Tennisstars, die sich ihre Bälle auf dem Center Court locker zuspielen. Sie schafften ihn die Straße hinunter und verfrachteten ihn in einen verdreckten XJ6, der gerade aus der Greek Street um die Ecke bog. Während der ganzen Zeit drehte sich der Fahrer kein einziges Mal um oder sprach auch nur ein Wort.

Gust war nicht gerade kleinwüchsig, aber der Dicke neben ihm war fast doppelt so groß wie er. Sein Gesicht war von dem gleichen Farbton wie sein Seidenanzug — pink —, und der Anzug war ihm eine Nummer zu klein; er dampfte vor Schweiß und übermäßiger Körperhitze.

»Du solltest ein Korsett tragen«, sagte Gust.

»Tu ich auch in meiner Freizeit«, sagte Mr. Pink. »Und zwar ein schwarzes.«

»Seid ihr die beiden, die meine Bude in der Allison Road beobachtet haben?«

»Wir observieren eine Reihe von Orten.«

»Für wen arbeitet ihr?«

Sie gaben ihm keine Antwort.

»Wohin fahren wir?«

»Hängt von dir ab«, sagte Mr. Pink. »Vielleicht fährst du nirgendwohin, oder aber du fährst irgendwohin und kommst nicht mehr zurück.«

»Was mich interessiert, ist Petal.«

»Petal?« der Pinkgesichtige sah seinen Partner fragend an.

»Was meint er denn jetzt?«

»Sie war Chinesin«, erklärte Gust. »Und man hat sie heute nachmittag totgeschlagen. Du siehst so aus, als könntest du mit einem Baseballschläger umgehen, also, hast du was mit der Sache zu tun? Wenn das der Fall ist, solltest du dich ganz schnell um ein Fernstudium in Sachen Gebet bemühen.«

Mr. Pink brüllte vor Lachen. »Ich mag ihn«, sagte er zu seinem Kumpel, »irgendwie ist er witzig.«

Gust versuchte, den feuchtwarmen Ausdünstungen Mr. Pinks zu entkommen, aber eine halbe Tonne triefenden Fleisches rammte ihn wieder zurück in den Sitz.

»Du hast es eilig, hier wegzukommen, aber es klappt nicht, stimmt's?« sagte Mr. Pink.

Sein Kompagnon hatte noch kein Wort gesprochen, aber jetzt nahm er Anlauf. Er war dünn und trug einen schmutzigweißen Anzug mit schwarzen Nadelstreifen. Er sah aus wie ein Italiener, aber eher erinnerte er an das Böse bei Nacht. »Meine Fingernägel sind ziemlich lang, was?« sagte er zu Gust. »Hast du sie schon gesehen? Sind die nicht scharf? Richtig lang und spitz.« Er streckte seine Hand aus.

»Könnte mir vorstellen, daß die glatt die Saiten deiner Mandoline durchtrennen«, sagte Gust.

»Und dreckig sind sie auch, schau dir bloß den Dreck an.«

»Kaum zu übersehen.«

»Meine Nägel sind nie sauber«, sagte der Typ im Nadelstreifen stolz.

»Und warum?« fragte Gust. Er gähnte.

»Weil ich es mag, tief unter der Haut eines Typen Dreck zu hinterlassen.« Seine Hände fuhren in die Höhe und seine Nägel gruben sich in Gusts Wangen. »Auf die Art kriege ich mehr Dreck rein, auch bei dir. Das gibt mir den gewissen Kick.«

Gust wischte sich das Blut mit seinem Ärmel aus dem Gesicht.

»Als ich das letzte Mal mit meinen Nägeln in einem Gesicht geschürft habe«, prahlte der Typ im Nadelstreifen, »mußten mich drei Männer wegreißen.«

»Ich sehe oft genug kranke Scheiße, ich kann darauf verzichten, sie direkt neben mir zu haben«, sagte Gust, »und mich würde interessieren, ob du heute nachmittag zusammen mit diesem Vollidioten bei Petal warst. Stehst du drauf, eine Frau totzuprügeln? Das würde ich zu gerne wissen.«

»Selbst wenn ich's getan hätte«, sagte der Mann im Nadelstreifen, »wie hättest du mich daran hindern können?«

Mr. Pink wischte sich die Tränen aus dem feisten Gesicht und keuchte: »Ich bepiss mich vor Lachen.« Dann fügte er hinzu: »Übrigens, das da ist Dingo. Ich bin Stuart.«

»Yeah«, sagte Gust, »bin überwältigt.«

»Das könnte der Anfang einer Romanze werden«, sagte Mr. Pink und legte Gust seine Hand aufs Knie. »Etwas von Dauer und sehr intim.«

Der Nadelstreifenmann tastete Gust ab. »Du wirst es nicht glauben, Stuart«, sagte er, »aber die Fotze hat doch tatsächlich 'ne Knarre.« Er zog die Beretta aus Gusts Hosenbund und roch daran. »Ist auch schon benutzt worden.«

Mr. Pink wandte sich Gust zu: »Ach wirklich? Und auf wen hast du sie abgefeuert?«

»War bloß 'ne Schießübung in meinem Hinterhof«, sagte Gust. »Ratten. Ist doch klar, hätten die Ratten deine Ausmaße, bräuchte ich nicht zu üben, ich könnte gar nicht danebenschießen, oder?«

Mr. Pink schlug ihm von der Seite auf den Mund. Gust fühlte, wie sein Gesicht wieder anschwoll, es war dieselbe Stelle, die zuvor Connor bearbeitet hatte.

»Womit hast du zugedroschen?« fragte er. »Das kann nicht nur deine Faust gewesen sein.«

»Mit Geld!« schnaubte Mr. Pink. »Hier, nur die Abendzeitung mit dem Wechselgeld drin, mehr ist nicht nötig, also benimm dich!«

Gust spuckte etwas Blut. »Langsam fange ich an, euch zu lieben.«

»Wunderbar«, sagte Mr. Pink, »dann laß uns loslegen. Wir wissen, daß du ein harter Brocken bist, wir nehmen dich ernst, nicht zuletzt, weil wir von deinem Auftritt mit dem Cocktailspieß bei Marly's gehört haben. Worum es uns also geht, wir wissen, daß du mit einem Haufen Kohle rumrennst.«

»Wer hat euch das erzählt?«

»Das kümmert dich einen Dreck, du hast genug andere Sorgen.«

»Aber er hat kein Geld bei sich«, sagte Dingo.

»Welch ein Jammer«, sagte Mr. Pink, »dabei hätte meine Flamme so gern ein Squashcenter. Na egal«, sagte er zu Gust, »wir finden es schon, nicht wahr? Die andere Sache, die uns interessiert, ein Haufen Pässe, die verschwunden sind, um genau zu sein, es handelt sich um tausend Stück. Komm schon, wir wissen, daß du sie beiseite geschafft hast, also, wo sind sie?«

»Warum kackt nur jeder wegen dieser Pässe ab?« fragte Gust. »Oder steckt ihr beiden Psychopathen da etwa auch mit drin? Wenn ja, hätte ich mich nie darauf eingelassen.«

»Du hast keinen blassen Schimmer, wer irgendwo drinsteckt«, sagte Dingo. »Tatsache ist, du gehörst zu der Sorte Mensch, die von nichts eine Ahnung hat.«

»Außer, daß wir hier die Fragen stellen«, grinste Mr. Pink.

»Ihr stellt sie zwar, aber ich beantworte sie nicht«, sagte Gust. »Das dürftet selbst ihr inzwischen begriffen haben.«

»Wie dick bist du mit einem Kerl namens Johnny befreundet?«

»Ich bin mit vielen Johnnys befreundet, und dann gibt es

um die hundert, die ich auf den Tod nicht ausstehen kann. Wieso?«

»Ich meine Johnny Laray, deinen ehemaligen Schwager. Hast du ihn in der letzten Zeit getroffen?«

»Er war nicht mit mir in Maidstone, denn da komme ich gerade her.«

»Immerhin bist du lange genug draußen, um die Sache mit den Pässen zu drehen, also auch lange genug, um Laray zu treffen, also quatsch keine Opern, ansonsten verpass ich dir einen Tritt in die Erbstücke.«

»Das würde auch nichts ändern«, sagte Gust. »Schließlich kann ich nicht über etwas reden, von dem ich nichts weiß. Mich interessiert nur, wer hat euch geschickt?«

»Geht dich nichts an«, sagte Dingo. »Sprich weiter.«

»Da werdet ihr lange warten können«, gab Gust zurück. »Ich kann euch weder weiterhelfen, was das Geld betrifft, noch weiß ich was über Pässe. Womit sonst könnte ich euch weiterhelfen? Eins steht fest, ihr arbeitet nicht selbständig, dazu seid ihr zu blöd. Wenn's nach euch ginge, hättet ihr mich längst umgelegt, so blöd seid ihr.«

»Dafür sollten wir ihn eigentlich erledigen, oder?« sagte Dingo. »Mir macht's nichts aus.«

»Etwas trifft zumindest zu, in Maidstone stand ich weniger unter Druck als hier draußen.« Gust kam ein Gedanke. »Seid ihr Spitzel? Hat einer von euch sich mit den Bullen eingelassen? Mit einem Mann namens Spaulding?«

»Wer soll 'n das sein?«

»Noch nie etwas von Detective Inspector Spaulding, Poland Street, gehört? Würde mich nicht wundern, wenn ihr für den arbeitet, eine Ratte würde für ein paar Pfund alles tun. Ja, ihr kommt mir vor wie zwei kleine Zuträger, ihr stecht irgendwie hervor wie zwei alte Glatzköpfe in einer Perückenshow.«

Mr. Pink warnte ihn: »Du bewegst dich haarscharf an der

Grenze, Gust, aber ich bin geduldig.«

»Nur, damit du auch dein Honorar einsacken kannst«, erwiderte Gust. »Ich sage euch, ihr zwei hättet mich schon längst über die Klinge springen lassen, wenn euer Auftrag nicht anders lauten würde.«

»Ich leugne nicht, daß es mir ein Vergnügen wäre«, sagte Mr. Pink. Er dachte einen Moment nach. »Also, was hast du mit dem Geld gemacht, das du von Farb bekommen hast? Hast du's bei Laray versteckt?«

»Leer deine Taschen richtig«, sagte Dingo, »und zwar alle, komm schon, los, oder ich tu's für dich.«

»Mach du's«, sagte Gust, »aber bitte nicht kitzeln.«

»Nur Zweihundert in Fünfzigern«, sagte Dingo abfällig, als er fertig war, und schleuderte ihm das Geld entgegen. »Verdammt, darauf könnte nicht mal ein Frosch übern Teich paddeln.«

»Leute, die sich nicht um ihre Freunde kümmern, machen sich die ärgsten Feinde, Gust«, sagte Mr. Pink. »Das ist die Situation auf unserem Planeten heutzutage.«

»Wer sollten denn meine Freunde sein?« fragte Gust. »Und hör mit diesem Planetengequatsche auf, man könnte sonst annehmen, du bist zu Besuch hier.«

»Der ist ganz schön keck«, sagte Dingo. »Findest du nicht auch, daß der ganz schön keck ist, Stuart? Bist du nicht auch der Meinung, der könnte glatt noch ein paar Schläge vertragen?«

»Wenn ich er wäre«, sagte Mr. Pink, »würde ich nicht weiter denken als bis zu meinem Testament.«

Gust lehnte sich zurück. »Schönes Wetter heute, zumindest war's so, bis ihr aufgetaucht seid.« Er starrte raus in den Regen. »Habt ihr eigentlich mitbekommen, wie der Wind aus Richtung Green Park pfiff? Muß über Piccadilly hinweggetobt sein, um sich dann über Victoria zu legen, hat dabei ein bißchen Dreck von den Straßen gefegt, schade, daß er euch verschont hat. Übrigens, da wir gerade beim Thema sind, habt ihr inzwischen eure zwei Spucknäpfe von Kollegen im Krankenhaus besucht?«

»Man hätte besser uns in den Club geschickt«, sagte Dingo.

»Das Problem ist nur, ihr wärt da nie reingekommen«, sagte Gust. »Sogar bei Marly's ist irgendwo Schluß.«

»Es hat eine Menge Ärger gegeben wegen dieser Schlägerei«, sagte Mr. Pink, »einige wirklich einflußreiche Leute haben sich sehr aufgeregt, vor allem als einer der Typen den Abgang gemacht hat. Was hast du dir dabei gedacht?«

»Ich bin eben blöd«, sagte Gust. »Ich wollte am Leben bleiben.«

»Ach wirklich? Wozu?«

»Habt ihr das Petal Chang auch gefragt, während ihr ihren Schädel bearbeitet habt?«

»Das Thema war doch schon abgegessen.«

»Nicht für mich«, sagte Gust. »Nicht solange ich nicht weiß, wer sie umgebracht hat. Ich sag's jedem, bis dahin taste ich mich durch roten Nebel.«

»Nebel?« wiederholte Mr. Pink. »Du solltest dir mal 'ne Brille besorgen.« Sie lachten laut los. »Im Moment hast du jedoch wirklich andere Sorgen.«

»Ihr solltet besorgt sein«, sagte Gust. »Ihr glaubt, ich hätte gewisse Informationen, und das rettet mir erst mal das Leben.«

»Da ist was Wahres dran«, räumte Dingo ein, »bis alle das bekommen haben, was sie wollen, nämlich das Geld und die Pässe, lassen wir dich am Leben, nur um zu sehen, wohin du uns führst. Aber danach ist allerhand für dich drin, eventuell auch schon vorher.«

»Ich weiß, deswegen spuck ich auch nichts aus.«

»Tatsächlich?« sagte Mr. Pink. Er drehte sich zu seinem Partner um. »So etwas Dreistes haben wir schon lange nicht mehr gehört, oder was meinst du, Dingo?«

»Dann reden wir einfach über was anderes«, sagte Gust. »Vor ungefähr einer Stunde wurde ein Mann angeschossen in einem chinesischen Restaurant, vielleicht wißt ihr noch nichts davon. Während er mit seinen Kumpeln beim Kauen war, das Ding war gerammelt voll.«

»Tot?« fragte Dingo.

»Nein, er hat nur seine rechte Hand verloren, sie landete in seiner Suppe.«

»Und wessen Hand war es?« fragte Mr. Pink

»Manny Farbs Hand.«

Für eine Weile herrschte Stille im Auto.

»Manny Farb?« sagte der Nadelstreifen endlich. »Jemand hat auf Manny Farb geschossen? Der Typ verarscht uns.«

»Dann erzähl uns doch besser gleich alles«, sagte Mr. Pink. »Wer war es?«

»Ich«, sagte Gust. »Ihr wollt den neuesten Stand? Dann ruft ihn im Krankenhaus an. Fragt ihn.« Er zitierte in etwa Dingos Worte von vorhin: »Die Knarre ist auch schon benutzt worden.« Er fing an zu lachen. »O Mann«.

»Ich hoffe, daß es nicht stimmt, was du da erzählst«, sagte Mr. Pink, »und zwar in deinem eigenen Interesse.«

»Es ist aber wahr«, sagte Gust, »und es ging um Petal Chang. Und ihr beide seid genauso dran, wenn ihr da mit drinhängt.«

»Klingt wie eine Kriegserklärung.«

»Worauf du einen lassen kannst, alter Knabe.«

»Also wenn die Typen bei Marly's dich nicht in den Griff bekommen haben«, sagte der Nadelstreifen, »dann probieren wir es. Erinner mich auf jeden Fall daran, wenn wir uns das nächste Mal treffen, nur so zum Vergnügen, und es wird vergnüglich.«

»Dazu seid ihr nicht in der Lage«, sagte Gust. Er blickte

Dingo nicht in die Augen, sondern sah durch sie hindurch. »Das ist nichts für Abziehbilder, sondern für Leute, die was davon verstehen.«

»Nur so für die Statistik«, sagte Dingo, »wir haben schon Leute erledigt.«

»Sicher«, sagte Gust, »man kann's ja förmlich riechen. Aus dem Hinterhalt.«

»Ob du's glaubst oder nicht«, sagte Mr. Pink, »wenn wir dich in die Mangel genommen hätten, täte dir jetzt kein Zahn mehr weh.«

Gust stieß ihn an. »Selbstverständlich, Dicker, nur vergiß eins dabei nicht, dasselbe gilt für dich.«

»Nun«, sagte Mr. Pink, »das ist nicht das Problem, zumindest nicht heute abend. Wir wollten dich nur kennenlernen, 'n bißchen plaudern.«

Aber sie sahen eher nachdenklich aus. Sie gaben ihm seine Pistole zurück, ungeladen, und ließen ihn an der Old Street Station raus.

Sie sagten noch, daß man an ihm dranbleiben werde. Nach einer kurzen Pause fragte ihn Mr. Pink: »Bist du jemals einem Typen namens Hawley begegnet?«

»Habe von ihm gehört. Ich glaube, er wurde erschossen. Aber getroffen habe ich ihn nie.«

»Dann kannst du nur hoffen, daß dein Glück dich nicht verläßt.«

»Daran glaube ich nicht«, sagte der Nadelstreifen.

Sie warfen ihm die Autotür vor der Nase zu und fuhren weg.

22

Christine fuhr in ihrem Bett hoch, als sie jemanden durch das Fenster steigen hörte; sie schrie: »Verpiß dich, du Bastard, egal, wer du bist!« Dann sah sie Gusts Kopf zwischen den Vorhängen auftauchen.

»Kann ich reinkommen?« fragte er. »War ein langer Weg bis hierher.«

»Zum Teufel«, stammelte sie, »es ist vier Uhr morgens. Schon gut, komm rein, aber sieh dich vor mit meinen Porzellankatzen auf dem Fensterbrett.«

Christines Geburtsort war die Meard Street, deren Häuser aus dem 18. Jahrhundert damals überwiegend von Huren bewohnt wurden. An ihre Eltern besaß sie kaum eine Erinnerung. Christine hatte ihr ganzes Leben in Soho verbracht. Sie und Gust kannten sich eine Ewigkeit. Eigentlich hieß sie gar nicht Christine, die Leute nannten sie nur so. Sie war immer im Diadem, im Mutineer und im Nine Lives anzutreffen, da, wo Kriminelle, gestrandete Rechtsanwälte, Schriftsteller, Journalisten und das Volk von der Rennbahn rumhingen. Sie stand immer am Zapfhahn (»Nur, um meine Finger im Spiel zu haben«), und war ein Gast knapp bei Kasse, gab sie ihm schon mal einen aus. Eines Nachts hatte ein Mann, den sie um Feuer gebeten hatte, sie mit einer Pistole bedroht, und Christine hatte ihre Hand ausgestreckt und gesagt: »Spiel damit nicht rum, mein Junge, du siehst nicht so aus, als wüßtest du, wie das Ding funktioniert.« Der Mann ließ die Pistole fallen und floh. Erst hinterher bekam sie es mit der Angst zu tun und erzählte jedem: »Wäre ich nicht so abgefüllt gewesen, ich hätte mich niemals getraut, so etwas zu sagen.«

Was auch immer sie darstellte, sie linkte niemanden und

besaß noch nicht sehr viele Feinde, was in Soho bemerkenswert war, denn immerhin war sie sechsunddreißig und hatte viel Zeit gehabt, sich welche zu machen.

»Was ist mit deinem Gesicht los?« fragte sie. »Hast du dich vor einen Zug geworfen?«

Gust starrte sie über das Bettlaken hinweg an, das sie bis zum Kinn hochgezogen hatte; er wußte, wie sein Gesicht aussah. »Kann ich mit dir reden?«

»Na gut«, sagte sie, »aber komm mir bloß nicht zu nah, ich hab nicht gerade meinen sinnlichen Tag.« Sie griff nach ihrer Packung Casterbridge. »Was ist los?«

»Ich bin auf der Flucht.«

»Wieder mal? Um ganz ehrlich zu sein, so bei Licht betrachtet, gefällt mir dein Aussehen ganz und gar nicht.«

»Komm schon«, sagte er, »wir sind alte Freunde, kannst mich doch nicht hängenlassen.«

»Schon gut. Setz dich erst mal, du siehst ja vollkommen kaputt aus.«

»Über die Feuerleiter bis in den fünften Stock zu steigen kostet eben Kraft.« Er setzte sich aufs Bett.

»Ich meinte eigentlich den Sessel«, sagte sie, »aber egal, setz dich aufs Bett, Hauptsache, du kriechst nicht rein. Also schieß los. Irgendwas ist doch passiert.«

»Petal ist tot.«

»Petal?« fragte sie ungläubig. »Kann nicht sein. Gestern morgen habe ich sie im Supermarkt gesehen.«

»Es war gestern nachmittag. Man hat sie totgeschlagen.«

»Darüber war gar nichts in den Zeitungen oder im Fernsehen, wie hast du davon erfahren?«

»Ich weiß, was du denkst«, sagte er. »Du denkst sicher, daß ich eifersüchtig war auf sie und Connor und sie deswegen umgebracht habe. Aber du irrst dich. Die Bullen haben es mir gesagt und nicht nur das, sie haben mich sogar dorthin gebracht und sie mir gezeigt.«

»Ich glaube dir nicht«, sagte sie. Sie setzte sich auf, lehnte sich gegen das Kopfende ihres Bettes und starrte ihn an.

»Ich habe die Nacht bei ihr verbracht. Weil ich nirgendwohin konnte, hat sie mich in ihre Wohnung mitgenommen. Ich war gar nicht dort, als es passierte. Glaube mir, ich lüge dich nicht an.«

»Hast du irgendwas mit dem Mord an ihr zu tun?«

»Nein. Das glauben nicht einmal die Bullen. Das Problem ist nur, daß sie mich mit nach Hause genommen hat.«

»Was macht das für einen Unterschied, ob sie dich mitgenommen hat oder nicht?«

»Ich habe da eine Sache am Hals.«

»Davon will ich nichts wissen«, sagte sie wie aus der Pistole geschossen. »Kannst du nicht woanders hingehen?«

»Ist nicht so einfach, wenn man gerade aus dem Knast kommt«, sagte er. »Eigentlich wollte ich bei einem Freund bleiben, aber der hat schon genug für mich getan. Mal abgesehen von ein oder zwei Leuten wie dir, habe ich keine Freunde mehr, Christine. Ich bin es nicht unbedingt gewohnt, die Feuerleiter fünf Stockwerke hinaufzusteigen, um meine Freunde zu treffen.«

»Mein Gott, du siehst wirklich aus, als würdest du direkt aus einer Mülltonne kommen.« Sie rümpfte ihre Nase. »Und irgendwie riechst du auch danach.«

»Ich war gezwungen, mich in Pubs zu waschen.«

»Und dein Gesicht. Da mußt du was machen.«

»Das wird schon wieder.«

»Zumindest solltest du erst mal einen trinken.«

»Sag bloß, du hast was. Ich könnte einen Scotch gebrauchen.«

Sie langte unter ihr Bett und holte eine Flasche Bell's hervor; sie nahm gern einen vor dem Schlafengehen. Sie goß ihm einen Dreifachen ein. Er trank das Glas zur Hälfte aus und legte dann den Kopf in seine Hände. Diese Geste hatte sie noch nie bei ihm beobachtet.

»Ich bin geradewegs in diesen Alptraum hineingeraten«, sagte er, »und dabei komme ich doch nur aus dem Knast.«

»Mir scheint, das Leben war sicherer, als du drin warst«, sagte sie hart, »und überhaupt, es geht um mehr, hast du gerade eben selbst gesagt.«

»Eins weiß ich genau, es gibt Leute, die muß ich aus der Scheiße holen.«

»Nachdem, was du erzählt hast, hast du die erst da reingeritten.«

»Ich muß rausbekommen, wer Petal umgebracht hat. Die Typen, die das getan haben, hatten einen Auftrag. Die will ich. Ich will aber auch den Kerl, der diesen Auftrag erteilt hat.«

»Worauf wartest du dann? Fang an.«

»Einige Typen scheißen sich meinetwegen schon in die Hose, aber es haben sich da ein paar Sachen abgespielt, ich bin mir nicht sicher, ob sie die Richtigen sind.«

»Keine Ahnung, wovon du sprichst.«

Er trank aus. »Es hätte alles so einfach sein können, aber das war's nicht. Hast du noch einen Drink für mich?«

»Was denkst du denn, was das hier ist? Eine Bar?«

Er gab ihr zwanzig Pfund.

»Woher kommt das?«

»Keine Sorge, du kannst damit bezahlen. Gieß mir noch was ein, Christine.«

Sie füllte sein Glas nach. »Zieh mich da bloß nicht mit rein.«

Er schüttelte den Kopf. »Ich brauche nur etwas Schlaf, deshalb bin ich hier. Nur für eine Nacht.«

»So also machst du eine Frau an«, sagte sie bitter. »Bist du Petal auch auf die Tour gekommen?«

Er wurde weiß wie eine Wand. »Überleg genau, was du sagst«, sagte er, »meine Haut ist sehr dünn momentan.«

»Ja, tut mir leid, ich nehm's zurück. Ist besser, du schläfst jetzt, aber erst solltest du duschen.« Sie goß ihm noch einen Drink ein, den er mit ins Badezimmer nehmen konnte. Während er duschte, lag sie da und dachte nach. Sie wollte nicht wahrhaben, daß Petal tot war. Als Gust zurückkam, hatte er den Eindruck, daß das Bett bequem sei, bis er die Sprungfedern der Matratze spürte, die unter dem Gewicht des einen oder anderen Pornohändlers und in den besseren Zeiten sogar unter dem einen oder anderen Abgeordneten geächzt hatten. Sie machte rasch das Licht aus, aber er konnte nicht einschlafen, obwohl er sehr müde war, und so starrte er an die Zimmerdecke, die die Neonlichter der gegenüberliegenden Gebäude zurückwarf; an, aus, rot, blau und grün.

Sie war bereits eingeschlafen, und er drehte sich zur Seite, um sie nicht zu stören. *Du bist gegangen, Petal,* dachte er. *Ich habe etwas mit dir geteilt, was ich mit keinem anderen Menschen geteilt habe. Wir können anders miteinander reden, jetzt, wo wir beide völlig ungestört sind in meinem Kopf. Wir waren glücklich, so glücklich, wie es Leute unseres Schlages nur sein konnten. Aber alles, was wir gemacht haben, läuft jetzt ab wie in einem alten Film, du und ich im Eclipse, unsere Trinkgelage mit Johnny und dem Iren und als nächstes dann schon deine Leiche auf dem Boden.*

Als Christine später erwachte, bemerkte sie, daß das Laken auf seiner Seite völlig durchnäßt war. Sie dachte zuerst, er habe ins Bett gepinkelt, doch dann stellte sie fest, daß die Feuchtigkeit dafür zu weit oben war, und tastete nach dem Kopfkissen. Es war klatschnaß. Sie fuhr über sein Gesicht und fühlte, daß ihm der Schweiß aus allen Poren brach, sein Gesicht glühte, seine Füße waren eiskalt.

23

Spaulding saß hinter seinem Schreibtisch im Büro in der Factory und kämpfte gegen eine Flut von Papieren an, als DCI Bowman reinpolterte wie ein Affe, den man im Schlußverkauf auf der Regent Street erst ausstaffiert und dann freigelassen hatte. Er trug wie immer sein längst aus der Mode gekommenes Zeug — einen Filzhut, eine grellgelbe Krawatte, alles perfekt abgestimmt, bis hin zu den glänzenden Hosenträgern. Immer wenn er ihn sah, gewann Spaulding den Eindruck, Bowman hätte noch ein Pfund zugelegt, aber zum Glück sah er ihn nicht oft.

»Wie ist es«, brüllte Bowman, »will nicht irgend jemand von euch Halbintelligenzlern an diesem sonnigen Morgen seinen Verstand bemühen, oder wollen wir alle mal wieder blaumachen?« Ein Detective ließ seinen Kugelschreiber fallen, ein anderer seufzte laut auf, denn es war unmöglich, sich zu konzentrieren, wenn Bowman im Raum war.

»Gerade mal neun Uhr morgens und schon Ärger«, sagte Bowman und quetschte sich mit einer Arschbacke auf die Kante eines Schreibtischs. »Wieder dieser verfluchte PC Wildbore, der Kumpel von Rupt und Drucker. Hat die Schnauze voll vom Streifendienst, sieht 'ne schwangere Frau und hat nichts Besseres zu tun, als ihr einen Knallkörper, den er zufällig bei sich hat, direkt vor die Füße zu schmeißen. Sie kriegt 'ne Fehlgeburt und er 'ne Dienstaufsichtsbeschwerde.« Sein Blick fiel auf Spaulding. »Hallo, Dicky, du bist genau mein Mann. Du läßt wohl deine Handschuhe selbst dann noch an, wenn du dir in der Nase popelst, was? Komm mit in mein Büro.«

Bowman glitt davon mit Spaulding in seinem Kielwasser. »Setz dich, Dicky.« Bowman rückte auf seinem Schreibtisch alles zurecht, was sowieso schon zurechtgerückt war, und zwar ein Foto von Mrs. Bowman und Miss Bowman, die schmollend in die Sonne blinzelte, und ein Kugelschreiberset, das wie eine Stalinorgel über seine Schulter hinweg auf das Fenster hinter ihm zielte. »Sauberer Schreibtisch«, sagte Bowman, »bedeutet, daß man seinen Job fest im Griff hat, mein Junge.« Er lehnte sich in seinem Stuhl zurück und ließ einen fahren. »Nun erzähl mal, Dicky, wie geht's denn so?«

»Wie geht was?«

»Na komm schon, ich meine Gust.«

»Dachte ich mir, daß Sie das meinen.«

»Irgendwelche Hinweise?«

»Nein«, sagte Spaulding, »aber ich stehe auch erst am Anfang.«

»Weiß ich«, sagte Bowman, »und ich kenne dich. Deine Klamotten sind der letzte Müll, und du siehst aus wie ein Sack Scheiße, den man oben zugebunden hat. Schau dich an — selbst dein Gesicht hat nichts, was man positiv erwähnen könnte. Du hast den Sex-Appeal einer nassen Streichholzschachtel, ich könnte dich in keine einzige Botschaft schicken. Aber du bist hartnäckig. Du verbeißt dich in einen Fall wie eine Küchenschabe in Abfälle, und du besitzt Phantasie, deswegen habe ich dich von der Straße geholt und deswegen gehörst du zu meinem Stab. Denk dran, ich habe dir immer den Rücken gestärkt, mein Junge.«

Soweit seine Version. Tatsächlich aber hatte Bowman Spauldings Beförderung immer wieder zu vereiteln versucht, denn er haßte Konkurrenz, und so schwieg Spaulding dazu, schwieg so lange, wie er es auch in Gegenwart eines Verdächtigen getan hätte. Er wußte, daß Bowman schließlich das Schweigen brechen würde, denn im Gegensatz zu ihm, brannte Bowman etwas auf den Nägeln.

»Also gut«, sagte Bowman schließlich, »diese Schlägerei in

Marly's Club, der Tod dieser Chang, diese ganze Angelegenheit mit Gust — ich kann mir nicht vorstellen, daß du jemanden dessen überführen kannst, selbst wenn du Beweise in der Hand hättest.«

»Und warum nicht?«

»Weil niemand aus Marly's Club vor Gericht aussagen wird.«

»Nein, solange man sie sich nicht ordentlich vorknöpft, bestimmt nicht. Wie bei allen anderen Fällen auch, ist das aber nur eine Frage der Zeit. Geduld, Zeugen ausgraben, gute Vorarbeit leisten.«

Bowman schüttelte den Kopf. Er mochte es, entschlossene Untergebene unter Druck zu setzen. »Rawlings war mit einem seiner Leute da. Er fing an, Fragen zu stellen, wurde dann aber von oben zurückgepfiffen.«

»Mich hat man jedenfalls noch nicht zurückgepfiffen«, sagte Spaulding. »Außerdem, Rawlings ist nicht sauber, jeder weiß das. Am Monatsende sammelt er bei Marly's immer die Kollekte ein.«

»Mit solchen Bemerkungen solltest du vorsichtig sein«, sagte Bowman, »jedenfalls bin ich mir zu neunzig Prozent sicher, daß die Staatsanwaltschaft sich so einer Sache gar nicht erst annimmt.« Er zündete sich eine Zigarre an.

»Dann halte ich mit den übrigen zehn Prozent dagegen.«

Das Schweigen dauerte diesmal noch länger. Bowman versuchte, mit dem Rauch einen Ring in die Luft zu blasen, war wenig erfolgreich, sah an die Decke und würdigte Spaulding keines Blickes. Spaulding ließ sich von der Stille nicht weiter aus der Ruhe bringen.

»Du verschwendest deine Zeit«, sagte Bowman schließlich.

»Ich verschwende sie hier drinnen, soviel steht fest. Draußen wartet ein Haufen Arbeit, und eine Menge davon hat mit Gust zu tun.«

Bowman legte seine Zigarre hin. Widerwillig sagte er: »Nun, dann will ich deutlicher werden, Gusts wegen stehe ich ziemlich unter Beschuß.«

»Unter Beschuß?«

»Es gibt Komplikationen.«

»Was für Komplikationen?« fragte Spaulding. »Und aus welcher Richtung wird geschossen? Niemand hat mir bisher irgendwas gesagt.«

»Dann sag ich's dir jetzt.«

»Was soll das heißen? Wollen Sie mir etwa damit sagen, Sie wollen mir den Fall entziehen?«

»So direkt habe ich das nicht gesagt«, erwiderte Bowman. »Ich meine nur, zieh dich ein wenig zurück, tritt etwas kürzer.«

»Aber weshalb? Immerhin sprechen wir hier über zwei Morde.«

Bowman war mit seiner Rhetorik am Ende. »Ich weiß«, er sprach schleppend, »man hat mir nur gesagt, es seien da noch andere Faktoren im Spiel.«

»Aber Sie haben immer noch nicht gesagt, um welche Faktoren es sich handelt.«

»Das liegt daran, daß ich nicht weiß, um welche es sich handelt«, antwortete Bowman.

Spaulding konnte es nicht fassen. Zum ersten Mal hatte er Bowman zugeben hören, daß er etwas nicht wußte. Es war etwas für das Poland Street Buch der Rekorde.

»Das Feuerwerk«, fragte er, »woher kommt es? Von der STIMME?«

»Ich habe dir schon mal gesagt, du sollst den Commander nicht so nennen.«

»Warum nicht?« sagte Spaulding. »Das tun doch alle.«

»Das ist keine Entschuldigung. Was diese Mitteilung betrifft, ich kann nicht sagen, wer sie herausgegeben hat, ich kann nur das weitergeben, wozu ich befugt bin.« Bowman zündete sich seine Zigarre wieder an.

»Ich brauche konkretere Hinweise.«

»Wenn's an der Zeit ist, wirst du sie bekommen«, sagte Bowman, »ich will damit ausdrücken, wenn ich selbst mehr weiß.« Sein Telefon klingelte. »Gut«, sagte er, »mach weiter.« Er entließ Spaulding mit einer Kopfbewegung.

»Na, wie ist der bestgekleidete Mann der Straße so drauf?« wurde Spaulding von einem der Detective Constables gefragt, als er rauskam. »War's grauenhaft?«

»Ja, grauenhaft«, sagte Spaulding und kramte nach einer Westminster, »und unverständlich, wie immer. Wie linientreue Kunst, du weißt schon.«

Das verstand jeder.

Zunächst erledigte Spaulding etwas Papierkram und entschloß sich dann wegen eines Selbstmords, von dem die Gerichtsmediziner annahmen, daß es auch Mord gewesen sein könnte, zu einem anderen Revier zu fahren. Auf seiner Fahrt dorthin stellte er im Autoradio einen Sender ein, der sich *People Now* nannte, ein Piratensender, der irgendwo aus Nord-London sendete.

»Was dieses Land braucht«, sagte der Sprecher mit monotoner Stimme, »ist eine starke Regierung. Was wir aber haben, ist eine Bande alter Betrüger mit weichen Knien, die immer wieder panisch auf Ziele schießen, die sie gar nicht mehr identifizieren können, da sie sich bereits zu weit von der Realität entfernt haben. Oder anders ausgedrückt, und dabei nicht weniger katastrophal, die, wie auch immer das Problem sich darstellt, unendlich viele Ausreden dafür parat haben, daß sie nichts dagegen tun. Ausreden bilden nicht die Grundlagen einer handlungsfähigen Regierung, und solange wir nicht eine Regierungsform schaffen, und das möglichst bald, die im Interesse des Volkes arbeitet und nicht dagegen, drohen uns ungeahnte Schwierigkeiten. Hat erst mal ein Außenseiter das

Rennen gemacht, nutzt es wenig, wenn uns Fernsehgrößen, ehemalige Kabinettsmitglieder, Journalisten oder sonst irgendwer erklären, was wir hätten tun sollen. Kommen wir zur augenblicklichen Situation in Rußland ...«

Spaulding schaltete das Radio wieder ab und notierte sich im Geiste: Kugelsichere Weste, dreihundert Pfund. Er hatte sich seit langem eine anschaffen wollen, aber er mußte sie selbst bezahlen, kein Wunder, daß er immer blank war.

24

Gust ging ins Diadem; es war früher Nachmittag. Eine Ausgabe des *Standard*, die jemand vergessen hatte, lag auf dem Tresen. Er strich die Titelseite glatt; die Schlagzeile lautete: »Blutiger Bandenkrieg: 3 Tote«. Der dazugehörige Artikel las sich wie folgt: »Gestern am späten Abend wurde die Polizei in eine Wohnung in Marjorie Grove, Clapham, gerufen. Nachbarn aus den Darby Mansions hatten gemeldet, daß die Tür einer im zweiten Stockwerk gelegenen Wohnung eingetreten worden sei. Anschließend seien Schüsse gefallen. Mr. Andy Simms, 62, der in der gegenüberliegenden Wohnung mit Sohn und Enkeltochter lebt, sagte: ›Ich habe Schüsse gehört und von meiner Wohnungstür aus auf den Flur geschaut und konnte dabei direkt in die Wohnung von Mr. Farb sehen, denn die Tür stand offen und hing aus den Angeln. Es war verheerend, Verwundete schrieen durcheinander, das absolute Chaos. Am Eingang stand ein Kerl mit Vorschlaghammer und ein anderer in der Nähe des Wohnzimmers, er stand mit dem Rücken zu mir und hatte eine Pistole in der Hand. Weiter hinten in der Wohnung fielen noch mal drei Schüsse, aber ich konnte nicht sehen, wer sie abfeuerte.‹ Auf die Frage, ob er die Täter beschreiben könne, antwortete Mr. Simms: ›Ich konnte sie nie richtig sehen, nur daß der Mann, der mit dem Rücken zu mir im Korridor stand und fluchte, groß und stämmig war und stark schwitzte. Aber mehr habe ich nicht erkennen können, denn mein Sohn hat mich zurück in unsere Wohnung gezogen und hat dann die Polizei gerufen.‹

Die Polizei bestätigte, daß sie bei ihrer Ankunft die Leichen dreier Männer mit Schußverletzungen in Kopf und Brust vorfand. Detective Inspector Dick Spaulding, der die Ermittlungen leitet, sagte: ›Es sah aus, als wäre dort eine Bombe hochgegangen. Wir können mit Sicherheit davon ausgehen, daß es sich um eine Vergeltungsaktion im Bandenmilieu handelt, alle drei Opfer waren einschlägig vorbestraft wegen Nötigung, Erpressung unter Androhung von Gewalt, bewaffneten Überfalls und schwerer Körperverletzung. An dem Anschlag waren mindestens zwei Männer beteiligt, möglicherweise sogar drei.‹ Er fügte noch hinzu: ›Bemerkenswert ist die Tatsache, daß die Wohnung während des Überfalls durchsucht wurde.‹

Bei den Toten handelt es sich um Emmanuel Farb, 48, aus Clapham, SW4, Leonard Williams, 39, auch ›der Hammer‹ genannt, aus Walthamstow und Henry James Ford, 51, wohnhaft in der Frith Street, West-London. Farb war erst am Tag zuvor aus dem Krankenhaus entlassen worden, nachdem er bei einer Schießerei in einem Restaurant im West End Verletzungen erlitten hatte.

Auf die Frage nach weiteren Informationen antwortete Inspector Spaulding, daß die Ermittlungen erst am Anfang stünden, und forderte alle auf, die außer der Familie Simms möglicherweise Zeugen des Vorfalls wurden und die Männer beim Verlassen des Hauses beobachtet haben könnten, sich unter dem Notruf oder bei der nächsten Polizeidienststelle zu melden. ›Diese Männer sind gefährlich‹, sagte Spaulding, ›und man sollte sich ihnen auf keinen Fall nähern.‹«

Das Telefon auf dem Tresen klingelte. Die Bedienung

nahm das Gespräch entgegen und kam dann zu Gust herüber: »Nachricht für dich.« Sie reichte ihm ein Stück Papier, auf das sie etwas gekritzelt hatte. Gust nahm es, las und bestellte ein Carlsberg. Die Nachricht lautete lediglich: »Geld vor die Hunde gegangen.« Das gefiel ihm nicht. Er schob den Zettel in den Mund, kaute darauf herum und spülte es mit einem Schluck Bier hinunter.

Das Mädchen fragte ihn: »Was machst du da mit dem Papier?«

»Ich esse es auf«, erwiderte Gust, »siehst du das nicht?« Er ging die Treppe hoch und rief Johnny an. Es nahm niemand ab, und auch das gefiel ihm nicht. Als er zurückkam, läutete der Apparat auf dem Tresen erneut. Diesmal hielt ihm das Mädchen einfach den Hörer hin und sagte nur: »Wieder für dich.«

Gust nahm den Hörer: »Ja?«

Eine männliche Stimme, die er nicht kannte, sagte ihm, er solle die nächste halbe Stunde bleiben, wo er war, dann wurde die Verbindung abgebrochen.

»Hab ich etwa die Masern oder so was?« sagte das Mädchen gereizt. Es war nicht so, daß sie ihn nicht mochte, im Gegenteil, aber da sie neu war und den bizarren Humor der Gäste nicht teilte, war sie der Ansicht, sie müsse ihnen gegenüber besonders naßforsch auftreten. Vielleicht glaubte sie, auf diese Weise werde sich ihr Humor so kräftig entwickeln wie ihr Haar. »Warum sind alle Anrufe immer für Scheintote wie dich?«

»Weil einige unserer Freunde uns daran erinnern wollen, daß wir noch leben«, sagte Gust.

»Warum machst du diesen Pub nicht gleich zu deinem Büro, dann hättest du's hinter dir.«

»Weil der Teufel immer in Bewegung ist.« Gust hörte ihr nicht richtig zu. Ihm gefiel weder die telefonische Nachricht noch die von Johnny, aber er beschloß, erst mal abzuwarten, was geschehen würde.

Kurz darauf betrat ein dunkelhaariger Mann, in elegantes Schwarz gehüllt, den Pub. Er sah sich in aller Ruhe um, ging dann zu Gust und setzte sich auf den Hocker neben ihm. Er bestellte einen Campari. »Und, was trinkst du, Gust?«

»Nichts. Wer bist du?«

»Niemand, dessen Bekanntschaft du allzu gern machen würdest«, antwortete der Mann.

Gust verstand, was er meinte. Unter seinem schwarzen Regenmantel trug der Mann einen schwarzen Anzug und ein schwarzes Hemd, zugeknöpft bis obenhin, und keine Krawatte. Er war dünn, und seine schwarzen Scharfschützenaugen lagen regungslos in seinem Gesicht wie Oliven auf einem weißen Teller.

»Was wird das hier?«

»Wir möchten nur, daß du auf einen kleinen Plausch mitkommst. Keine Sorge, du kommst auch wieder raus.«

»Aufrecht, ja?« fragte Gust. »Mit normalem Herzrhythmus?«

Der Mann zuckte mit den Schultern. »Wenn du dich anständig benimmst.«

»Das tue ich nie.«

»Gib dir diesmal Mühe und bleib lebendig, denn so wollen wir dich haben.«

»Gut zu wissen, denn im Moment scheinen nicht viele ein Interesse daran zu haben.«

»Das habe ich auch gehört«, sagte der dünne Mann. »Klingt unangenehm.« Er trank aus und stand auf. »Gehen wir?«

»Warum nicht?« sagte Gust. Widerstrebend verließ er das Diadem. Draußen wartete ein neuer Saab; der Fahrer riß blitzschnell die Hintertür für sie auf. »Wir machen eine kleine Spritztour, was?«

»Was glaubst du?« entgegnete der Dünne. Er schwieg eine Weile und sagte dann: »Du warst lange weg.«

»Jeder weiß, wo ich war.«

Der Fahrer wendete in dem dichten Verkehr und fuhr Richtung Westen.

»Übrigens, du hast nicht zufällig ein altes Eisen dabei?« fragte der dünne Mann.

»Nicht mehr«, sagte Gust. »Mußte es abstoßen, hatte keine Kohle mehr.«

»Wir wollen trotzdem mal nachsehen.« Der Dünne war lästig wie ein Zollbeamter und fand sofort Gusts Beretta. Er steckte sie in seine Tasche.

»Kam mir ziemlich unwahrscheinlich vor, daß du schon so abgebrannt sein sollst«, sagte der Mann. »Hast du eigentlich heute schon was gegessen?«

»Nein, weshalb? Willst du mich zum Lunch einladen?«

»Nein, niemand ist momentan wild darauf, mit dir in ein Restaurant zu gehen.«

»Was soll dann die Frage?«

»Nun, es ist nicht gerade ideal, mit vollem Magen erschossen zu werden.«

»Du hast gesagt, ich komme genauso wieder raus, wie ich reingehe.«

»Stimmt«, sagte der Dünne, »aber nur dann, wenn du nicht aus der Reihe tanzt. Es gibt da einen gewissen George, wo wir jetzt hinfahren, der ist ein wenig aufbrausend, und oftmals denkt er erst hinterher über etwas nach.«

»Wenn überhaupt«, sagte Gust.

Der dünne Mann zuckte mit den Schultern. »Für die, die es trifft, macht es keinen Unterschied, ob er fähig ist zu denken oder nicht.«

»Gut zu wissen«, sagte Gust.

Der Dünne sagte höflich: »Es geht um deinen Kopf.«

Sie fuhren durch Shepherd's Bush, bogen von der Goldhawk Road ab in eine Straße ohne Straßenschild und hielten dort vor einem Haus, dessen Hausnummer von der Tür entfernt worden war. Mit einer eleganten Bewegung öffnete ihnen der Fahrer die Tür, und der Dünne schlug ihm hart ins Gesicht. »In Zukunft ein bißchen schneller«, sagte er. »Paß auf, du hast noch viel zu lernen. Nächstesmal verpaß ich dir eine richtige Abreibung.«

»Du schmeißt dich richtig ins Zeug wegen eines kleinen Wichsers, was?« sagte Gust.

»Ich bringe ihm nur bei, was Respekt bedeutet«, sagte der Dünne. »Du weißt, was das heißt. Und dir gebe ich den guten Rat, begegne Mr. Hawley mit Höflichkeit.«

»Hawley?« sagte Gust. »Du meinst doch nicht etwa den, den man den Zahlmeister nannte? Ich dachte, die Morrows hätten ihn in einem Delikatessenladen in Süd-London abgeknallt. Ich habe gehört, er soll tot sein.«

»Er hat sich erholt«, sagte der dünne Mann. »Mr. Hawley ist nahezu unverwüstlich, das ist er wirklich, benimm dich ja anständig und sei höflich. Und noch was, vergiß nicht, Mr. Hawley ist Nichtraucher, nicht mal den Geruch von Tabak kann er ertragen, also, egal, was du tust, zünd dir bloß keine an.« Er klopfte an die Tür, und ein Riese mit dem Gesicht eines zurückgebliebenen Kindes öffnete.

»Was ist das denn?« fragte Gust. »Junge oder Mädchen?«

»Mr. Hawley hat gern große Männer um sich«, sagte der Dünne. »Masse hat Klasse, sagt er immer.«

»Gefällt mir«, sagte Gust, »sehr originell.«

»Wie alles, was Mr. Hawley sagt«, erwiderte der Dünne.

Gust folgte ihnen durch den Flur im Erdgeschoß, der zur Rückseite des Gebäudes führte. Essensduft hing in der Luft, es roch gut. »Ich koche gerade«, sagte der Riese stolz.

»Ich leihe mir irgendwann mal deine Schürze«, sagte Gust.

»Ich mag deine Art, Witze zu reißen«, sagte der Dünne. »Für einen Mann in deiner Situation ist das bestimmt nicht leicht.«

»Meinst du, jemand wie du weiß, was leicht ist?« sagte Gust.

Während der Dünne noch darüber nachdachte, gelangten sie an eine Tür, die zu einer schmalen Treppe führte.

»Achtung, zieh den Kopf ein«, warnte ihn der Dünne. »Es ist sehr niedrig hier, man stößt ihn sich schnell, wenn man nicht aufpaßt, und ich brauche nur in dein Gesicht zu sehen und weiß genau, wann du nicht aufgepaßt hast.«

Der Riesenkerl öffnete die Tür zum Keller. Drei Männer saßen dort, einer von ihnen Johnny, der an einen Metallstuhl gefesselt war.

»Hier ist Gust, Mr. Hawley«, sagte der Dünne. Er stieß Gust an und flüsterte: »Vergiß nicht: Respekt. Bei Mr. Hawley zahlt sich Respekt immer aus, du kannst ruhig dick auftragen, damit verschaffst du dir Zeit.«

Gust hörte nicht mehr hin. Er sah Johnny an, und Hawley beobachtete ihn dabei. Hawley, einst ein massiger Mann, wirkte in sich zusammengesunken. Er trug einen Designeranzug und eine Sonnenbrille, sprach mit leiser Stimme und fummelte von Zeit zu Zeit an dem Stück Schlauch des Auffangbeutels eines künstlichen Darmausgangs herum, der ihm über dem Hosenbund hing.

»Vergiß Johnny«, sagte er.

»Was ist mit seiner Nase passiert?« fragte Gust.

»George hat ein paar brennende Streichhölzer hineingesteckt.«

»George?« fragte Gust und drehte sich um zu dem gedrungenen Kerl neben Hawley. »Ein schöner Name.«

George sah nicht auf. Es schien, als gehöre er zu der Sorte Mensch, die erst dann reagiert, wenn sie tötet. Er saß da, kaute auf einer Zigarre herum; vor ihm auf dem Tisch lag eine große Pistole. Bisweilen nahm er sie in die Hand, zog das Magazin heraus und schob es wieder hinein.

»Johnny hat ihn etwas gekränkt«, sagte Hawley. »Du weißt schon.«

»Ich weiß, was ein Haufen Scheiße ist, den erkenne ich sofort, wenn ich drauf treffe«, sagte Gust.

»Der Respekt, der Respekt«, murmelte der Dünne.

»Hast du nicht erwartet, Johnny hier zu finden?« fragte Hawley.

»Außer daß ich hier wieder lebend rauskomme, hat man mir nicht gesagt, was mich erwartet«, sagte Gust.

»Hat man nicht, richtig«, sagte Hawley. »Du hast sowieso keinen blassen Schimmer von dem, was abläuft.« Der Dünne ermahnte Gust in ziemlich lautem Flüsterton: »Antworte Mr. Hawley.«

»Jedenfalls weiß ich einiges über dich«, sagte Gust. »Und ich weiß auch, was du hier mit Johnny abziehst, und ich bin richtig froh darüber, daß man dir einen Bauchschuß verpaßt hat, Hawley, denn so was heilt nie richtig aus.«

Der Dünne schüttelte den Kopf, seufzte und gab auf.

Gust deutete auf Hawleys Auffangbeutel. »Wie ich sehe, haben dir die Morrows fast den ganzen Darm weggepustet, schade, daß sie was übriggelassen haben.«

»Ich weiß, daß man dir versprochen hat, ich würde dich am Leben lassen«, sagte Hawley, »aber spiel nicht mit dem Feuer, denn solange du noch fähig bist, aufrecht zu gehen, möchte ich mit dir über eine meiner Investitionen reden, und meine Zeit ist knapp. Ich halte mich dieser Tage nicht allzuoft in Großbritannien auf.«

»Wundert mich nicht, nachdem du das letzte Mal diesen Jauchekübel zurückgelassen hast.« Gust zündete sich eine Zigarette an.

»Großartig«, sagte Hawley. »Warte bloß nicht, bis dir jemand gestattet zu rauchen, tu es einfach, zünd dir ohne weiteres eine an. Kümmer dich nicht darum, ob es mir was ausmacht oder nicht, nebel dich richtig ein, fühl dich wie zu Hause. Ich bin Nichtraucher, hat dir das niemand gesagt?«

»Hab ich gemacht, Mr. Hawley, hab ich wirklich gemacht«, sagte der Dünne beklommen.

Mit unbeweglichem Gesicht sah Hawley den Dünnen kurz an. »Du brauchst ein bißchen Training für deine Stimmbänder«, sagte er, »erinnere mich daran.«

Gust rauchte, er nahm nicht weiter Notiz von ihnen. Er betrachtete Johnny. Sein Hemd war bis zur Taille aufgerissen, und auf der Brust zeigten sich Brandwunden. Seine Nase war angeschwollen und eiterte. Er schien in einer Art Dämmerzustand zu sein. Seine Gesichtsfarbe war mehr als ungesund, bläulich, und er hing schlaff auf dem Stuhl, die Augen nach oben verdreht. »Er ist nicht gerade fit, was?« fragte Gust.

»Nein«, sagte Hawley. »Man hat ihm einen gehörigen Denkzettel verpaßt.«

»Kümmert euch um ihn«, sagte Gust. »Es geht ihm sehr schlecht.«

»Sich um ihn kümmern?« fragte Hawley. »Wozu?«

»Er ist mein Schwager.«

»Weiß ich, und es ist mir scheißegal.«

Gust ließ die Zigarette fallen, trat sie aus und steckte sich die nächste an.

»Außerdem habe ich ein Problem«, sagte Hawley, »abgesehen davon, daß du hier rauchst. Strenggenommen habe ich sogar mehrere Probleme.«

»Ich auch«, sagte Gust.

»Du?« sagte Hawley. »Ja, du hast mit Sicherheit Probleme. Ich an deiner Stelle wüßte gar nicht, was ich machen sollte mit all diesen Problemen.«

»Ich heule mich jedenfalls nicht bei anderen aus so wie du.«

»Wir wollen doch versuchen, diese Zusammenkunft einigermaßen höflich zu gestalten. Laß uns den Anstand wahren.«

»Dann tu was für Laray.«

»Mach ich, in einer Minute«, sagte Hawley, »aber zuerst wollen wir über deine und unsere Probleme sprechen, denn zufällig haben sie etwas miteinander zu tun. Es gibt schlechte Nachrichten für dich, Gust, und noch schlechtere für Johnny.«

Johnny schloß die Augen; Hawley entging das nicht. »Mach ihn wach.« George drückte seine Zigarre auf Johnnys Wange aus; Johnny schrie auf und versuchte, sich vom Stuhl loszureißen.

»Er hätte ihn damit am Auge erwischen können«, sagte Gust.

»Wäre auch egal gewesen«, sagte Hawley. Wie eine alte Frau, die im Supermarkt ihre Einkaufsliste durchgeht, zählte er an seinen Fingern die zu klärenden Punkte ab. »Erstens: die Pässe.«

»Du meinst die gestohlenen Pässe? Die gehörten Manny Farb.«

»Scheiß auf Manny Farb. Du hast die Dinger geklaut. Nachdem du deinen Anteil bekommen hattest, waren sie bei Harry Ford, und wo sind sie dann hin? Der nächste Punkt betrifft das, was ihr beide, Johnny und du, im Red Wok mit Manny veranstaltet habt. Es interessiert mich einen feuchten Dreck, was zwischen dir und Manny ist, darum geht's nicht. Um die schweren Brocken kümmern wir uns, und nur das zählt. Cowboys wie euch, die andere Leute in der Öffentlichkeit als Dartscheibe benutzen, können wir nicht gebrauchen. Das allein reicht schon, um mit euch abzurechnen.«

»Hast du die beiden Typen in Marly's Club geschickt?« fragte Gust.

Hawley schien es zu überhören. »Warum seid ihr auf Manny losgegangen?«

»Es ging um Petal Chang. Zu diesem Zeitpunkt habe ich geglaubt, Manny sei es gewesen, aber je länger ich mit dir rede, desto überzeugter bin ich, daß du wesentlich mehr darüber weißt als er. Tatsächlich glaube ich, daß du alles darüber weißt. Ich glaube sogar, du weißt, wer sie umgelegt hat.«

»Ich beantworte keine Fragen«, sagte Hawley, »ich bin es, der sie stellt. Und Manny ist sowieso tot, seine Kumpels ebenso.«

»Ich weiß, ich hab's gelesen. Also, wer hat Petal Chang umgebracht?«

»Du bist nichts weiter als ein Schmalspurganove, und kein besonders guter dazu, deswegen hast du auch so lange im Bau gesessen. Einem wie dir muß ich gar nichts erklären.«

Gust entzündete ein Streichholz an der Tischplatte und steckte sich eine weitere Zigarette an, dann spuckte er auf den Boden.

»Warum spuckst du auf den Boden?« fragte Hawley.

»Ich habe auf dich gezielt«, sagte Gust.

»Dann hast du dein Ziel verfehlt, ich sitze nämlich hier am Tisch.«

»Sicher, nur solltest du dort sein, wo Scheiße hingehört, und zwar auf dem Boden.«

Darüber konnte Hawley nicht einmal lächeln. Der dünne Mann traute seinen Ohren nicht und hielt den Atem an. Im Zimmer herrschte endlos lange Stille, die Hawley endlich unterbrach. »Ich habe noch nie jemanden getroffen, der das Leben so satt hat wie du, es ist, als würde ich mit einer Leiche reden. Aber da sind diese tausend Blankopässe zu zweieinhalb Riesen das Stück, macht zweieinhalb Millionen Pfund im Falle eines Wiederverkaufs an meinen Kunden. Ein Haufen Kohle, das ist dir hoffentlich klar, Gust.«

»Du meinst, es wäre ein Haufen Kohle, wenn du sie eingefahren hättest.«

»Ich weiß nicht, wie es mir gelingt, dir gegenüber nicht die Beherrschung zu verlieren«, sagte Hawley, »du bist wirklich anstrengend. Also, was ist jetzt mit diesen Pässen?«

»Ich habe sie bei Ford abgeliefert«, sagte Gust, »meinen Anteil eingesackt, und damit war der Fall für mich erledigt.«

»Erledigt, das gefällt mir«, sagte Hawley, »treffender hättest du es nicht ausdrücken können.«

»Du schraubst am falschen Motor rum«, sagte Gust. »Du solltest mal unter eine andere Motorhaube schauen, und zwar unter die von Harry Ford, da spielt die Musik.«

»Harry ist tot.«

»Warst du das auch?«

»Er mußte weg.«

»Auf die Art kannst du bald ein Leichenschauhaus aufmachen.«

»Wir haben ihn ausgepreßt wie eine Zitrone«, sagte Hawley, »aber jetzt wird's interessant: nachdem Harry gestorben ist, haben wir uns seine Clarice vorgeknöpft. Wir haben beschlossen, daß der schlechte Zustand ihres Gebisses eine Behandlung notwendig machte. Als wir drei ihrer Vorderzähne gezogen hatten, spuckte sie den Namen Sladden aus, aber keine Beschreibung. Sie wußte nur den Namen, und wir haben überhaupt keine Spur von diesem Kerl. Kannst du uns weiterhelfen?«

»Kann ich nicht«, sagte Gust, »und wahrscheinlich habt ihr der Frau so zugesetzt, daß sie sich irgendeinen Namen ausgedacht hat, nur um der Zange zu entkommen. Der Typ existiert möglicherweise gar nicht, und wenn er nicht existiert, wird er wohl kaum die Pässe haben, oder?«

»Zu allem Unglück sind Harry und Clarice gestorben, bevor Harry irgendwas über diesen Sladden sagen konnte.

George war da ein bißchen zu voreilig. Wir hatten Harry wegen einer Generalinspektion schon auf der Hebebühne, aber selbst unter teuflischstem Druck ist er dabei geblieben, daß er Manny die Ware geliefert hat. Es ist jetzt natürlich zu spät, einen der beiden zu befragen, aber egal, ob Manny nun das Zeug erhalten hat oder nicht, mein Kunde hat die Pässe jedenfalls nicht zu Gesicht bekommen. Obwohl die Buchführung wieder stimmt, was die Toten auf beiden Seiten betrifft, vernachlässigen wir unsere Bücher noch lange nicht und reden über den Verlust eines Haufen Geldes, Gust, über eine Menge Geld und über eine Menge Ansehen.«

»Du weißt doch, Manny hat nie dichtgehalten«, sagte Gust. »Deshalb hat Johnny ihn sich zusammen mit mir im Restaurant vorgenommen. Manny hat ihm schließlich sechsundachtzig die drei Jahre eingebracht.«

»Mit einem Stricher wie dir diskutiere ich nicht, wer wen verpfiffen hat«, sagte Hawley. »Ich sage nur eins, wenn Ford die Pässe nicht hatte, und das war der Fall, und Manny hatte sie auch nicht, denn wir haben seine Bude auf den Kopf gestellt in der Nacht, als wir ihn erledigt haben, und wenn dieser Sladden gar nicht existiert, dann bist du der einzige, der die Pässe haben kann. Oder aber du weißt, wer sie hat oder wo sie sind, niemand sonst kommt noch in Frage.«

»Habt ihr überhaupt keine Spur von diesen Pässen?«

»Ich weiß, daß vier benutzt wurden. Und der Haken dabei ist, daß zwei von denen, die sie benutzt haben, tot sind, der dritte wird vermißt, und wer der vierte ist, das wissen wir nicht.«

»Soviel steht fest, du stehst ganz schön im Regen.«

»Spar dir deine Scherze«, sagte Hawley. »Wir sind bisher in diesem Spiel nicht nur die Verlierer, wir sind für alle eine Lachnummer, und deshalb werde ich jetzt folgendes machen: ich gebe dir zwei Tage, jeden einzelnen dieser Pässe aufzutreiben und zurückzubringen. Wenn du sie nicht findest, sitzt du ganz tief in der Scheiße, und du weißt, was das heißt.«

»Allerdings«, sagte Gust, »aber du leistest mir dabei Gesellschaft.«

»Wie auch immer, so lauten die Spielregeln«, sagte Hawley.

George fing an, sich zu langweilen. »Soll das Gequatsche den ganzen Tag so weitergehen?«

»Nein«, sagte Hawley, »das ist blitzschnell vorbei.« Er sah Gust an. »Und ich meine blitzschnell. Ich habe mich um Johnny gekümmert, meine Freunde haben sich um ihn gekümmert, ohne Ergebnis, das ist schlimm für ihn.«

»Er weiß nichts«, sagte Gust, »deshalb kriegt ihr auch nichts aus ihm raus. Wie sollte er auch irgendwas wissen? Bei dieser Paßgeschichte war er nicht dabei.«

»Nein, aber es könnte doch sein, daß du ihm was erzählt hast, ich nehme sogar stark an, daß du das getan hast. Immerhin habt ihr beide Farb im Red Wok zusammengeschossen. Du hättest gut und gern bei Johnny ein paar Dinge loswerden können. Hast du sicher getan, denn zur Zeit hast du nicht viele Freunde, mit denen du reden kannst.«

»Sicherlich nicht, besonders seit es Petal nicht mehr gibt.«

»Scheiß auf Petal. Was du hier gleich zu sehen kriegst, wird das Hirn in deinem Schädel verdammt schnell rotieren lassen.«

»Faß Johnny nicht an. Ich habe nicht mit ihm über die Pässe gesprochen.«

Hawley warf George einen Blick zu. »Schaff ihn dort in die Ecke, ich will keine Spritzer auf meinem neuen Anzug.«

Sie hoben Johnny samt Stuhl hoch und trugen ihn zur Wand am anderen Ende des Zimmers. George ging zurück an den Tisch und nahm seine Pistole.

»Das könnt ihr doch nicht machen«, sagte Gust mit eindringlicher Stimme.

»Warum?« sagte Hawley. »Willst du etwa reden? Willst du uns was über Sladden erzählen? Uns sagen, wo die Pässe sind? Und sie uns holen?«

Gust sagte nichts. Dunkel erinnerte er sich daran, mal etwas über jemanden namens Judas gelesen zu haben.

»Deine letzte Chance«, sagte Hawley.

»Ebensogut könntet ihr mich erschießen«, sagte Gust.

»Dich will ich aber lebend, du Fotze«, sagte Hawley. Er hielt seine Uhr ins Licht und sagte zu George: »Fang endlich an, ja, mein Flug geht in drei Stunden.«

George stand nicht auf, er machte sich nicht einmal die Mühe, Johnny richtig ins Visier zu nehmen. Hawley sagte zu Gust: »Sieh's dir nur an, George ist gut. Zum Glück kannst du Krach ertragen, denn sein Eisen macht wirklich einen Höllenlärm.«

Johnny murmelte: »Die Hunde.« Es war das einzige, was er während der ganzen Zeit hervorbrachte.

Hawley beugte sich nach vorn und wollte gerade etwas sagen, als George feuerte. Die Pistole brüllte los wie ein wütender Bulle, und die Kugel traf Johnny ins Gesicht, direkt über der Nase. Sofort, wie von selbst erschien unleserliches Gekritzel in Rot an der Wand hinter ihm. Sein Magen entledigte sich allem, er fiel im Stuhl vornüber, ein Bündel Lumpen, und das war's.

»Die Hunde«, sagte Hawley. Er sah nachdenklich aus. Dann drehte er sich um zu Gust. »Alles in Ordnung mit dir? Du mußt nicht kotzen, oder?« Kurz nachdem der Schuß gefallen war, war der Riese auch schon mit Besen und Desinfektionsmittel erschienen. George hatte bereits mit dem Saubermachen begonnen; der Riese und der Dünne halfen ihm dabei.

»In Ordnung?« sagte Gust. »Warum sollte etwas mit mir nicht in Ordnung sein? Du bist nicht der einzige, der schon mal Leichen gesehen hat.«

»Immerhin, er hat ja fast zur Familie gehört.«

»Daran gewöhne ich mich schon, aber da sind noch ein, zwei andere Dinge.«

»Damit kann ich mich nicht befassen, dazu fehlt mir die Zeit.«

»Ich weiß, du hast keine, die hat man dir geklaut, zusammen mit deinen Eingeweiden.«

Gust ging hinüber zu Johnnys Leiche. So am Stuhl festgebunden, sah er aus wie eine Vogelscheuche, die dem Wind zum Opfer gefallen war.

Er schob George und den Riesen beiseite. »Er sieht plötzlich viel kleiner aus, nicht?« sagte er ruhig zu Hawley. »Es stimmt schon, was man sagt, ein plötzlicher Tod leert einen Mann aus wie einen Eimer, nicht wahr?« Er zog sein T-Shirt aus und wischte Johnnys Gesicht ab, dann schmiß er es in den Eimer des Riesen und zog seinen Pullover wieder an. »Du hast seine Augen verfehlt«, rief er George zu, »das war sehr rücksichtsvoll von dir.« Er sah Hawley an. »Soll ich ihm die Augen schließen, oder machst du es? Du bist es, den sie anstarren, und sie werden das erste sein, was du siehst, wenn du zur Hölle fährst.«

»Ich muß jetzt gehen«, sagte Hawley.

»Ich sehe schon, du bist darin ein bißchen zimperlich, also mach ich es«, sagte Gust. »Man sollte das Jenseits respektieren.« Er schloß Johnny die Augen und blieb eine Weile vor ihm stehen. Er sah zu ihm hinunter. »So. Und zwar sehr respektieren.« Er drehte sich zu Hawley um. »Hast du Petal Chang umgebracht?«

»Die Chinesin? Die mußte gehen. Nach dieser Sache bei Marly's war es nötig, dir eine ernsthafte Lektion zu erteilen. Die Geschichte machte im ganzen West End die Runde, wir haben sehr an Ansehen verloren; außerdem hat sie dich unterstützt, ja, und dann hat man sie eben besucht.«

»Mit einem Baseballschläger«, sagte Gust, »los, sprich mir nach: Man hat sie mit einem Baseballschläger besucht.«

»Mit ihr konnte man dich am wirksamsten treffen.«

»Und dafür hat sie bezahlt«, sagte Gust.

»Sie hätte sich einen anderen Freund suchen sollen.«

»Wer hat's getan?«

»Keine Ahnung«, sagte Hawley, »ich habe jemanden beauftragt.«

»Ich frage mich, ob es nicht sogar ein kleiner Typ im Nadelstreifenanzug mit dreckigen Fingernägeln war«, sagte Gust, »und ein Fettwanst im rosa Seidenanzug; der Mann mit der Knarre, den man in Mannys Wohnung gesehen hat in der Nacht, als er starb. Die beiden könnten's gut gewesen sein.«

»Egal, wer's war, es ist nun mal so. Zu spät, es läßt sich nicht mehr ändern. Um wieder in die Gegenwart zurückzukehren, Gust, beschaff uns die Pässe.«

»Und wenn nicht?«

»Dann kannst du deine Eier der Wissenschaft zur Verfügung stellen, es gibt nicht viele Leute, die mit ihren Eiern denken.« Zu dem Dünnen sagte Hawley: »Bring ihn dahin zurück, wo du ihn aufgegabelt hast, gib ihm einen aus, warum auch nicht? Ich denke, er kann jetzt einen gebrauchen.« Dann wandte er sich wieder an Gust: »Denk dran, ich kann dich jederzeit herschaffen lassen. Du hast zwei Tage, also verpiß dich jetzt, und sei froh, daß du noch laufen kannst.«

Als Gust auf die Straße trat, sagte er zu dem Dünnen: »Ich möchte dir ganz aufrichtig danken für die Art und Weise, wie du Johnny in die Ecke getragen und aufs Sterben vorbereitet hast. Ich hätte vor Rührung fast geweint.«

»Es geschah aus Respekt«, sagte der dünne Mann, »das war selbstverständlich. Und ich bin froh, daß du das so auffaßt. Ich weiß das zu schätzen, du bist ein feinfühliger Mensch.«

»Du bist so voll von Respekt wie Rampton voller Schwachköpfe ist«, sagte Gust. »Für heute habe ich genug Respekt gehabt.«

»Was soll's«, sagte der dünne Mann, »Mr. Hawley hat dir zumindest Zeit gegeben. Das hier hätte ich beinahe vergessen.« Er zog Gusts .38er aus der Tasche und gab sie ihm ohne Magazin zurück. »Steig ein, ich nehm dich mit.«

»Nein danke«, sagte Gust, »nimm du den Leichenwagen.« Als der Dünne sich in den Wagen setzte, beugte sich Gust zu ihm hinab und sagte: »Vergiß nicht, du schuldest mir einen Zahn, und was man über das Auge sagt, hast du sicherlich schon mal gelesen.«

Der Dünne zuckte mit den Schultern, er verstand kein Wort. »Du hättest höflicher zu Mr. Hawley sein sollen. Er verlangt stets Respekt.«

»Von mir hat er null gekriegt«, sagte Gust. »Seltsam.«

Er ging zu Fuß bis Hammersmith und dann die King Street hinunter zu einem Pub, der Top Of The Morning hieß. *Ich bin ausgebrannt, jetzt ist alles egal,* dachte er. Die Leute wichen ihm aus, sie hielten ihn für einen Betrunkenen.

Als er in den Pub kam, hatte der irische Fiedler, der dort immer spielte, bereits aufgehört und war gegangen. Gust stellte sich mit seinem Bier an das andere Ende der Bar. Nach dem sechsten zerschlug er sein Glas auf dem Tresen und ging hinaus. Nur ein Bulle aus der Gegend, der gerade nicht im Dienst war, drehte sich um; er lief noch nicht allzu lange Streife und kannte daher niemanden.

Den Rest des Tages streifte Gust ziellos umher und landete schließlich in der Allison Road, um dort die Nacht zu verbringen. Der Jaguar stand nicht mehr davor, und ein anderer Ort kam für ihn nicht in Frage; die Gegenwart Christines oder die irgendeines anderen Menschen hätte er nicht ertragen. Er ging zu Bett und fand lange keinen Schlaf; als er endlich soweit war, fuhr er sofort wieder empor und fand sich aufrecht im

Bett sitzen. Ihm war, als habe ihn ein Maskierter angegriffen und mit Blut besudelt. Die Empfindung war so real, daß er sich bei dem Versuch ertappte, es abzuwischen.

Als es hell wurde, stand er auf und holte seine Pistole. Er riß ein Stück vom Bettlaken ab, reinigte und überprüfte sie und lud sie dann mit einem Magazin, das er in der Matratze versteckt hatte. Er ging hinüber zu dem nackten Fenster und starrte hinaus auf die Straße. Er sah Mütter, die ihre Kinder im Wagen vor sich her schoben und zum Einkaufen gingen; die Sonne schien nur verstohlen, das Halblicht hatte die Oberhand. Noch immer parkte draußen kein Jaguar; im Haus weit und breit kein Geräusch, nur das Maunzen einer Katze drang von unten herauf. Er dachte an Petal, und er dachte daran, was er Johnny in jener Nacht, als sie in den Red Wok fuhren, um Manny zu treffen, über sie erzählt hatte. »Ich bin in diesem Nebel«, sagte er laut, »ich kann nicht klar denken.«

Der Traum beschäftigte ihn noch, als er sich anzog, obwohl er sich nur an diese eine Szene erinnern konnte, der Maskierte, der ihn mit Blut besudelt.

»Träume sagen nicht die Zukunft voraus«, sagte er sich. »Das Glück ist gegen mich; es verarscht einen immer, wenn es kann.«

Er war bereit, einfach aufzugeben. Kopfüber war er in einen See gesprungen und hatte erkennen müssen, daß der keinen Grund hatte; aber es machte wenig Sinn, seinem Körper das zu sagen, der würde von selbst immer weitermachen. Sein Verstand war das Problem; der sagte ihm ständig, daß er zu viele Leute gegen sich hatte. Aber wann wurde jemals ein Körper vom Verstand beherrscht? Der Körper hielt vielfach länger durch als der Verstand. Er erinnerte sich an die Besuche bei seiner Mutter im Altersheim, an ihren zahnlosen Mund, der immer offenstand, wenn sie den Flur entlangschlurfte; ohne Erinnerung, immer auf der Suche nach irgend etwas und ohne es jemals zu finden, mit Händen, die ständig miteinander in Bewegung waren. »Sie sucht ihre Zähne«, hatte ihm die irische Pflegerin eines Tages anvertraut. »Wir verwahren sie für sie und geben sie ihr vor den Mahlzeiten. Wenn wir's nicht tun, nimmt sie sie einfach heraus und verliert sie, Mrs. Gust ist ein richtiger Quälgeist.«

Seit Jahren hatte er nicht mehr an seine Mutter gedacht, und als die Erinnerung an sie jetzt wieder verblaßte, fühlte er etwas in sich aufbrechen wie eine nicht völlig verheilte Wunde, eine Art Mattigkeit. Das war keine vorübergehende Depression, vielmehr eine Leere, die, kaum entstanden, sich ausbreitete wie das Blut in seinem Traum. Er wußte, daß solche Gefühle gefährlich waren, wenn nicht sogar die größte Gefahr überhaupt bedeuteten: sie nahmen einem die Kraft. Allein gelassen mit derartigen Empfindungen, saß er in diesem trostlosen Zimmer in der Allison Road, in einem alten, dreckigen Haus voller ehemaliger Häftlinge ohne Arbeit, und beobachtete mit den teilnahmslosen Augen eines Fremden, was mit ihm geschah.

Mit einem Unterschied, dieser starre Blick war sein eigener. *Wenn Petal hier wäre*, dachte er, *oder Johnny oder einer meiner Freunde. Wenn wir ein paar Drinks nehmen könnten, in Clubs gehen würden, Musik hören ...*

Aber es spielte keine Musik, selbst wenn — sie hätte ihm nicht geholfen, denn Musik kann nur die Erinnerung an die Vergangenheit wachrufen, sie kann die Vergangenheit selbst nicht wiederauferstehen lassen; und seine Freunde, die waren entweder tot wie der Ire und hatten ihre Wärme mit ins Grab genommen, oder sie saßen für lange Zeit ein, für so lange Zeit, daß, wenn endlich einer herauskäme und in diese Welt hier draußen blinzelte, sie einander kaum mehr erkennen würden. Es wäre beklemmend, weil so viel Zeit zwischen ihnen stünde, daß sie sich nichts mehr zu sagen hätten.

Er hätte es nie für möglich gehalten, daß er jemals in eine so mißliche Lage geraten könnte. Das war es, was er dem nackten Fenster erzählte, und als er es dem erzählt hatte, vertraute er es den Wänden an.

Schließlich aber triumphierte der Hunger. Er ging zu einer Pizzeria, bestellte eine Margherita und einen Kaffee zum Mitnehmen und setzte sich damit auf eine Bank nahe der Ampel.

Er vermißte den Iren noch immer, der war stets so verdammt gut gelaunt gewesen. Er dachte an alles, was sie zusammen erlebt hatten, und plötzlich wußte er, wie der Tod sein würde: allmählich würden seine Kräfte nachlassen wie bei einem unterernährten Mann, der kalter Witterung ausgesetzt ist; so, wie er es Frankie veranschaulicht hatte, als sie im Auto zu Mannys Wohnung in Clapham gefahren waren: Ein eiskalter Wind. Jetzt schien dieser Tag Jahre her zu sein.

Er trat den Plastikbecher platt, kickte ihn in die Hecke und stand auf.

25

Spaulding wurde in den Engels Park weit im Norden Londons, Richtung Barnet, gerufen. Als er dort ankam, traf er auf einige Männer, die sich um einen Baum gruppiert hatten, der zwischen dem Parkgitter und einer verrosteten Schaukel stand. Der Boden war feucht vom Tau, und das tote Laub der Kastanienbäume schwebte durch die ruhige Herbstluft.

Jemand um die fünfzig, rotgesichtig und mit einem Schal um den Hals, kam auf ihn zu und sagte heiser: »Cumbernauld, Detective Sergeant« und zeigte auf einen hellroten Plastiksack am Fuße des Baumes.

»Wer hat ihn gefunden?«

»Ein Mann auf dem Weg zur Arbeit.«

»Sieben Uhr dreißig am Morgen«, sagte Spaulding, »und ich bin meilenweit entfernt von der Bar Italia und einer anständigen Tasse Kaffee.« Er ging zu dem Sack, zog den Reißverschluß auf und sah in das Gesicht der Leiche. »Das ist Laray, ganz sicher«, sagte er, »so reif für eine Beerdigung, wie man nur sein kann. Paßt zu dem Bastard.«

»Kopfschuß«, sagte Cumbernauld, »was haben Sie erwartet? Was wollten Sie überhaupt von ihm?«

»Eine ganze Menge«, sagte Spaulding. »Zunächst ein ausführliches Gespräch. Ich wollte ihn zu einem Vorfall in einem chinesischen Restaurant in der Nähe der Shaftesbury Avenue befragen, häßliche kleine Auseinandersetzung mit Schußwechsel unter Kriminellen; die Beschreibung eines der Beteiligten paßt auf ihn. Außerdem ist er der Schwager von jemandem, den ich unbedingt sprechen will, ein Ehemaliger namens Gust, auch so ein Fall, der mir wenig Freude bereitet. Ich sag's Ihnen, mir steht es bis hier oben. Komme ich nur in die Nähe einer Person, die mit diesem Gust zu tun hat, kneift sie auch schon den Arsch zu. Dieser Mann hier, Laray, war an Raubüberfällen beteiligt, hat sich als Schwerkrimineller verdingt, hatte 'ne fette Akte, lebte in Brockley, war wild auf Greyhoundrennen, hielt selbst Hunde. Das hier ist nicht seine Ecke, was denkt der sich dabei, hier draußen abzukratzen? Ich vermute, die Täter haben nichts zurückgelassen. Irgendwelche leeren Patronenhülsen, Fingerabdrücke?«

Cumbernauld schüttelte den Kopf.

Spaulding sagte düster: »Wenn ich einen Fall übernehme, machen die das immer so.«

»Er wurde auf jeden Fall nicht hier getötet«, sagte Cumbernauld, »man hat ihn hier abgeladen.« Er drehte den starren Körper um. »Schauen Sie sich an, wo die Kugel ausgetreten ist, hat den ganzen Hinterkopf weggerissen.«

»Besten Dank«, sagte Spaulding verbittert, »nicht zu übersehen.« Er machte den Reißverschluß wieder zu. »Weiß man schon, wie lange er tot ist?«

»Seiner Körpertemperatur nach zu schließen spät gestern nacht oder in den frühen Morgenstunden, aber man wird erst mehr wissen, wenn er auf dem Obduktionstisch liegt.«

»Was denken Sie, wie ist er hierhergekommen? Haben die ihn einfach übers Gitter geworfen?«

»War nicht nötig«, sagte ein örtlicher Sergeant, »das Schloß am Tor ist schon seit Jahren kaputt, die mußten ihn nur reinschleppen.«

»Man kann die Absatzspuren erkennen«, sagte Cumbernauld. Er hustete und hinterließ eine Spur dampfenden Atems in der Luft. »Können wir sonst noch was tun?«

»Nein, mal abgesehen von Ihrem Frühstück«, sagte Spaulding. »Manche Leute haben ein Glück. Ich muß zurück ins Büro, und Knall auf Fall ist schon wieder eine Spur dahin.«

»Ja«, sagte Cumbernauld, »und ich denke mal, für Laray war's ein großer Knall.«

26

»Ich würde keinen Penny auf Gust setzen«, sagte Sladden.

»Unglücklicherweise müssen wir auf ihn setzen«, sagte Draper. »Wir arbeiten schließlich mit ihm.«

»Wir arbeiten mit ihm?« sagte Sladden. »Woher wissen wir denn, daß wir mit ihm arbeiten? Der könnte für jeden arbeiten, jeder scheint Anteile an Gust zu besitzen, selbst dieser Bulle namens Spaulding.«

»Wegen Spaulding mache ich mir Sorgen«, sagte Ricky. »Gust, mit dem kann ich leben. Aber was machen wir mit diesem Schwachkopf Spaulding, der uns dauernd in die Quere kommt?«

»Spaulding ist ein Bulle, der in einem, wie er glaubt, x-beliebigen Mordfall in einer Bar ermittelt«, sagte Draper, »und etwas anderes können wir ihm nicht sagen. Ich kann ihm wohl kaum mitteilen, er möge Gust in Ruhe lassen, weil der in einem Fall von größter Geheimhaltung unser Maulwurf ist, oder? Deshalb hat Spaulding keine Ahnung von den wahren Zusammenhängen.«

»Du wirst es ihm aber sagen müssen«, sagte Ricky. »Dein Problem besteht nur darin, die Genehmigung dafür zu bekommen.«

»Spaulding ist nicht das eigentliche Problem«, sagte Draper, »obwohl wir weiß Gott auf ihn verzichten könnten. Mehr Kopfzerbrechen bereitet mir, daß Gusts Kleine umgebracht wurde und wie Gust darauf reagieren wird. Wenn er sich nämlich unerlaubt von der Truppe entfernt und macht, was ihm gefällt, dann könnte er den Ball direkt aus dem Stadion schlagen.«

»Klasse«, sagte Sladden. »Und garantiert dorthin, wo niemand mehr steht, um ihn zu fangen. Begonnen hat er ja schon damit, wenn man bedenkt, was im Red Wok los war.«

»Stimmt«, sagte Ricky, »das war ein böser Streich.«

»Ich habe nicht erwartet, daß der Chang das zustößt«, sagte Draper.

»Und warum nicht?« fragte Ricky. »Gust bringt das Zeug zu Ford, und dann verschwindet es. Hast du etwa gedacht, Verbrecher wie Farb lehnen sich einfach zurück und schlucken das? Lebst du hinterm Mond, oder was?«

»Du hast nicht damit gerechnet«, sagte Sladden. »Hatte eher den Eindruck, du kackst dir gleich in die Hosen, als du davon gehört hast.«

»Ford ist jedenfalls tot«, antwortete Draper.

»Kein Wunder«, sagte Ricky. »Nach den Spielregeln kann er nur draußen sein, oder?«

»Ja, stimmt«, räumte Draper ein, »es lief alles etwas aus dem Ruder.«

»Aus dem Ruder?« erwiderte Ricky. »Dazu fällt mir spontan was anderes ein. Gust bläst ständig der Wind scharf ins Gesicht, hinzu kommt, sein Mädchen wird umgelegt; niemand würde sich normal bewegen unter einem derartigen Druck, und er natürlich auch nicht. Deshalb die Sache im Red Wok.«

»Sinnlos, weiter darüber zu lamentieren«, sagte Draper. »Wir müssen mit den Karten spielen, die auf dem Tisch liegen.«

»Die sind in einem heillosen Durcheinander«, sagte Ricky. »Es ist zuviel in die Hose gegangen. Wir haben uns in die Scheiße reingeritten und haben nur den Rest der Woche, um da wieder rauszukommen. Ich wette, wir bekommen jede Minute Besuch von oben. Acht Portionen Hackfleisch bis jetzt, und das ist noch nicht alles.«

»Zählen kann ich auch«, sagte Draper unwirsch, »aber überlege mal, was auf dem Spiel steht. Das wichtigste ist, wir haben Gatov, und der plaudert. Was die schweren Jungs betrifft, die hat Gust alle auf dem Hals; war ja auch Sinn der Sache, das wollten wir so, genauso sollte er reinschlittern.«

»Ich bin nach wie vor dagegen«, sagte Sladden. »Ich wiederhole, was ich schon immer gesagt habe, Gust ist ein Risikofaktor, besonders jetzt, wo Chang umgelegt wurde. Eine Sache wie im Red Wok könnte sich jederzeit direkt vor unserer Nase abspielen. Der ahnt überhaupt nicht, durch welchen Dschungel er sich kämpft, noch schlimmer, uns geht's nicht anders.«

»Ganz so grob ist es nicht«, sagte Draper. »Wir haben Gatov die Zunge gelöst, die Pässe sind in unserem Besitz. Wir müssen jetzt nur noch dafür sorgen, daß sich keiner dieser Leute im letzten Augenblick verpißt, möglichst zehntausend Meilen weit weg, so daß wir von vorn anfangen müssen.

Wenn aber alles läuft, räumen wir auf, schreiben unseren Bericht; die von oben biegen dann alles zurecht mit irgendeinem Staatssekretär und ein paar Arschlöchern aus Whitehall, und wir haben unser Soll erfüllt.«

»Erwähne bloß nicht, daß irgendeiner abhauen könnte«, sagte Sladden. »Erinnert mich an meine Zeit als Bulle — du kaschst die Bastarde, und dann sagt dir so ein Betonkopf, du sollst sie wieder laufenlassen. Ich wünschte, ich könnte es auf meine Art lösen.«

»Deine Art kennen wir zur Genüge«, sagte Draper. »Mach's auf deine Art, und es fließt die doppelte Menge Blut in dieser Szene, und das will ich auf keinen Fall.«

»Besonders jetzt, da der BESUCHER Interesse zeigt«, sagte Ricky.

»Okay, Okay«, sagte Sladden. »Aber es ist ein Jammer.«

»Wir müssen dafür sorgen, daß sie die Gefechtsköpfe nicht verscherbeln«, sagte Draper, »weder von hier noch von irgendeinem anderen Ort aus. Ich staune immer noch darüber, daß diese Leute England für einen geeigneten Umschlagplatz halten, andererseits, bei dieser unfähigen Regierung sollte es mich eigentlich nicht wundern.«

»Ehrlich gesagt«, sagte Ricky, »wäre ich Otto Normalverbraucher und wüßte nicht, wie übel es wirklich aussieht, wenn ich niemals die wahren Hintergründe erfahren würde, meine Gemeindesteuer bezahlen und alle fünf Jahre die Tories wählen würde — wenn ich mein Geld nicht damit verdienen würde, in dieser ganzen Scheiße rumzuwühlen, wäre mir vielleicht alles scheißegal.«

»Klar wäre es das«, sagte Sladden. »Wenn alles vorbei ist, würdest du was darüber in der Zeitung lesen, im Pub ein bißchen labern und es bald vergessen haben. Du gibst den Verkäufern recht, der Kunde schluckt alles, je weniger man über etwas spricht, desto besser. Geht was daneben, streite es ab wie Reg

Christie, der den Gartenzaun mit menschlichen Oberschenkelknochen abstützt, bau dich davor auf, während die Bullen dich befragen, verabschiede dich noch von ihnen, geh rein, trink eine Tasse Tee, und auf zum nächsten Chaos, na und?«

»So ist es«, sagte Draper.

»Es wäre so, wenn wir's nicht mit Gust zu tun hätten«, sagte Sladden. »Ich bleibe dabei, er muß verschwinden, bevor er alles versaut. Sein Mädchen ist tot, er ist unberechenbar, das sind Kriminelle immer, und er weiß, daß wir die Pässe haben. Ford ist tot, und abgesehen von uns, ist er der einzige, der das weiß. Wie wird er damit umgehen?«

»Er kann nicht viel unternehmen«, sagte Ricky.

»Er könnte das Maul aufmachen«, sagte Sladden. »Warum das riskieren? Lassen wir ihn über die Klinge springen. Ich sage, wir erledigen ihn umgehend, das wäre sicherer. Ihr vertretet die Theorie, daß der Mann zurechnungsfähig ist, ich nicht. Verrückte denken nicht in Kategorien des Machbaren, sie handeln einfach.«

»Du mußt es ja wissen«, sagte Ricky.

»Jetzt reicht's«, unterbrach Draper die beiden. »Wir verfahren mit Gust so, wie ich es gesagt habe, und damit Schluß. Was auch immer passiert, eine elegante Lösung wird es nicht geben, aber ich kann's nicht ändern.«

»Na gut«, sagte Ricky, »wenn das jetzt geklärt ist, sollten wir uns noch mal mit Spaulding befassen.«

»Um Spaulding kümmere ich mich«, sagte Draper.

»Gut«, antwortete Sladden. »Dafür sackst du auch mehr Geld ein.«

»Danke«, sagte Draper. »Ich werde es mir merken, Sladden, besten Dank.«

»Du wirst doch Spaulding gegenüber nichts äußern, was ihn nichts angeht, oder?« fragte Sladden. »Ich meine die streng geheimen Informationen?«

»Streng geheim, ja?« sagte Ricky. »Ich mag deinen Humor. Abgesehen von den Flugkörpern weiß Gust fast ebensoviel wie wir, also, warum Spaulding nicht auch die ganze Geschichte auftischen? Du kannst ohne weiteres alles ausspucken.«

»Irgendwas muß ich Spaulding erzählen«, sagte Draper, »immerhin ist er Police Officer. Für einiges werde ich eine Genehmigung brauchen, aber es ist die einzige Chance, ihn sich vom Hals zu schaffen.«

»Viel Spaß«, sagte Sladden. »Spaulding ist ein harter Brocken, du kannst es ja versuchen.«

27

»Vielen Dank, daß Sie so schnell gekommen sind, Mr. Spaulding«, sagte Draper.

»War nicht meine Idee.«

»Ich weiß«, sagte Draper, »aber machen Sie sich nichts daraus, setzen Sie sich, nehmen Sie einen Drink.«

»Ich trinke nicht im Dienst.«

»Eine Frage unterschiedlicher Lebensführung«, sagte Draper und goß sich einen großen Scotch ein. »Wie kommen Sie in den Darby Mansions voran? Irgendwelche Fortschritte?«

»Nein, bis jetzt nicht.«

»Was? Überhaupt keine Fortschritte?« fragte Draper. »Drei Gangster, die in einem Wohnhaus erschossen werden, und keine einzige Spur? Ich habe gedacht, es gäbe wenigstens ein Flüstern.«

»Es hätte möglicherweise eins gegeben, wenn ich jemand lebend angetroffen hätte, der noch hätte flüstern können«, sagte Spaulding, »aber sie sterben weg, einer nach dem anderen. Der letzte ist ein Mann namens Johnny Laray. Heute morgen erst habe ich mir seine Leiche angesehen.«

»Der Name sagt mir nichts. Was ist mit ihm passiert?«

»Ein Neunmillimetergeschoß hat seinen Kopf passiert«, sagte Spaulding, »und er ist gefoltert worden.«

»Es muß doch irgend jemanden geben, der was darüber weiß.«

»Sicher«, sagte Spaulding, »Gust.«

»Gust? Ihr Interesse an Gust ist für mich nicht nachvollziehbar. Und wie kommen Sie zu dem Schluß, ich könnte Ihnen in seinem Fall weiterhelfen? Alles, was ich von Gust weiß, ist, daß er bewaffnete Überfälle verübt; ich kenne ihn aus der Zeit, als ich noch bei der Londoner Polizei war.«

»Nun, er ist immer noch im Gespräch«, sagte Spaulding. »Alle Fälle, bei denen ich ermittle, haben mit ihm zu tun, das weiß ich. Zuerst diese Schlägerei bei Marly's, dann der Mord an der Chang, danach die Schießerei im Red Wok, gefolgt von den Morden in den Darby Mansions, wo sich todsicher auch eine Verbindung zu Gust herstellen läßt, jetzt Johnny Laray, sein Exschwager — auf die eine oder andere Art ist Gust immer in diese Scheiße verwickelt, und alle, die mit drinstecken, sind entweder schwer verletzt oder tot.«

»Wo sind die Beweise dafür? Das klingt alles ein bißchen dünn.«

»So?« sagte Spaulding. »Wie kommen Sie darauf? Was wissen Sie denn über Gust?«

»Nur das, was ich Ihnen schon gesagt habe.«

»Ich hab's wirklich satt«, sagte Spaulding. »Ich brauche Gusts Namen nur zu erwähnen, und prompt renne ich gegen eine Mauer.«

»Er hat nichts mit Ihren Ermittlungen zu tun, deswegen«, sagte Draper und zündete sich eine Zigarette an.

»Vielleicht ist er in eine Sache verwickelt, bei der Sie Ihre Finger im Spiel haben«, sagte Spaulding, »und die anderen ebenso. Scheint mir ziemlich offensichtlich.«

»Nichts ist offensichtlich.«

»Nicht, wenn man dafür sorgt, daß es so ist. Hält man nämlich die Hände darüber, schmilzt Offensichtliches dahin wie Schnee im Frühling.«

»Halten Sie Ihre Zunge im Zaum, Inspector.«

»Dann lassen Sie es mich anders ausdrücken«, sagte Spaulding. »Wenn nicht wegen Gust, weshalb wurde ich dann hierherzitiert? Außer Gust haben wir nichts miteinander gemein.«

»Sie sind es, der behauptet, daß wir in puncto Gust etwas miteinander gemein haben. Ich wüßte gern etwas über Ihre Vorstellungen zu diesem Thema.«

»Ich habe so meine Vorstellungen«, sagte Spaulding, »aber die werde ich erst mal auf Eis legen, bis ich den Mann verhört habe. Im Moment stelle ich mir nur vor, in der Poland Street eine Sitzung mit ihm abzuhalten, und das könnte einen ganzen Tag und eine ganze Nacht dauern, vielleicht sogar länger.«

»Ich sage es Ihnen gleich«, sagte Draper, »wie lange es auch dauern mag, es springt nichts für Sie dabei heraus.«

»Das sagen alle, und das kann nur bedeuten, daß ich nichts herausfinden soll, selbst wenn ich Gust schnappe, ob ich ihn vernehme oder nicht, zu seinem Schwager, zu Marly's Club oder Manny Farb und der Schießerei im Red Wok, über die auch niemand etwas zu wissen scheint. Alles, was wir haben, sind ungenaue Beschreibungen zweier Männer — Aussagen von einigen Angestellten und Gästen, das ist alles, und es ist nicht viel.«

»Selbst wenn es viel wäre, würden Sie Ihre Zeit verschwenden.«

»Das entscheide ich.«

»Hören Sie«, sagte Draper, »weshalb sind Sie hier? Was meinen Sie?«

»Genau das will ich wissen.«

»Dann sage ich es Ihnen, und es ist die nackte Wahrheit: weil Sie Gust nie zu Gesicht bekommen werden. Niemals. So einfach ist das.«

»An diesem Punkt will ich Sie nur daran erinnern, daß wir uns auf gefährlichen Boden begeben. Ich leite diese Ermittlungen, denn ich habe Grund zu der Annahme, daß alle Fälle miteinander in Verbindung stehen. Was Sie betrifft, ich weiß, womit Sie Ihren Lebensunterhalt verdienen, aber es behagt mir nicht, annehmen zu müssen, daß Sie Beweismittel in einem Mordfall zurückzuhalten.«

»Es läuft darauf hinaus«, sagte Draper, »daß wir beide unsere Instruktionen haben.«

»Aha, da wären wir wieder bei der Mauer.«

»So ist es«, sagte Draper. »Innenministerium kontra Verteidigungsministerium.«

»Damit gebe ich mich nicht zufrieden. Es ist offenkundig für mich, daß Sie die Hintergründe der Zwischenfälle bei Marly's und im Red Wok kennen. Ebenso die Gründe für Larays Tod und die Schießerei in den Darby Mansions.«

»Nun, schließlich ist es sowohl unser Job als auch Ihrer, zu wissen, was vor sich geht«, sagte Draper versöhnlich. »Nur sehen wir die Dinge aus verschiedenen Blickwinkeln.«

»Doch hoffentlich nicht so verschieden, daß ein Mordverdächtiger frei herumlaufen kann.«

»Natürlich nicht, etwas Kontrolle wird schon ausgeübt.«

»Davon ist aber verdammt wenig zu spüren. Egal, ist nicht meine Aufgabe, das zu beurteilen, meine Aufgabe besteht darin, jede Spur zu verfolgen.«

»Ich habe Ihnen gerade gesagt, warum das für Sie nicht möglich ist. Es kommt zu Interessenkonflikten.«

»Nein. Nichts von alledem ist plausibel genug für mich, damit finde ich mich nicht ab.«

»Also gut, ich hätte es gern vermieden, denn es geht hier

um meinen Kopf. Aber ich sehe, ich muß meine Ansichten näher erläutern.«

»Sie täten besser daran«, sagte Spaulding, »denn aus meiner Sicht ist es ganz einfach: Sollte Gust verantwortlich sein für die Todesfälle, die ich untersuche, bringe ich ihn für eine lange Zeit unter Verschluß. Er ist gefährlich, kaum zurechnungsfähig, und was das wichtigste ist, man hätte ihn wahrscheinlich nie freilassen dürfen. Er ist ein bewaffneter Straftäter; bei dem Überfall, an dem er beteiligt war, wurde ein Mann erschossen. Jetzt ist er auf Bewährung draußen, und obwohl ich es nicht beweisen kann, weiß ich, daß er vor ein paar Tagen in Soho einen Mann ermordet und einen weiteren zum Krüppel geschlagen hat. Und was passiert kurz darauf? Seine chinesische Exfreundin wird in ihrer Wohnung zu Chop-suey verarbeitet. Ich sage nicht, daß er es war, zufällig weiß ich, daß er es nicht war, aber der Mann ist ein wandelndes Todesurteil, wo auch immer er auftaucht, stirbt jemand.«

»Ich habe gehört, Sie hätten ihm die Leiche seiner Freundin gezeigt«, sagte Draper. »Origineller Einfall.«

»Ich wollte ihn zum Reden bringen.«

»Nicht gerade eine anerkannte Methode. Hat es funktioniert?«

»Nein.«

»Was erwarten Sie auch von einem Kriminellen?« sagte Draper. »Freiwillige und vor allem gute Zusammenarbeit? Was die Sache in der Bar betrifft, diese beiden Männer waren bezahlte Killer, angeheuert von Unterweltgrößen, wußten Sie das?«

»Nein«, sagte Spaulding, »ich weiß nur, sie hatten nicht sein Niveau. Außerdem fällt mir auf, daß Sie wesentlich besser über Gust informiert sind, als Sie gerade zugegeben haben. Dieser Auftragsmord zum Beispiel, wie sind Sie an die Information gekommen?«

»Ist nebensächlich. Ist Ihnen klar, daß eine Menge Leute hinter Gust her sind?«

»Nein.«

»Was wissen Sie über die Chang?«

»Daß sie Gusts Freundin war, bevor er in den Knast kam, mehr nicht.«

»Richtig«, sagte Draper, »nur hat sie diesmal den Fehler gemacht, ihn bei sich aufzunehmen; und nach dem Zwischenfall bei Marly's haben die, die hinter Gust her sind, niemanden finden können, der scharf darauf gewesen wäre, ihn umzulegen, also hat man sie statt dessen umgelegt, um ihn richtig in Panik zu versetzen. Und wenn Sie mich fragen, wer auch immer es war, Gust wird sie schneller kriegen als Sie, denn er ist wirklich motiviert.«

»Wer ist hinter Gust her?«

»Ich bin mir noch nicht sicher, ob Sie das wirklich wissen müssen«, sagte Draper. »Kann sein, daß Sie endlich aufhören, uns ins Handwerk zu pfuschen, wenn Sie wissen, was wir tun; kann aber auch sein, daß Sie weiter herumtrampeln und noch mehr Schaden anrichten.«

»Ich interessiere mich nur für Gust.«

»Ich weiß«, sagte Draper, »und das ist das Problem, denn es geht um viel mehr als nur um ihn.« Er zündete sich eine weitere Westminster an. »Wie dem auch sei, diese Unterredung verfolgt den Zweck, Ihnen klarzumachen, daß Sie uns die ganze Zeit — aus Gründen, die Sie zugegebenermaßen nicht kennen — durch Ihre Ermittlungen im Fall Gust ernsthaft behindert haben. Sie haben genau dort viel Staub aufgewirbelt, wo man sowieso die Hand vor Augen nicht sehen kann, und Ihre Bemühungen sind absolut kontraproduktiv für uns. Also, zum allerletztenmal, Spaulding, Hände weg von Gust.«

»Das kann ich nicht, das ist für mich nicht durchführbar, auch nicht für meine Vorgesetzten.«

»Mit denen ist alles geklärt, deshalb wurden Sie auch hierherzitiert.«

»Soweit ich weiß, bin ich immer noch dran an dem Fall. Ich habe bisher nichts Gegenteiliges gehört.«

»Weil Ihre Leute abwarten, ob wir beide das geregelt bekommen«, sagte Draper. »Ich muß es wohl wissen, denn ich habe gerade mit ihnen telefoniert. Aber für dieses ganze Gewäsch fehlt uns die Zeit, die Dinge bewegen sich hier nämlich zu schnell.«

»Das enthebt mich nicht meiner Verantwortung für den Fall. Selbst wenn es so wäre, ich würde den Fall nicht abgeben. Nebenbei, welchen Unterschied macht es für Sie, ob Gust im Knast sitzt oder nicht? Schließlich gehört er dorthin.«

»Das versuche ich Ihnen im Rahmen dessen, was mir möglich ist, zu erklären«, warf Draper ein. »Gust ist in etwas verwickelt, das weit über die Ermittlungen in einem Mordfall im Bandenmilieu hinausgeht, also hören Sie auf, den Fall als solchen zu behandeln. Praktisch«, fügte er hinzu, »habe ich Ihnen gesagt, Sie sollen die ganze Sache vergessen und sie uns überlassen.«

»Ist das alles, was Sie zu sagen haben?«

»Mehr gibt es nicht zu sagen. Wir sprechen hier über nationale Sicherheit, und das müßte reichen.«

»Es reicht nicht«, sagte Spaulding, »also mache ich weiter wie bisher. Ich sehe das eben anders als Sie.«

»Dann erkläre ich Ihnen, wie ich das sehe. Haben Sie schon mal daran gedacht, sich nach einem anderen Job umzusehen? Vielleicht als Nachtwächter in einem Supermarkt oder als Busfahrer? Mit dieser Einstellung wird es langsam Zeit.«

»Ich habe Unterstützung durch meine Vorgesetzten.«

»Sie haben keine Ahnung, wen oder was Ihre Vorgesetzten unterstützen, um es deutlicher zu sagen, Ihre Position läßt das nicht zu.«

»Ich will nur Gust wegen dieser Morde drankriegen«, sagte Spaulding. »Und wir brauchen nicht weiter zu diskutieren, ich bleibe ihm auf den Fersen, bis ich ihn habe.«

»Und das wollen wir nicht«, sagte Draper. »Also haben wir es mit einem direkten Interessenkonflikt zu tun, und darüber müssen wir diskutieren.«

»Freunden Sie sich nicht mit dem Gedanken an, daß Sie mich dazu bringen, diesen Fall abzugeben. Das habe ich noch nie getan.«

Draper lehnte sich erschöpft in seinem Stuhl zurück. »Also gut, ich habe mir schon gedacht, daß es so kommt. Zügeln Sie Ihren Tatendrang, bis Sie gehört haben, was ich dazu zu sagen habe, vielleicht sind Sie dann zur Zusammenarbeit bereit.«

»Ich höre.«

»Sprechen wir über Pässe«, sagte Draper. »Britische Pässe, und zwar tausend Stück. Blankopässe, blütenrein, brandneu und gestohlen.«

»Für gestohlene Pässe bin ich nicht zuständig.«

»Ich weiß, aber wir.«

»Und was ist damit?«

»Gust hat sie geklaut.«

»Dann drück ich ihm das auch noch auf.«

»Das werden Sie nicht«, sagte Draper. »Sie werden ihm gar nichts aufdrücken, denn er arbeitet für uns. Wir haben die ganze Sache eingefädelt. Ursprünglich sollte Gust diese Pässe für einen Kriminellen namens Manny Farb beiseite schaffen. Genau, Darby Mansions, Sie haben's erfaßt. Nur haben wir die Operation umgedreht, und das sollte endlich in Ihren Schädel rein. Verdauen Sie das erst mal, lassen Sie sich Zeit.«

»Trotz allem, ich will ihn haben«, sagte Spaulding nach einer Weile.

»Finden Sie sich mit der Tatsache ab, daß Sie ihn nicht kriegen werden«, sagte Draper. »Wir decken alles, was er unternimmt. Wir wissen, daß die beiden Männer in die Bar gingen, um ihn umzubringen, wir wissen, wer sie geschickt hat, warum sie geschickt wurden, und es war unser Glück, daß Gust mit heiler Haut rausgekommen ist. Wir hätten ganz schön in der Scheiße gesessen, wenn sie ihn umgelegt hätten, denn er schwimmt in einem Becken voller Haifische, und er ist der Köder.«

»Wo sind die Pässe jetzt?«

»Wir haben sie natürlich, bis auf vier.«

»Und was ist mit denen passiert?«

»Wir haben sie den Leuten zugeschanzt, für die sie gedacht waren. Russen.«

»Moment mal«, sagte Spaulding. »Ich habe gestern von zwei Russen gehört, die innerhalb einer Woche gestorben sind. Der eine hat sich erschossen, der andere ist auf einer Müllkippe aufgetaucht, allerdings nur mit einem Bein.«

»Ja, das sind zwei von ihnen.«

»Wurden sie ermordet?«

»Nun, ja, sie mußten verschwinden«, sagte Draper. »Das passiert schon mal. Einer unserer Leute, Gutteridge — er wurde von ihnen umgelegt —, warnte uns, daß sie im Begriff waren, ihre Auftraggeber in Moskau darüber zu informieren, daß die Operation in Großbritannien gefährdet sei, und das konnten wir nicht zulassen. Sie hätten alles abgeblasen, und Gatov wäre nicht hierhergekommen. Er war aber der Mann, hinter dem wir her waren, und wir haben ihn.«

»Warum war Gust überhaupt bereit, die Pässe zu stehlen?«

»Denken Sie mal nach. Wir haben ihm gesagt, seine restlichen fünf Jahre würden gestrichen, wenn er mit uns kooperiere. Anfangs sträubte er sich noch, am Ende hat er dann den Tatsachen ins Auge gesehen.«

»Das ändert nichts«, sagte Spaulding. »Ich bin Polizist, und habe ich erst mal Beweise, verpflichtet mich das Gesetz, Gust wegen dieses Nachtclubmordes zu verhaften und dafür zu sorgen, daß er angeklagt wird.«

Draper schüttelte den Kopf. »Das wird nie vor Gericht kommen. Sollte das passieren, fliegt alles auf, was wir getan haben, und das will keiner. Selbst wenn Ihre Leute die Akte der Staatsanwaltschaft übergeben würden, käme sie zurück, da eine Verfolgung nicht im öffentlichen Interesse liegt. Man würde Sie anweisen, die Sache fallenzulassen, und das ist mein voller Ernst.«

Spaulding fing an zu begreifen. »Trotzdem«, sagte er, »diese Russen, was heißt das schon? Die handeln lediglich mit gestohlenen Pässen. Das ist Sache der Einwanderungsbehörde und nicht der Untergang der Welt.«

»Wie falsch Sie da liegen«, sagte Draper. »Das genau könnte es sein. Ich bin nur nicht in der Lage, Ihnen weitere Informationen darüber zu geben.«

»Das würde ich mir noch mal überlegen, denn wir treten auf der Stelle, wenn Sie es nicht tun.«

»Also gut, das bleibt aber unter uns.«

»Ich verstehe.«

Draper seufzte. »Das bedeutet, ich muß über Yuri Gatov reden. Das ist zwar nicht vorgesehen, aber ich werde es riskieren. Bis 1990 war Gatov beim KGB, zweiter Direktor, viertes Büro, Gegenspionage. Aber eines Morgens wachte er auf, und die Sowjetunion gab es nicht mehr, also gründete er sein eigenes Unternehmen. Er war darauf vorbereitet. Einige seiner ehemaligen Kollegen wurden umgebracht oder begingen Selbstmord, nicht so Gatov. Er wollte Partner aus dem Westen, und er war im Besitz von Unterlagen über jeden, der sich ihm möglicherweise in den Weg hätte stellen können. Sie wissen, wie die arbeiten. Verweigert ein Stabsoffizier in wichtiger Position, die er nicht verlieren will, die Zusammenarbeit, taucht sofort ein Video auf, in dem er einer Prostituierten in irgendeiner Absteige an den Zehen lutscht. Gatov kümmerte sich darum, so daß der Offizier — wenn er Glück hatte — danach Straßenfeger werden konnte.«

»Aber wozu brauchte er Pässe? Und wieso britische Pässe?«

»Britische Blankopässe östlich von Berlin?« sagte Draper. »Strengen Sie mal ihr Gehirn an. Stellt man ihn auf den Namen eines Toten aus plus entsprechende Details, bekommt man dafür eine britische Geburtsurkunde, nicht zuletzt deswegen. Diese Pässe werden mit zweitausend Pfund das Stück gehandelt, und für Gatov waren sie in verschiedener Hinsicht interessant. Zum einen konnten er und seine Freunde sich damit als gebürtige Briten ausgeben, zum anderen konnte er den Rest verkaufen. Die Informationen, die man in Rußland im Austausch gegen eine britische Identität erhält, sind für einen Mann wie Gatov wertvoller als zweitausend Pfund.«

»Welche Informationen?«

»Bei diesen Leute handelt es sich nicht um stinknormale Russen«, sagte Draper. »Sie zählen sich zu den Irredentisten, die GUS interessiert sie nicht. Sie wollen ihre eigene Republik, und denken Sie an die ungeheuren Gewinne, wenn man die Aktivposten eines ganzen Gebietes abzieht und verkauft.«

»Welche Aktivposten? Was haben sie zu verkaufen?«

»Was sie haben«, sagte Draper, »ist der siebente militärische Bezirk der Sowjetarmee, wenn Sie wissen, was das heißt.«

»Keine Ahnung. Ich kenne mich nur aus, wenn es um Ermittlungen in Mordfällen in Schlafzimmern geht.«

»Im siebenten Bezirk befindet sich ein Lager für nukleare Gefechtsköpfe. Das größte Lager des ganzen Landes, und soweit wir wissen, sind zwei von den Scheißdingern schon verschwunden.«

»Sie wollen mir doch nicht etwa damit sagen, die seien in England?«

»Zum Teufel, ich weiß nicht, wie Sie es zum Detective Inspector gebracht haben«, sagte Draper. »Bei uns wären Sie völlig fehl am Platze. Nein, in England sind sie nicht, aber soweit wir wissen, könnten sie ebensogut auf uns gerichtet sein. Was denken Sie, warum wir uns so abstrampeln?«

»Diesen Gatov würde ich gern mal sehen.«

»Ich befürchte, das wird nicht gehen«, sagte Draper. »Er ist nicht sehr fit im Moment, ist müde und bringt nicht viel Sinnvolles zustande. Soweit ist alles in Ordnung, er wird nicht sterben oder so. Aber um alle Informationen von ihm zu kriegen, mußten wir ihn in die Mangel nehmen, er mußte sich ordentlich abmühen. Ich glaube, die körperliche Anstrengung war zuviel für ihn, immerhin ist er über fünfzig. Schließlich haben wir alles aus ihm rausbekommen: Namen, alle Bankverbindungen. Ich habe ihm gesagt: ›Schau mal, Yuri, du wirst nirgendwohin mehr gehen, so läuft das nun mal, und ich will, daß du alles ausspuckst. Es muß nicht schwierig werden, aber es könnte, wenn du nicht mitarbeitest, ich hab's nämlich eilig.‹ Er war mutiger, als ich gedacht hatte, und natürlich war er geschockt, daß seine Pläne sich in Nichts auflösten. ›Du hättest nicht mit Kriminellen zusammenarbeiten sollen, Yuri‹, habe ich zu ihm gesagt, ›das funktioniert vor allem nicht in einer Stadt, die du nicht kennst.‹ ›Also, wo sollen wir anfangen?‹ sagte er schließlich — natürlich ging das nicht in einem Rutsch, vorher gab es erst das übliche Geplänkel. ›Wir wollen alle Namen‹, sagte ich ihm, ›und dann vergleichen wir deine Liste mit der einer Dame namens Dziadek, wenn wir soweit sind, sie abzuholen, und mit der von Gates.‹ ›Ich kenne niemanden mit Namen Dziadek oder Gates‹, sagte er und ich darauf: ›Erstaunlich, daß Leute etwas wissen und dennoch glauben, sich nicht mehr daran erinnern zu können, Yuri. Wir werden dich wohl doch wieder an den Daumen den Balken hochziehen müssen, so lange, bis es dir einfällt, und eine Stunde extra, solltest du dich bepissen oder vollscheißen.

Wirst schon sehen, wie schnell deine Erinnerungen zurückkehren.‹ Meinem Team sagte ich unterdessen: ›Bringt den General hier mal rüber an die Lampenfassung, er kennt das alte Spiel. Hast es ja lange genug selbst gespielt, nicht, Yuri?‹ ›Ich werde Amnesty informieren‹, schrie er. ›Sei nicht dumm‹, sagte ich, ›wie willst du das anstellen, Yuri, du existierst doch gar nicht.‹«

Draper blickte von seinem Tisch auf und sagte zu Spaulding: »Sie und ich, wir arbeiten natürlich mit grundsätzlich verschiedenen Methoden.«

»Habe ich schon bemerkt.«

»Sie können natürlich die Moral für sich in Anspruch nehmen«, sagte Draper. »Aber über unsere Methoden kann ich nur sagen: sie funktionieren.«

28

Bei Einbruch der Dunkelheit ging Gust ins Diadem. Kaum hatte er einen Platz am Tresen gefunden, als der Governor auch schon brüllte: »Gust! Telefon für dich!«

Der Mann am Telefon sagte: »Gust? Mein Name ist Richard Gates, wir kennen uns nicht. Aber das macht nichts, wir haben trotzdem einige Gemeinsamkeiten.«

»Und die wären?«

»Ich weiß, es ist ein wenig kurzfristig, aber könnten Sie gleich mit mir zu Abend essen? Ich werde Sie abholen lassen.«

»Okay«, sagte Gust.

Warum auch nicht? Irgend etwas mußte ohnehin passieren. Er ging hinaus auf die Straße. Er wollte nachsehen, ob sich Hawleys Männer dort herumtrieben. Ihm war natürlich klar, daß es sinnlos war, wie sollte er wissen, wer geschickt wurde? Er lehnte sich an die Wand neben der Tür und trank seinen

Scotch. Er hatte noch nicht ausgetrunken, als der Mercedes auftauchte. Der Fahrer griff nach hinten und öffnete ihm die Hintertür; das erste, was Gust wahrnahm, war ein teures Parfum.

»Ich will nicht, daß mir jemand folgt«, sagte Gust.

»Niemand folgt diesem Auto«, sagte der Fahrer.

Schnell fuhren sie die Mall hinunter, vorbei an Hyde Park Corner bis nach Knightsbridge. Gust zündete sich eine Zigarette an und öffnete das Fenster. Casterbridges waren nicht jedermanns Geschmack, und ganz sicher paßten sie nicht zu dem edlen Duft. Gegenüber den Baracken verlangsamte der Wagen die Fahrt, fuhr dann auf den Trevor Square und hielt vor einem Restaurant, das Oblomov's hieß.

Gust stieg aus. Es stand kein Türsteher vor dem Restaurant, aber sein geübter Blick erfaßte sofort, daß der Eingang durch eine Alarmanlage und Videokameras überwacht wurde und Türen und Fenster mit Panzerglas gesichert waren. Mußte Spaß machen, hier einzubrechen. Ein Mann im Smoking kam ihnen entgegen und führte sie hinein; selbst wenn er Gusts Erscheinung in Jeans und Pullover als etwas zu zwanglos empfunden haben mochte, ließ er sich nichts anmerken. Das Restaurant war bemerkenswert. Mit Ausnahme der Tische, die in weitem Abstand plaziert waren, schien alles aus schwarzem Leder zu sein. Außer über dem Klavier, auf dem ein blonder Mann im roten Smoking klimperte, war der Raum in gedämpftes Licht getaucht. Er wurde von sanft flackernden Kandelabern erhellt, die besser in einen Palast gepaßt hätten. Und Gust brauchte erst gar nicht in die Karte zu schauen, um zu wissen, daß keine der Speisen unter zwanzig Pfund zu haben sein würde.

Am anderen Ende erhob sich ein Mann, bekleidet mit einem Blazer, der jeden wie ein Mitglied eines Yachtclubs aussehen lassen würde. Neben ihm saß eine dunkelhaarige Frau;

ein mit einem goldenen Pumps bekleideter Fuß lugte unter dem Tisch hervor, und sie hätte jedes Alter haben können, alles, nur nicht zwanzig, und ihre Nationalität war ebenso ungewiß, alles, nur nicht britisch.

»Setzen Sie sich«, sagte der Mann. »Ich bin Richard Gates. Diese Dame ist eine Mitarbeiterin, Lena Dziadek.«

Keiner der Namen sagte Gust etwas.

»Möchten Sie etwas trinken?«

»Einen Scotch auf Eis.«

»Schön hier, nicht wahr?« sagte Gates. »Ist sicher ein Unterschied zu Maidstone.«

»Halten wir uns nicht mit dem Lebenslauf auf«, sagte Gust.

»Gut. Wie geht es so zu in der Freiheit?«

»Geschäftig«, sagte Gust. Er lehnte sich zu der Frau hinüber und erkannte ihr Parfum als das aus dem Wagen wieder. »Sind Sie Deutsche?«

»Nein«, sagte sie. »Ich bin von Beruf Flüchtling, und welche Probleme bereitet Ihnen das Leben?«

»Ein normales zu führen«, sagte Gust. »Und wo kommen Sie heute abend her?«

»Bis Sie kamen, war ich Finnin, aber das lass ich jetzt und werde Tschechin, was ich auch bin.«

Gust glaubte ihr kein Wort.

»Haben Sie Hunger?« fragte Gates.

»Nach zehn Jahren Knast hat man keinen Sinn mehr für ein gutes Essen«, sagte Gust und bestellte ein Dutzend Austern.

»Wir sind schon fertig«, sagte Gates, »aber wir können uns unterhalten, während Sie essen.«

»Bevor wir fortfahren, wer sind Sie überhaupt?« fragte Gust.

»Geschäftsleute.«

Die Frau sagte nichts mehr, sie beobachtete die beiden.

»Sie haben Probleme gehabt«, sagte Gates.

»Gehabt?« sagte Gust. »Wer sagt, daß die vorbei sind?«

»Es ist ein riskantes Leben, das Sie führen«, sagte Gates. »Ich weiß nicht, ob Sie sich dessen bewußt sind.«

»Sind Sie Teil des Risikos?«

»Genau darüber müssen wir sprechen.«

»Wir haben von Ihrer Freundin erfahren«, sagte Lena.

Gust legte seine Austerngabel nieder. »Woher wissen Sie das?«

»Darüber sprechen wir später«, sagte Gates. »Reden wir zuerst über die Schießerei mit Manny Farb in Soho. Und Ihr Problem in Marly's Bar. Und über den Bullen von der Poland Street, Spaulding.«

Gust wartete ab.

»Spaulding ist hinter Ihnen her, wegen Mordes. Haben Sie das gewußt?«

»Er hätte gründlicher ermitteln sollen.«

»Warum sollte er, wenn Sie ins Konzept passen?«

»Stimmt«, sagte Gust, »ich komme ihm gelegen.«

»Vor einigen Tagen sind zwei Russen gestorben«, sagte Gates. »Auf unnatürliche Weise. Vielleicht haben Sie darüber gelesen.«

»Nein«, sagte Gust. »Ich habe keine Zeit, Zeitung zu lesen.«

»Haben Sie schon mal von einem Mann mit Namen Draper gehört?«

»Nein. Sollte ich?«

»Vergessen Sie's«, sagte Gates.

»Aber speziell diese Russen«, sagte Lena, »ich denke, die könnten Sie interessieren.«

»Wir wollen nichts überstürzen«, sagte Gates. »Er weiß nichts darüber. Laß uns zuerst seine anderen Probleme erörtern, die Sache bei Marly's zum Beispiel.«

»Ich bleib doch nicht sitzen und warte darauf, daß die mich umbringen.«

»Natürlich nicht«, sagte Gates. »Haben Sie auch nicht getan, im Gegenteil.« Er zog ein Etui mit Havannas hervor, und Gust zündete sich eine Casterbridge an.

»Diese Dinger sind wirklich widerlich«, sagte die Dziadek.

»Es ist keine Frage des Geschmacks, sondern eine Angewohnheit.« Er blies den Rauch nach unten, dennoch hustete sie, die meisten Leute taten das.

Gates rollte seine Zigarre zwischen den Fingern. »Sie haben noch andere Probleme, von denen Sie möglicherweise nichts ahnen.«

»Ich habe keinen Platz für neue Probleme.«

»Dann schaffen Sie welchen«, sagte Lena.

»Hawley — sagt Ihnen der Name irgendwas?« fragte Gates.

»Hawley, der Zahlmeister?«

»Genau der.«

Gust hatte nicht vor, Gates zu informieren, wieviel der Name ihm sagte. Entweder wußte er Bescheid oder nicht. »Er wurde in Süd-London zusammengeschossen, bei einem Drogendeal, der danebenging, und seitdem hat er nicht mehr in Großbritannien gearbeitet. Momentan operiert er von der Türkei aus, er kann nicht zurückkommen, weil er wegen Mordes gesucht wird. Mehr weiß ich nicht.«

Gates legte die Zigarre hin. »Ich hätte gegen einen Armagnac nichts einzuwenden, und Sie? Lena möchte sicher auch noch einen.«

»Einen großen«, sagte sie.

»Große, das sind die einzigen, die Lena kennt«, sagte Gates und lächelte bitter.

»Für mich nur einen Scotch«, sagte Gust.

Gates bestellte die Drinks. »Ich bin eher auf dem laufenden als Sie«, sagte er. »Erst heute war Hawley in England, haben Sie das nicht gewußt?«

»Nein«, sagte Gust. Er verspürte nicht die geringste Lust,

darauf näher einzugehen.

»Ich bin überrascht, daß er keinen Kontakt mit Ihnen hergestellt hat«, sagte Gates, »denn ich habe gehört, er ist sehr an Ihnen interessiert.«

Wenn du wüßtest, wie, dachte Gust. »Darüber würde ich natürlich gern etwas wissen«, sagte er.

»Sollen Sie«, sagte Gates. Er zog an seiner Zigarre. »Kürzlich bin ich mit Hawley in Geschäftsverhandlungen eingetreten. Refinanzierungsgeschäfte. Aber inzwischen glaube ich, daß das ein Fehler war, er versucht, mich über den Tisch zu ziehen.«

»Das ist das, was Kriminelle für gewöhnlich tun«, sagte Gust. »Wollen Sie mir sagen, um was für eine Art von Geschäft es sich handelt?«

»Nein«, sagte Gates. »Und dann ist da noch eine Person, um die Sie sich Sorgen machen sollten. Ich frage Sie noch mal nach Draper. Sind Sie ganz sicher, daß Sie noch nie etwas von ihm gehört haben?«

»Der Name sagt mir nicht das geringste.«

»Dann belassen wir's dabei.«

»Ich denke, es ist an der Zeit, daß Sie mir erklären, worum es überhaupt geht«, sagte Gust.

»Ich erkläre Ihnen das, was ich Ihnen erklären will«, sagte Gates. »Zurück zu diesen beiden Russen, die ich erwähnt habe. Es wundert mich nicht, daß Sie noch nichts darüber erfahren haben, sie machten nicht gerade Schlagzeilen. Aber eine interessante Tatsache ist nie erwähnt worden; als man die Leichen fand, hatten sie neue britische Pässe bei sich.«

»Wie haben Sie das herausgefunden?«

»Ich habe meine Quellen«, sagte Gates. »Pässe, das muß Ihnen doch was sagen, oder?«

»Auf einige Pässe mag das zutreffen.«

»In diesem Fall ging es um tausend. Tausend gestohlene.«

»Im Moment möchte ich nicht darüber reden«, sagte Gust. Die Unterhaltung entpuppte sich als getreues Abbild der gesamten Geschichte, er verstand nie mehr als zwei Drittel davon.

»Nein«, sagte Gates. Er legte seine Zigarre in den Aschenbecher. »Ich habe nichts anderes erwartet.« Er lehnte sich im Stuhl zurück. »Lena und ich wohnen im Royal Garden. Warum begleiten Sie uns nicht auf einen letzten Drink? Wir könnten unsere Unterhaltung dort weiterführen.«

»Schön«, sagte Gust, »ich müßte nur mal kurz verschwinden.«

Er stand auf, und Lena erhob sich gleichzeitig. »Ich auch«, sagte sie. Ein Kellner sah sie kommen, und mit Schwung öffnete er eine unsichtbare Tür in der Lederwand.

»Ich gehe rechtsherum«, sagte Gust, als sie durch die Tür gegangen waren, »Sie linksherum.«

»Warum?« fragte sie. »Wir sind allein.« Sie griff nach seinem Arm. »Ich will dich ficken«, flüsterte sie ihm ins Ohr. »Gleich. So einfach ist das. Und sag nicht, daß du mich nicht willst, ich bin jetzt schon klatschnaß.« Sie verströmte einen herben, animalischen Duft. »Na gut«, sagte sie, »ich mache mich etwas frisch. Wir treiben's im Hotel.« Sie verschwand hinter einer Tür, auf der ›Ladies‹ in vier Sprachen stand.

Gates sah nicht besonders erfreut aus, als Gust zu ihm an den Tisch zurückkehrte. Verglichen mit seinem zuvor lässigen Benehmen, wirkte er jetzt ziemlich verbissen, und Gust wurde klar, daß er erriet, was Lena draußen gesagt hatte und daran gewöhnt war, was nicht bedeutete, daß er damit umzugehen wußte.

»Ich sage Ihnen jetzt, warum ich Sie habe kommen lassen«, sagte er.

»Ich kann es mir vorstellen«, antwortete Gust. »Sie wollen die Pässe, aber ich habe keine Ahnung, wo sie sind.«

Lena kam zurück und setzte sich hin, ohne ein Wort zu sagen.

»Ich denke, Sie wissen es«, sagte Gates. »Ich engagiere Sie jedenfalls dafür, es herauszufinden.«

»Nehmen Sie jemand anders. Ich habe genug am Hals.«

»Es gibt niemanden«, sagte Gates, »und Sie haben allen Grund, sie aufzutreiben, angesichts der Misere, in der Sie stecken. Außerdem zahle ich gut.« Er zog ein Bündel Geldscheine aus der Tasche. »Hier sind fünftausend, es ist nur die Hälfte, als Anzahlung. Zählen Sie's ruhig nach, die Leute hier zählen ständig Geld, es sind alles Spieler.«

Unmöglich, Sladden zu erwähnen, geschweige denn, zuzugeben, daß er verdammt genau wußte, wer die Pässe hatte, kein Wort zuviel sagen und keine blasse Ahnung haben, in welchem Verhältnis all diese Leute zueinander standen — Gust wußte, daß diese Sache eine Nummer zu groß für ihn war. Er machte Überfälle, aber er war kein Hochstapler; dennoch zählte er das Geld und steckte es ein. *Wer weiß*, sagte er sich, *wenn das hier klappt, könnte ich den Absprung schaffen, könnte mir ein Haus kaufen und sauberbleiben.* Er wußte, das würde nie eintreten. Er war sich nicht einmal sicher, ob er es wirklich wollte. Würde er sich jemals ein Haus kaufen, säße er ganz schnell wieder drin in der Scheiße, oder er säße in dem Haus und würde über Petal nachgrübeln.

Ohnehin würde es eine schnelle Runde werden, jetzt, da er mit Leuten wie Gates und Hawley spielte. Während er das Geld einsteckte, dachte er sich, Ziegelsteine, Blut und Banknoten passen nicht zueinander, haben nie zueinander gepaßt.

Sie trieben es fast schon im Fahrstuhl, aber die Dziadek beherrschte sich, bis die Minibar leer war und sie sicher sein konnten, daß Gates im Bett lag. Sie nahm ihn mit in ihr Zimmer. Kaum drin, fielen sie auch schon übereinander her. Sex war das letzte, was Gust nach Petals Tod wollte, und er spürte einen galligen Geschmack die Kehle hochsteigen.

»Du wirkst wie ein toter Fisch. Du bist nicht zufällig schwul, oder?« sagte sie nach einer Weile. »Ich habe immer so ein Glück.«

Aber als sie ihn dort hatte, wo sie ihn hin haben wollte, überwältigte er sie völlig. »Sachte«, sagte sie, »nicht so schnell. Mein Gott, wann hattest du deinen letzten Fick?«

»Hab ich vergessen«, sagte er, weil er sich nicht erinnern wollte.

»Nimm die Decke vom Bett, oder ich mach sie klatschnaß«, sagte sie. »Und verschieß nicht dein ganzes Pulver, leck mich erst.« Sie spreizte ihre Beine so weit wie möglich, zog mit den Fingern ihre Schamlippen auseinander und streckte ihm ihre Klitoris entgegen. Sie schmeckte nach einem Daiquiri, der in einer Handgranate gemixt wurde.

»Wieso ich?« fragte er.

»Ich mag's brutal. Ein Blick genügt, ich erkenne das sofort.«

»Was sagt Gates dazu?«

»Ihm gefällt es nicht, das tut es nie, aber er sagt nichts.«

»Wie hält er das aus?«

»Wen interessiert das?« sagte sie.

Als sie endlich eingeschlafen war, glitt er aus dem Bett, nahm ihre Handtasche und ging ins Badezimmer. Er fand einen neuen britischen Paß mit einem Ausreisevermerk vom Moskauer Flughafen und einem Einreisevermerk von Heathrow, gestempelt vor drei Tagen. Er blickte auf die Seriennummer des Ausweises und erkannte sie.

Es überraschte ihn nicht. Sladdens Hintermänner mußten das arrangiert haben. Er fragte sich, was Gates wohl dazu sagen würde, vor allem wenn er wüßte, wer Sladden war. Andererseits wußte Gust nichts über Draper, im Gegensatz zu

Gates hatte er noch nie von ihm gehört. Himmel, das Ganze war wie ein Puzzlespiel. Er betätigte die Toilettenspülung, steckte den Paß wieder in die Tasche, verschloß sie, stellte sie auf den Boden und ging zurück ins Bett. Er starrte durch das Halbdunkel an die Decke, bis das Mädchen erwachte und von neuem an ihm zu fummeln begann.

Er schob sie weg. »Du bist keine Tschechin, du bist Russin.«

»Na und?« Sie gähnte. »Ich könnte stundenlang schlafen, aber ich kann einfach die Hände nicht von dir lassen.«

»Ich wette, du vergißt jeden innerhalb einer halben Stunde.«

»Sicher tu ich das.«

Und wieder liebten sie sich.

Als sie das nächste Mal wach wurde, zündete sie Zigaretten für sich und ihn an. Gust sagte: »Viel weißt du nicht über mich.«

»Was macht das schon?«

»Bevor wir uns getroffen haben, hattest du eine Ahnung, was Gates von mir wollte?«

»Nein. Er sagte nur, daß er dich treffen will. Er erzählt mir nicht alles.«

»Erzählst du ihm denn alles?«

»Natürlich nicht.«

»Während des Essens hast du erwähnt, du wüßtest, was mit meiner Freundin passiert ist. Weißt du auch, daß ich meine eigenen Recherchen mache?«

»Nein.« Sie wirkte amüsiert.

»Versuch einmal, wie ein menschliches Wesen zu reagieren«, sagte Gust. »Ich suche den Mann, besser gesagt, zwei Männer, die sie wahrscheinlich mit einem Baseballschläger oder einer Eisenstange umgebracht haben. Sie hieß Petal Chang. Könntest du mir mehr darüber erzählen?«

Sie zögerte. »Ich habe vorher noch nie was von ihr gehört, erst als Richard sie erwähnt hat.«

»Gut, wenn ich dir glauben könnte, aber ich glaube dir nicht. Versuch's noch mal.«

»Könnte sei, daß ich mal was mitbekommen habe, aber nichts Konkretes.«

»Schon besser«, sagte Gust. »Für dich mag es unwichtig sein, aber ich bin nun mal besessen von der Vorstellung herauszufinden, wer sie umgebracht hat. Wenn du mir weiterhilfst, habe ich auch eine Information für dich.«

Sie dachte nach. Schließlich sagte sie: »Ich würde es mal mit Hawley probieren.«

»Das macht Sinn«, sagte Gust. »Diesmal will ich sichergehen, daß ich die richtigen Leute drankriege.«

»Kennst du Hawley?«

»Wir sind uns begegnet«, sagte Gust. »Aber die Atmosphäre war angespannt.«

»Hawley ist ein Monster«, sagte sie, »und ich habe einige kennengelernt.«

»Er hat dich verletzt, nicht wahr?«

»Seine Männer haben das für ihn erledigt«, sagte sie. »Seitdem er angeschossen wurde, ist er dazu nicht mehr in der Lage.«

»Und Petal? Bist du sicher, daß es Hawley war?«

»Er hat es Gates gesagt. Sie treffen sich häufig.«

»Willst du damit sagen, Hawley war dabei, als Petal getötet wurde?«

»Ja, war er. Zwei andere Männer haben den Mord begangen.«

»Kannst du die beschreiben?«

»Nein.«

»Und warum nicht?«

»Weil ich sie nie getroffen habe.«

»Mehr weißt du nicht?«

»Immerhin besser als gar nichts, oder?«

»Ja«, sagte er, »wesentlich besser.«

Sie wandte sich ab, und Gust erschien es, als wären sie zwei Gesteinsbrocken in einem Bett. Zwei Männer, hatte sie gesagt. Er ließ im Geiste Hawleys Männer antreten: der Dünne, George, der Riese ... oder Stuart und Dingo? Ja, er setzte auf Stuart und Dingo. Zu wissen, wer Petals Mörder waren, erweckte kein Gefühl der Rache oder des Hasses in ihm, es war die nackte Wahrheit, und jetzt konnte er handeln.

Lena drehte sich um zu ihm. »Was ist das für eine Information, die du für mich hast?«

»Es geht um deinen Paß.«

»Woher weißt du etwas über meinen Paß?«

»Ich habe ihn mir angesehen, während du geschlafen hast.«

»Hätte ich mir denken können, daß jemand wie du meine Sachen durchwühlt. Nun, was ist los damit?« Sie war neugierig, nicht wütend.

»Ich kenne diesen Paß«, sagte Gust. »Er ist verdammt heiß, ich wundere mich, daß er noch nicht in Flammen aufgegangen ist. Es ist nämlich einer dieser gestohlenen Pässe, an denen Gates so interessiert ist, mit dem du reist. Hast du das gewußt?«

Als hätte er eine Viper aufgescheucht, so schnellte sie aus dem Bett. Und für einen Moment dachte er, sie drehe durch.

»Wer könnte das getan haben?« Sie sprach mit sich selbst, nicht mit ihm.

»Keine Ahnung«, sagte er, »aber egal, was du hier abziehen wolltest, es hat sich erledigt.«

»Warte nur, bis ich mit Gates gesprochen habe.«

»Vergiß es«, sagte Gust, »der ist genauso angeschissen. Zieh dich an, und verlaß die Insel, wenn du kannst. Aber versuch nicht, den Paß zu benutzen.«

»Wer hat uns reingelegt?«

Er konnte es ihr nicht sagen. Es gab eine Menge Dinge, die er ihr nicht sagen konnte. »So wie du kenne ich auch nur Bruchstücke der Geschichte«, sagte er, »allerdings Bruchstücke, die du nicht kennst. Wenn du aus der Sache in einem Stück herauskommst, dann solltest du erst mal herausfinden, für welche Sorte Ganoven du arbeitest und wer dich hier leimt. Und freunde dich mit der Tatsache an, daß ihr beide, du und Gates, Minute für Minute überwacht werdet, wenn nicht sogar gefilmt. Mehr kann ich dir nicht sagen.«

»Scheiß auf Gates. Du hast Nerven, mir das mit dem Paß zu erzählen. Quasi hast du mir gesagt, daß du weißt, wer die restlichen hat.«

»Dann hast du wohl begriffen, daß es keine Freunde von dir sind«, sagte Gust, »und ich hab's dir erzählt, weil ich nicht sehen will, wie du für dreißig Jahre in den Knast wanderst oder sogar umgelegt wirst. Wenn Dankbarkeit für dich kein Fremdwort ist, dann verrate mir, in welches Geschäft ihr beide verwickelt seid.«

»Das kann ich weder mit dir noch mit sonst jemandem besprechen.«

»Muß 'ne knallharte Sache sein«, sagte er, »bei den Leuten, die hinter euch her sind. Ich weiß genau, ihr dürft euch bei ihnen keinen Fehler erlauben. Möglicherweise haben sie euch momentan an der langen Leine, um zu sehen, wohin ihr sie führt, aber sie könnten euch jederzeit kaltstellen.«

»Weißt du, wer sie sind?«

»Man nennt sie auch Staatsschutz. Ein Jammer, daß du es nicht rechtzeitig erfahren hast.« Er verließ das Bett.

»Wohin gehst du?«

»Weg«, sagte Gust und zog sich an. »Die, die dich beobachten, beobachten mich auch.« Als er fertig war, öffnete er die Tür. »Viel Glück.«

»Kann ich dich irgendwo erreichen?«

»Keine Chance.«

Er verließ das Hotel durch einen Notausgang, den auch die Putzkolonne benutzte, und dachte daran, wie sie sich ihm an den Hals geworfen hatte. Im Licht der Morgendämmerung erschien ihm alles nur noch wie schlechte Schauspielerei. Er dachte an ihre Möse, an ihre trockene Rosette, als er sie von hinten nehmen sollte, an ihre Nippel, die die Farbe von Rost hatten. Sie war der schlechteste Fick seines Lebens, und er fühlte sich unruhig danach, unbefriedigt, nervös und aufgerieben. Jeder einzelne seiner Nerven schien gellend aufzuschreien; was war so jemand im Vergleich zu Petal? Er blickte hinauf zum Himmel. Nichts.

»Nichts!« rief er aus und war selbst der einzige, der es hörte. »Nichts! Nichts!«

29

Er mußte irgendwie nach Brockley. Dafür brauchte er einen Wagen, weiter konnte er im Moment nicht denken. Was danach war, wenn er das Geld aus Johnnys Haus geholt hatte, wußte er nicht.

Ihm fehlte die Zeit, auf einen Bus zu warten, also winkte er ein Taxi heran, das ihn wieder nach Soho brachte. Er ging hinauf zu Christines Wohnung und klopfte. Keine Antwort, also brach er die Tür auf. Die Wohnung war leer. Er ging in das Schlafzimmer, überprüfte seine Pistole und setzte ein neues Magazin ein. Müde legte er sich aufs Bett. *Nur eine Minute,* dachte er, denn es war ungewiß, wann es ihm wieder möglich sein würde zu schlafen.

Als er plötzlich hochschreckte, war es dunkel. Er hatte verschlafen. Christine war noch nicht zurück, und der Wecker neben dem Bett zeigte halb acht. Er fühlte sich dreckig und unrasiert, aber für eine Dusche blieb ihm keine Zeit. Er brauchte schleunigst ein Auto, das bedeutete, er mußte eins klauen. Die Nacht brach an, und die Leute gingen nach Hause; ihm war klar, in der Gegend hier fiel er auf wie ein Riese unter Liliputanern, und was er nicht gebrauchen konnte, war ein Bulle, der ihn dabei beobachtete, wie er sich auf den falschen Fahrersitz schob.

Er ging die Wardour Street entlang, wo die Autos dicht hintereinander geparkt waren, aber keines war geeignet für seine Zwecke; sie hatten alle K- oder L-Nummernschilder, zu auffällig, zu gut gesichert, zu groß, zu funkelnagelneu. Schließlich fiel seine Wahl auf einen Peugeot, der gegenüber dem Prince an einer Parkuhr stand; ein sechs Jahre alter 205er Diesel, schwarz, dreckig, unauffällig, mit einer Beule am Heck. Der würde reichen, er mußte einfach. Er entschied sich, den Wagen nicht aufzubrechen, sondern kaufte sich ein Bier im Pub gegenüber und trank es am Eingang, während er auf den Wagenhalter wartete. Er wußte, daß der bald auftauchen würde, wenn er nicht riskieren wollte, daß sein Wagen abgeschleppt wurde. Es war jetzt halb neun, und obwohl es wieder zu regnen begonnen hatte, leerte sich die Straße nicht; faktisch leerte sich Soho nie. Er beobachtete die Leute. War der Fahrer erst einmal da, mußte alles schnell gehen; zu dumm, daß es inmitten der Passanten passieren mußte. Er hoffte nur, daß der Fahrer keine Frau war.

Er brauchte nicht lange zu warten. Ein introvertiert wirkender junger Mann mit Nickelbrille und einem Regenschirm blieb neben dem Peugeot stehen und kramte in seiner Tasche nach dem Schlüssel. Bevor er ihn gefunden hatte, war Gust über die Straße gelaufen und stand hinter ihm. Der junge Mann hielt den Schlüssel in der Hand und steckte ihn ins Schloß. Gust wartete, bis die Tür offen war, und sagte: »Ich will keinen Ton hören.« Instinktiv öffnete der Mann den Mund, um zu schreien. Gust schlug zu, zwar nicht sehr hart, dennoch sank ihm der Mann in die Arme, leichtgewichtig, als handele es sich bei ihm um einen Sack Federn. Gust schob ihn auf den Beifahrersitz. Er brauchte einen Moment, bis er das Auto gestartet hatte, aber das war nicht wichtig, niemand drehte sich nach ihnen um. Dann riß er den Wagen herum und bog um die Ecke in die Duck Lane ein, zog den jungen Mann aus dem Auto und setzte ihn hinter eine Reihe großer Müllcontainer. Allmählich kam der junge Mann zu sich, und Gust sagte: »Sie kommen schon wieder in Ordnung.« Der junge Mann fragte: »Was ist passiert? Ich wollte meine Freundin treffen.« Gust steckte ihm einen Zwanziger in die Tasche und sagte: »Tut mir leid, wenn Sie Kopfschmerzen bekommen, trinken Sie einen.« Dann fuhr er los.

Er dachte nicht mehr weiter darüber nach, sein einziger Gedanke war, nach Brockley zu gelangen. Er erinnerte sich an die alten Zeiten mit Johnny, an ihre Saufgelage bei Lee Green im Old Tiger; daran, wie sie völlig im Tran mit den Hunden im Park in Brockley Rise spazierengegangen waren. Ihm fiel die Nacht ein, als er, die Hundeleine um das Handgelenk gewickelt, mit einem der Hunde dort gewesen war. Er hatte sich hinuntergebeugt und dem Hund zugeflüstert, als dieser an der Leine zerrte: »Schau, am Horizont, siehst du den Fuchs?« Es funktionierte. Das Tier zog mit aller Kraft in Richtung des Schattens, der sich am Horizont in gut hundertachtzig Meter Entfernung von dem untergehenden Mond abzeichnete. Gust strauchelte, der Hund zog ihn durch den Morast, und Johnny rief ihm hinterher: »Laß ihn nicht los, der ist zehn Riesen wert!« Ein einziges Mal, für nur kurze Zeit, war er in seiner Welt, mit seinen Leuten glücklich gewesen, in dieser warmen, feuchten und intensiv duftenden Atmosphäre einer Sommernacht am Rande der Stadt.

Jetzt war Johnny tot, und obwohl er direkt vor seinen Augen umgebracht worden war, wollte Gust einfach nicht glauben, daß Johnny ihm nicht die Tür öffnen würde. »Sei nicht blöd«, murmelte er, »wer soll denn die Tür aufmachen? Ein Geist?«

Er drehte das Radio an und geriet in ein seltsames Hörspiel. Eine Frau sagte etwas, aber durch Empfangsstörungen kam es nicht an.

Eine Männerstimme erklärte: »Ich bin jetzt schon lange hier. Ich muß sehr lange allein sein.«

Gust stellte das Radio wieder ab und fuhr die Old Kent Road hinunter, als ihm klar wurde, wie naiv er gewesen war, zu glauben, er käme ungeschoren davon, er würde es irgendwie schaffen.

Rechts tauchte der vertraute Abzweig auf, und er fuhr weiter bis zum Ende des Parks. Er erreichte das Haus, hielt ein Stück weiter an und stieg aus. Zufällig stand der Mond im selben Abschnitt wie in der Nacht seiner Hochzeit, als er und seine Exfrau Cheryl hierhergekommen waren. Als er den Gehweg entlang zum Haus ging, erinnerte er sich, wie er ihr die Dessous abgestreift hatte, dann aber für den Rest der Nacht ihr Gelaber hatte ertragen müssen. Pläne. Darüber hatte sie unentwegt reden wollen, um dann zum Geld überzugehen. Wie wollte er Geld verdienen? Einen Job an Land ziehen. Und mehr Geld? Einen Job an Land ziehen. Aber ich meine auf lange Sicht. Zum Teufel, halt den Mund.

Er ging auf das Haus zu und dachte, *Wenn da jetzt jemand drin ist, dann hat er Pech gehabt.* Wie hieß noch mal Johnnys Tussi? Shirley. *Darauf kannst du wetten, die ist nicht mehr hier, die hat sich verpißt.* »Johnny«, flüsterte er, »wo auch immer du bist, gib mir Rückendeckung.«

Es brannte kein Licht, was nicht zwingend hieß, daß das Haus verlassen war. Er stand auf der Straße am Rande der

Dunkelheit, genau dort, wo der Lichtschein des Mondes endete, und rieb sich die schweißnassen Hände an den Jeans trocken. Dann zog er die Pistole aus der Tasche.

»Zwei, für die bezahlt werden muß«, flüsterte er ihr zu. »An die Arbeit.« Sollte niemand dort sein, würden sie noch kommen. »Wir werden auf sie warten.«

Sein Blick suchte den gegenüberliegenden Park ab. Es war sehr ruhig. Starr ragten Baumgruppen ins Dunkel, und hinter ihnen war Schluß mit London; es kam nur noch die M2-Straßenschlaufe, und dahinter verschwammen einzelne Inseln weißen und orangefarbenen Lichts, weit südlich gelegen, Richtung Swanley.

Lautlos nahm er die Stufen zum Haus; er bewegte sich dabei außerhalb des Mondlichts. Es waren acht Stufen, die er genau kannte. Er ging zum Eingang und horchte an der Tür; er glaubte, Bewegung im Haus wahrzunehmen, die nicht von den Zwingern herrührte, obwohl die Hunde ihn hören konnten und unruhig wurden.

Er hielt es für möglich, daß Hawley, Gates, Sladden, vielleicht sogar Spaulding drinnen waren. Er entfernte den lockeren Stein aus der Wand neben der Tür und fischte den Ersatzschlüssel aus der Höhlung. Selbst der Tod wäre nicht lautlos in dieser absoluten Stille, und er war sich sicher, im Hauptgebäude gedämpfte Geräusche zu hören. Er sagte sich, *Geh rein*, also drehte er den Schlüssel im Schloß. Sofort fingen die Hunde an zu winseln, und er blieb mit dem Rücken an der Innenseite der Tür stehen, atmete kaum, die Waffe in der Hand.

Ja, Shirley mußte schon lange fort sein. Er stellte sich vor, wie sie ihr Zeug packte, um schnell abhauen zu können, wie sie dabei alles an sich riß, was sie tragen konnte. Betrunken hatte er sie nicht ausstehen können, nüchtern wäre sie ihm nicht sympathischer. Nach seinem letzten Besuch bei Johnny hatte er sie als großmäuliges Stück Dreck abgehakt, gerade mal gut genug, um Johnnys Geld zu verschleudern.

Zuerst mußte er zu den Zwingern, mußte versuchen, die Hunde zu beruhigen. Er war kein Tierfreund, aber wenn er an die Sorgfalt dachte, mit der Johnny die Tiere umhegt hatte, berührte es ihn, als er aus der Dunkelheit des Durchgangs, der zu den Zwingern führte, trat und die Tür zu den Hunden öffnete. Sie waren in einem erbärmlichen Zustand, winselten vor Hunger, und kaum war er bei ihnen, stimmten sie einen nahezu tollwütigen Chorgesang aus Bellen und Jaulen an. Schmutzig, ungefüttert, die Flanken, dort, wo sie einander gebissen hatten, mit Exkrementen und Blut verschmiert, mit Rippen, die sich unter dem Fell abzeichneten, machten sie den Eindruck, als wäre die Summe flöten, mit der sie versichert waren. Sie waren nicht einmal mehr eine Police über zehn Pfund wert.

Als sie Gust sahen, stürzten sie sich auf ihn, vergruben die Schnauzen in seiner geöffneten Hand, schnüffelten, leckten ihn ab, als wäre er Futter für sie; aber der Zustand der Hunde war für Gust nur ein Symbol für den schändlichen Tod Johnnys, ein Teil davon, so wie die Kugel, die ihn getötet hatte.

Er setzte sich in ihre Mitte. Während sie sein Gesicht ableckten und ihn hungrig umkreisten, erzählte er ihnen: »Johnny ist ermordet worden, unsere Welt ist zum Teufel.«

Er wußte nicht, was er ihnen geben sollte, also gab er ihnen lediglich Wasser und warf das, was er an Futter in den Tonnen finden konnte, auf den Boden. Als ihr Hunger gestillt war, öffnete er die Tür ihres Zwingers und sagte: »Seht nach, ob da jemand ist, na los.«

Die Hunde liefen ins Haus, und er wandte sich wieder dem Zwinger zu. Es war nicht daran zu denken, Licht anzuschalten; da war nur der spärliche Schein, der von der Straße hereinfiel, und so mußte er sich in nahezu völliger Dunkelheit zurechtfinden; er hatte keine Taschenlampe.

»Das Geld ist also vor die Hunde gegangen, Johnny«, murmelte er. Das Geld brachte Unglück, er hatte es Johnny anvertraut, und Johnny hatte dafür mit seinem Leben bezahlt; für Gust war es beflecktes Geld. Aber es sollte auch niemand anders in die Finger kriegen; selbst mit Hawley im Rücken hatte Johnny sein Bestes gegeben, als er ihm die Nachricht übermittelt hatte, und Gust würde das Geld zurückbekommen.

Er kniete sich hin und entfernte das Stroh aus den Hundezwingern — nichts. Er zündete sein Feuerzeug, schützte die Flamme mit der Hand und suchte jeden Quadratmeter ab. Es war Zementboden, und in einer Ecke befand sich lediglich ein Abflußgitter, das zum Hauptrohr führte, und da war auch nichts darunter.

Er konzentrierte sich auf die Futtertonnen; es waren vier. Sie waren zu schwer, um sie ohne Hilfe lautlos umzuwerfen, also fing er an, sie auszuräumen, und warf den Inhalt auf den Boden. Die erste hatte er fast leergeräumt, als er die Hunde oben im Haus winseln hörte. Er lief durch den Gang und hinauf zum zweiten Stock. Die Hunde standen im Rudel, bellten, hatten sich auf ihren Hinterläufen aufgerichtet und kratzten an einer Tür im Flur. Er drängte sich an ihnen vorbei, stellte sich seitlich an die Tür und rüttelte an der Klinke, aber die Tür war verschlossen. Er zielte mit der Waffe auf die Tür und rief: »Ihr habt fünf Sekunden, die Tür zu öffnen, danach schieß ich sie auf.« Er zählte bis fünf, nichts geschah, also riskierte er den Krach und feuerte direkt aufs Schloß, dann trat er die Tür ein.

Es war das Gästezimmer. Anfänglich glaubte er, der Raum wäre leer, denn er hatte nur die Flamme seines Feuerzeugs, um ihn zu erhellen, aber die Hunde flitzten an ihm vorbei, um sogleich mit ihren Schnauzen an ein verschnürtes Bündel am

Boden zu stupsen, das halb hinter den zugezogenen Gardinen lag. Gust steckte die Pistole weg und zog sein Messer, schnitt die Kordeln und die Decke durch, die den Inhalt von oben bis unten einhüllte, und entdeckte Shirleys Gesicht, die Augen schreckgeweitet, im Mund einen Knebel aus Baumwollstoff. Er entfernte den Knebel, und sie fing an zu schreien, aber Gust preßte ihr die Hand auf den Mund.

»Ich tu dir nichts«, sagte er. »Du kennst mich, ich bin Johnnys Freund, beruhige dich.«

Sie erkannte ihn und nickte, und er nahm die Hand weg. Als sie sich aufrichtete, sah er, daß ihre Kleidung zerrissen war, ihre Beine nackt waren und sie keine Schuhe trug; man hatte ihr auch ins Gesicht geschlagen. »Himmel«, sagte sie und setzte sich auf, »ich dachte, es kommt gar keiner mehr.«

»Wer war's?«

»Zwei Männer.«

»Hast du sie gekannt?«

»Nein. Sie haben mich auf der Straße überfallen, in der Nacht, nachdem ihr beide, Johnny und du, weggegangen seid. Ich hatte es satt, zu warten, und bin zurück in die Disco.«

»Diese beiden Männer«, sagte Gust, »war einer von ihnen vielleicht groß, der andere klein, der Große im pinkfarbenen Anzug?«

Sie nickte. »Das waren sie.«

»Stuart und Dingo«, sagte Gust. »Die scheinen auf Frauen spezialisiert zu sein.«

Er wollte ihr gerade sagen, daß sie Glück hatte, noch am Leben zu sein, aber das wäre überflüssig gewesen, denn sie erzählte ihm: »Sie wollten mich umbringen, aber sie wurden unterbrochen. Jemand hat sie angerufen, der Dicke hatte ein Handy dabei.«

»Hast du was mitbekommen? Weißt du, wer sie angerufen hat?«

»Sie nannten ihn Hawley«, sagte sie. »Wo ist Johnny? Was ist mit ihm passiert?«

Er sah keinen Sinn darin, es ihr zu sagen. »Wann hast du ihn zuletzt gesehen?«

»Was weiß ich?« sagte sie. »Er ist noch mal zurückgekommen, sagte, daß er nur was abliefern will, und ist dann wieder verschwunden. Keine Ahnung, wann das war. Ich bin schon so lange hier, ich weiß nicht mal, welchen Tag wir heute haben.«

»Samstag.«

Sie rechnete langsam nach. »Dann war es am Dienstag.«

Das war der Tag, bevor Johnny starb, der Tag, an dem er Gust die Nachricht zuspielen ließ.

»Wo ist er?« fragte sie erneut. »Seid ihr zusammen weg, nachdem ich abgehauen bin? Was ist passiert?«

»Wir sind nur essen gegangen«, log er. »Mehr war nicht, zum Chinesen im West End. Danach haben wir uns getrennt. Er sagte, er müsse was erledigen.«

»Warum ist er nicht zurückgekommen? Warum hat er mich nicht angerufen?«

»Weiß ich nicht, er wird zu tun haben.«

»Er könnte wenigstens anrufen.«

»Vielleicht will er nicht, daß du in was verstrickt wirst.«

»Verstrickt?« sagte sie bitter. »Sieh mich an.« Sie hatte ihre Handtasche auf dem Fußboden gefunden und versuchte, im schwachen Schein, der durch das Fenster drang, ihr Gesicht im Taschenspiegel zu begutachten. »Ich steck doch schon drin.« Sie rieb sich die Handgelenke. »Und was ist mit dir? Was hattest du mit ihm zu tun?«

»Sag ich dir doch, wir waren nur essen.«

»Ich glaube nicht, daß das alles war. Warum sind alle Männer, die ich kenne, Lügner? Worüber habt ihr neulich geredet?«

»Ich wollte, daß er für mich auf was aufpaßt.«

»Geld?«

»Vielleicht, wieso fragst du?«

»Wenn es Geld war, das haben sie mitgenommen«, sagte sie. »Einige tausend Pfund in Fünfzigern, es steckte in einem Loch unter einer der Futtertonnen; ich war dabei, als sie es gefunden haben. Sie haben mich gezwungen, ihnen das ganze Haus zu zeigen, deshalb wollten sie mich auch umbringen; der Dicke sagte, keine Zeugen. Sie haben alles auf den Kopf gestellt, alles kaputtgeschlagen. Jetzt bist du hier, und ich schätze, Johnny kommt auch irgendwann wieder.«

»Sicher wird er das.«

»Du glaubst nicht wirklich dran, oder? Ich spüre das. Er hat mich verlassen.«

»Natürlich nicht. Warum sollte er?«

»Manchmal war ich nicht fair zu ihm«, sagte sie, »und dann ist er abgehauen und tagelang weg gewesen, das ist nichts Neues. Aber diesmal ist es irgendwie anders, ich weiß nicht. Jedenfalls tut es mir leid, wenn es dein Geld gewesen ist.«

»Ich bekomme es wieder.«

»Wohl kaum. Das sind harte Burschen.«

»Nicht für eine Kugel. Für eine Kugel sind sie wie Tomatenmark.«

»Ich sterbe vor Hunger. Soll ich uns was machen? Da ist noch etwas im Tiefkühlfach.«

Er schüttelte den Kopf. »Ich habe keine Zeit.«

»Warum so eilig?«

Er wollte ihr nicht erklären, daß sie jeden Augenblick Besuch bekommen konnten. »Ich habe zu tun. Und du kannst hier nicht einfach so allein bleiben.«

»Ich komm schon klar. Ich weiß sowieso nicht, wo ich hin soll.« Die Hunde umringten sie, leckten sie ab. »Wollen wir hoffen, daß der Blitz nicht zweimal an derselben Stelle einschlägt.« Wie sehr sie sich doch täuschte. Er wartete auf sie, während sie im Bad war. Begleitet vom Licht des Mondes, das jetzt zunehmend fahler wurde, gingen sie dann die Treppe hinunter. »Komm, hilf mir, die Hunde einzusperren«, sagte sie, als handele es sich um einen ganz gewöhnlichen Abend.

Später konnte er nicht mehr nachvollziehen, warum sie sich überhaupt die Mühe gemacht hatte, ihn bis zur Haustür zu begleiten. Sie hätte sich ebensogut oben an der Treppe von ihm verabschieden können, um dann ins Bett zu gehen, und wenn es dann unten lebhaft geworden wäre, wäre sie zumindest in Sicherheit gewesen. Wahrscheinlich war sie aus reiner Gewohnheit mit ihm hinunter zur Tür gegangen.

Gust hatte mehr Glück. Aus keinem anderen Grund, nur weil die Tür offen stand, warf er einen Blick in den Raum im Erdgeschoß. Es war das Zimmer, in dem Johnny und er zusammengesessen hatten, bevor sie sich Manny vorknöpften. So war er von der Haustür aus gesehen außerhalb des Blickfeldes, als Shirley die Tür öffnete und die Kugel sie mitten ins Herz traf. Die Wucht des Treffers schleuderte sie in die Diele zurück, aber sie war schon tot, als ihr Kopf in Höhe der untersten Stufe gegen die Wand prallte.

Ein Teil seines Bewußtseins wollte nicht wahrhaben, was er sah, der Rest jedoch hatte keine Probleme damit. Die Waffe in der Hand, ging er weiter zurück in das durch geschlossene Vorhänge abgedunkelte Wohnzimmer, um die offene Haustür in die Schußlinie zu bekommen. Er war zwar jetzt in Sicherheit, stand aber auch im toten Winkel zur Tür. Er hielt den Atem an und hoffte, er würde das hier hinter sich bringen können, bevor die Nachbarn in Aufruhr geraten würden; jeder in unmittelbarer Nähe mußte den Schuß gehört haben, und sicher gingen in den umstehenden Häusern schon die Lichter an.

Draußen hörte er Stimmen. »Du Fotze!«

»Ich hab gedacht, er wär's«, sagte Dingo, »und ich wollte in seinem Fall nichts riskieren. OK, dann war's eben die Puppe. Mußte sowieso verschwinden. Du hast gesagt, keine Zeugen.«

»Du verdammter Psychopath!«

»Gust ist da drin«, sagte Dingo, »ich habe seine Stimme gehört. Wie ich gesagt habe, es lohnt sich, für einen zweiten Versuch zurückzukommen. Jedenfalls fühle ich mich nicht sicher, solange der noch rumhängt.«

Obwohl er sich darauf konzentrierte, sie zu attakieren, fühlte Gust, daß die Zeit gekommen war, Bilanz zu ziehen, daß es Zeit war, die Rechnung aufzumachen, deren Summe ihm bewies, daß es für ihn keine Hoffnung mehr gab. Er war der Berufsspieler, der das Spielen satt hatte. Gewinnen oder verlieren, die Zukunft würde nichts ändern, und so war es egal, ob sie Sieg oder Niederlage brachte; dieses eine Spiel wollte er noch beenden und dann den Tisch verlassen. Das also besagte die Redewendung: Ende der Fahnenstange. Ihm wurde klar, daß das Leben im Nebel Kälte bedeutet, selbst wenn es sich um roten Nebel handelt.

Nichts von alledem beeinflußte jedoch sein Handeln. Er mußte pinkeln, also bewegte er sich lautlos im toten Winkel zur Tür und pißte hinaus, so daß der Strahl alles war, was die beiden Männer sehen konnten. Er hörte es gegen ein paar Schuhe spritzen, und der Mann in Pink fluchte: »Gust! Du dreckiger Bastard!«

»Kommt doch rein«, rief Gust. »Ihr seid zu auffällig.«

»Komm raus!«

»Streiten ist sinnlos«, erwiderte Gust. »Ihr könnt mich nicht töten, wenn ihr mich nicht sehen könnt.«

»Fick dich ins Knie«, sagte der Mann in Pink.

»Glänzender Einfall«, gab Gust zurück. Er ging wieder ins Wohnzimmer und schlug mit seiner Pistole eine Fensterscheibe ein. Er hörte die beiden die Außenmauer entlangstampfen, während das Glas zersplitterte; sie liefen, um nachzusehen, was passiert war. Gust hastete zurück zur Haustür. Dort angekommem, beugte er sich um die Ecke und schoß Stuart in den Hinterkopf, gerade als der vom Loch in der Fensterscheibe zurücktrat. Der Kopf zerplatzte und erzeugte einen Sprühregen schleimiger, grauer und rosafarbener Partikel. Dingo stand direkt hinter Mr. Pink, aber er war schon aus dem Rennen.

Gust nahm ihm die Pistole ab. »Ab mit dir ins Haus. Beweg dich. Ich will dich lebendig.«

»Du legst mich nicht um?«

»Falsch«, sagte Gust. »Aber es reicht, wenn du noch dreißig Sekunden lebst.« Er drängte Dingo ins Haus und schloß die Tür.

»Können wir das nicht klären?«

»Versuch's mit Beten«, erwiderte Gust. »Der Pfarrer in Parkhurst hat mal gesagt, es soll Wunder bewirken.«

Dingo lief Speichel aus dem Mund und blieb an seinem Kinn hängen wie ein Yo-Yo am Ende der Schnur. Ohne Mr. Pink wirkte er noch dünner als in jener Nacht, als sie ihn in den Jaguar gestoßen hatten, und ein dunkler Fleck zeichnete sich im Schritt seiner Hose ab. Er ließ vor Angst einen feuchten Furz, und dünnflüssige Scheiße schoß hinterher. »Gates und Hawley wissen, daß wir hier sind«, kreischte er. »Sie parken in der Parallelstraße, wenn ich sie nicht anrufe, wissen sie Bescheid!«

»Wen zum Teufel kümmert das«, sagte Gust. Er drängte Dingo neben Shirleys Leiche an die Wand, zog ihm eins über den Schädel und sah zu, wie er auf die Leiche fiel. »Hätte nie geglaubt, daß du mir mal so gelegen kommen würdest.«

Er ging hinaus und fand sein Geld in Mr. Pinks Jackett. Dann ging er wieder hinein, drückte Dingo die Pistole in die Hand, um sie danach über den Fußboden zu kicken. »Laß dir was einfallen, wie du da rauskommen willst, wenn du vor Gericht stehst«, sagte er.

Er rannte zum Auto und fuhr aus der Straße, als die erste Wagenladung Bullen hinter ihm um die Ecke bog. Im Rückspiegel sah er, wie Nachbarn in Schlafanzügen vorsichtig aus ihren Haustüren kamen.

30

Gust fuhr auf der M2 Richtung Küste. War er erst in Folkestone, konnte er die Fähre nehmen. Er kannte Leute in den Docks, Exsträflinge, Mitglieder der Crew, die ihn gegen Bezahlung an Bord bringen und als einen von ihnen ausgeben würden. Es gab immer eine Möglichkeit. Er wollte alles aus dem kleinen Motor herausholen, am liebsten hätte er das Gaspedal durch den Bodenbelag gedrückt, aber es hatte keinen Sinn, eine Filmszene nachzustellen; ein Strafzettel war das letzte, was er wollte.

Die Autobahn dehnte sich vor ihm aus, und im Hintergrund versank London allmählich in einer orangefarbenen Glut. Er hatte das Geld, auch das Geld von Gates, er spürte es an seinem Oberschenkel, durch die Tasche seiner Hose; dieses ganze Geld, das ihm nichts Gutes eingebracht hatte. Es war Viertel vor zwei am Morgen, und abgesehen von der Reihe Vierzigtonner, die sich mit mäßigem Tempo Richtung Hafen bewegte, herrschte wenig Verkehr.

Als er die Abfahrt nach Swanley hinter sich gelassen hatte und sah, daß die beiden Scheinwerferpaare, die ihm schon eine Weile folgten, noch immer an ihm klebten, beschleunigte er sein Tempo auf 90 Meilen und hielt es. Aber er fuhr nur einen 205er, während der Wagen direkt hinter ihm ein Jaguar war, sehr wahrscheinlich der Jaguar, in den ihn Mr. Pink gezwungen hatte. Und der Wagen dahinter war ein Mercedes, und beide hätten den Peugeot mühelos überholen können.

Er fuhr an einer langen Reihe Laster vorbei, sechs, sieben, acht direkt hintereinander, und blieb auf der Mittelspur. Straßenarbeiten wurden angekündigt, und die Fahrbahn verengte sich auf eine Spur. Das würde sie alle aufhalten. Außerdem ermahnte ein Verkehrsschild zum Einordnen.

Die Bauarbeiten sollten nicht mehr zum Problem werden, denn bevor er dort ankam, wechselte der Jaguar auf die Überholspur. Gust erkannte Hawley auf dem Beifahrersitz und George am Steuer. Als der Jaguar auf gleicher Höhe mit ihm war, ließ Hawley sein Fenster herunter und zielte mit einer Pistole auf Gust; bevor er abdrücken konnte, trat Gust auf die Bremsen, der zweite Wagen mußte ausweichen und fuhr dabei fast gegen die Leitplanke, um nicht von hinten den Jaguar zu rammen. Gust nahm noch wahr, daß Hawley versuchte, einen zweiten Schuß auf ihn abzugeben. Er konnte nicht zielen, feuerte dennoch, und einer der Vorderreifen des Peugeots platzte. Obwohl er den Fuß auf dem Bremspedal hatte, verlor Gust die Kontrolle über den Wagen und sah die Leitplanke auf sich zu rasen. Kaum hatte er sie gesehen, war er auch schon durch und fuhr einen steilen Abhang hinab auf eine Hecke zu, in die sich das Auto grub und verreckte.

Er sprang aus dem Wagen und lief los. Im Laufen wischte er sich Blut aus dem Gesicht, das aus der Wunde rann, die er sich beim Aufprall auf das Lenkrad zugezogen hatte.

Sie konnten ihm nur zu Fuß folgen, denn kein Fahrer mit klarem Verstand würde diesen Abhang hinabfahren, also hatte er einen Vorsprung.

Aber wohin? Er rannte durch ein gefurchtes Feld. In der nur von Sternen erhellten Dunkelheit, die auf geheimnisvolle Weise durch eine Reihe Lichter in der Ferne noch intensiviert wurde, spürte er, daß es schier unendlich war. Nicht mal eine

Hecke weit und breit. Nur ein einziges Objekt war dunkler als die Nacht vor ihm, ein Hochspannungsmast, der in den Himmel ragte. Er blickte hoch und sah die Leitungen über sich. Mit feuchter Erde an den Füßen, die wie ein Bremsklotz wirkte, erreichte er den Hochspannungsmast und blieb stehen, um zu lauschen. In einiger Entfernung hörte er Stimmen. Er hatte noch seine Waffe, aber er würde sie nicht brauchen. Eine Waffe zu haben war jetzt sinnlos geworden.

Er schaute den Hochspannungsmast hinauf. Er war eingezäunt, aber das bedeutete kein Hindernis für sein Vorhaben. Es war eine leichte Entscheidung, denn es gab keine Alternative. Er konnte nicht ewig weiterrennen, also begann er hochzuklettern.

Als er zur Hälfte oben war und seine Augen sich an die Dunkelheit gewöhnt hatten, hielt er inne und sah zurück zur Autobahn. Er setzte sich auf eine Verstrebung in ungefähr zwanzig Meter Höhe, und von da aus war es ihm möglich, die Hecke, das Wrack des Peugeots und einen Großteil des Weges zum Abhang zu überblicken. Er konnte noch immer die Stimmen in der Stille ausmachen, aber als er sich bemühte herauszufinden, wie nah Hawley und Gates schon waren, wurde er durch hektisches Blaulicht oben auf der Autobahn abgelenkt, und er hörte das letzte Aufheulen einer Polizeisirene, bevor sie auf der Standspur erstarb.

Gust lachte. Und er lachte, bis er ganz oben angekommen war.

31

Inzwischen war es hell geworden, und er saß schon ewig auf dem Hochspannungsmast.

Er dachte zurück an die Zeit, als er elf war und mit seiner Mutter in Welling lebte, nachdem sein Vater bei einem Gefängnisaufstand ums Leben gekommen war. Sie wohnten in einer Straße mit zweihundert Häusern, die alle gleich aussahen, jedes mit einem Garten dahinter. Janey Smith, die geschiedene Nachbarin der Gusts, eine dicke Frau, die immer sang und Scherze machte, brachte sich dort eines Morgens im Juni um. Als er ihre Leiche von der Mauer aus sah, die ihre Gärten voneinander trennte, war der Tag gekommen, an dem er begriff, daß es immer die falschen Leute traf.

Die Leiche lag nicht auf dem Rasen, sondern wurde von einem straffen Seil in einem Winkel von 45° gehalten, wie die Figur am Galion eines Schiffes; die Füße zeigten einwärts und berührten das Gras, das Gesicht war abgewandt.

Unter Besitzlosen gibt es eine Übereinstimmung, von der kein pferdegesichtiger Angehöriger der Königsfamilie jemals etwas wissen wird. Kein Winken aus einer Limousine flößt auch nur annähernd soviel Ehrfurcht ein wie ein menschliches Wesen, das in seinem Garten unter einem Apfelbaum stirbt. Keine Musik der Welt, egal, von welchem begnadeten Virtuosen in welchem gewaltigen Dom auch immer gespielt, vermag diesen Schmerz und dieses Gefühl von Einsamkeit auszudrücken.

Die Zaungäste, unter ihnen auch Gust, konnten die Erleichterung in den Gesichtszügen der Toten lesen, als die Polizisten und die Leute vom Rettungsdienst sie abschnitten. Das Gesicht, verzerrt durch den Schock, als das Seil ihren Fall abrupt beendet hatte, war in der Frische des Morgens bleich geworden. Der Tod war kein Künstler gewesen. Sie war mit umgekrempelten Strümpfen gestorben, bekleidet mit der Schürze, die sie bei der Hausarbeit trug.

Was hatte ihr den Rest gegeben?

Obwohl erst elf, wußte Gust, daß sie nicht zu den Frauen hätte gehören sollen, die kinderlos, geschieden und allein waren. Aber bis zu dem Zeitpunkt, als er sie unter dem grünen Blattwerk fand, hatte sie die ganze Nacht am Ende des Seils gehangen, bewegungslos über dem Gras geschwebt, in ihrer aussichtslosen Einsamkeit, die so unermeßlich war, daß am Ende nichts mehr zählte.

Als sie weg war, nachdem die Leute vom Rettungsdienst sie fortgeschafft hatten, aus dem weißblühenden Unkraut und aus dieser Welt, den Hals völlig starr, begann jeder, selbst Gust, innerlich für sie zu beten. Vorher hätten sie es nicht vermocht, genausowenig wie sie ihr hätten helfen können, als sie noch am Leben war, denn sie hatte ihnen keine Gelegenheit dazu gegeben. Jeden Versuch der Nachbarn hatte sie fröhlich abgewehrt. Und zu Lebzeiten hätte kaum ein schwarzer Anzug vom Bügel geholt oder die besten Schuhe poliert werden können, keine Erinnerung wäre hervorgekramt und keine Tränen vergossen worden.

Als sie ihren großen Schritt in den Garten gemacht, das Seil am Ast festgebunden hatte und von der Kiste gesprungen war, konnte das »Herr, sei mit mir« aus der Kirchenorgel dröhnen. Die Gebete wurden von einem stellvertretenden Priester, der unter chronischen Niesanfällen litt, angestimmt. Er wischte sich die Nase mit dem Ärmel seines Chorhemdes, krächzte sich durch die gesamte Zeremonie und kannte niemanden aus der Straße. Aber zumindest war ihm bewußt, daß sich die gesamte Straße in Trauer versammelt hatte und keinem der Sinn nach Moralpredigten stand, und so gestaltete er die Trauerfeier so angemessen wie möglich.

Abgesehen davon hatte er kein Problem daraus gemacht, eine Selbstmörderin zu beerdigen.

So wurde sie durchaus mit Respekt unter die Erde gebracht, und das war genug.

Mit niemandem, nicht einmal mit Petal, hatte Gust jemals darüber sprechen können, wie es gewesen war, als er Janey so am Seil hängend gefunden hatte, die mit Hausschuhen bekleideten Füße nach innen gedreht, um sechs Uhr früh an diesem sonnigen Morgen. Es hatte seinen Sommer zerstört und auch andere Dinge in ihm abgetötet. Nach der Kirche hatte sein Stiefvater ihn mit zu Gunners um die Ecke genommen, und er hatte ein kleines Helles getrunken, sehr langsam, und er sah sie vor sich in ihrem karierten Rock, und er erinnerte sich, daß in dem Moment, als er sie gefunden hatte, ein Kuckuck in dem Apfelbaum gerufen hatte, an dem sie gestorben war.

Kurz nach ihrem Tod begann auch der Ärger für Gust. Es gab Streit zu Hause, und sein Stiefvater zog fort. Man nahm Gust seiner Mutter weg, und er kam zu seiner Großmutter, die selbst genug Probleme hatte. Aber während er heranwuchs, erklärte sie ihm alles, was sie vom Leben wußte, und das war eine ganze Menge. Das hatte er nie vergessen, und er versuchte, es am Ende ihres Lebens wiedergutzumachen.

In den Monaten nach dem Selbstmord gab es in einem Haus nach dem anderen Ärger, bis schließlich in allen Häusern auf ihrer Straßenseite nichts mehr so war wie vordem. Er versuchte nie, es zu erklären, da er keine Worte fand dafür, aber eins wußte er sicher, das erste Gesicht, das er ganz und gar verstanden hatte, war das Gesicht seiner toten Nachbarin gewesen. Machmal, im Traum, näherte er sich ihr unbeholfen zwischen den Blumen unter dem Baum, er hörte die Vögel singen und stand einfach nur da, um dann erschrocken aufzuwachen. Das Seil hatte denselben Seemannsknoten, den sie auch benutzte, wenn sie ihre schmutzige Wäsche in ein Laken bündelte. Er berührte sie zaghaft, wollte den Knoten lösen, als ob sie das wieder lebendig machen würde, aber sie war so kalt, daß sie ihm Angst einflößte, und das Seil hatte sich zu tief in ihren Nacken gegraben. Er ging auf die andere Seite, um ihr ins Gesicht zu sehen, denn das wollte er auch berühren, aber er konnte es nicht, es hatte sich zu sehr verändert.

Jedenfalls hatte er es nie erwähnt, nicht einmal im Gefängnis, wo die Zeit so langsam verstreicht, daß die Gefangenen einander alles erzählen, nur um sie sich zu vertreiben. Aber er hatte es auch nie gänzlich aus dem Gedächtnis verloren, und jetzt war es wieder da.

Er war zurück in der Gegenwart. »Wenn du fertig bist«, sagte er laut, »greif nach dem Kabel, in einem Zug, ohne zu zögern. Du verdirbst sonst alles, und das könnte fatale Folgen haben.« (Das ist das einzige Leben, das wir jemals hatten oder haben werden.) So kurz davor, erkannte er, daß es viel schwieriger war, als er sich vorgestellt hatte. Es würde schlimmer sein, als hingerichtet zu werden, da es ihm niemand abnahm, die richtige Position zu finden. Er näherte sich dem Verteiler, der ihn umbringen würde, wenn er ihn nur berührte. Als er hinunterblickte, sah er eine Gruppe von Leuten am Fuße des Hochspannungsmasts, die zu ihm hinaufsah und ihm etwas zurief.

Er wußte nicht einmal, warum er so lange gewartet hatte, er wußte nur, daß etwas in ihm sich dagegen sträubte. Obwohl ihm klar war, daß er keine Alternative hatte, klammerte sich etwas in ihm an das, was nur noch der Schatten eines Daseins war. Er wehrte sich dagegen: *Ich kann darüber nachdenken, soviel ich will, aber je länger ich lebe, desto länger werde ich von bösen Träumen verfolgt werden.*

An einem Punkt überkam ihn sogar der Übermut, und er schrie und winkte den Leuten unten zu: »Hey! Sogar ein Herzog kriegt mal Durchfall, versteht ihr. Wir müssen alle irgendwann mal gehen, Freunde!« Er bezweifelte, daß sie ihn hören konnten, aber welche Rolle spielte das?

Es war lächerlich. Er selbst hatte sich in diese absurde Lage gebracht, seinem Leben ein Ende zu setzen, das einzige, das er jemals gehabt hatte. Unvermeidlich oder nicht, idiotisch war die Lösung allemal. Es war nicht real, aber so war alles andere auch, und schließlich war auch Petal nicht mehr am Leben. Es war besser, als wieder zurück ins Gefängnis zu gehen; im Gefängnis wäre er wehrlos. Hawley, Sladden, Gates oder jemand in ihrem Auftrag könnten ihn ausschalten, es hing nur davon ab, wer ihn zuerst erwischte.

Vor wenigen Tagen, erinnerte er sich, hatte er bei Petal im Radio gehört (war das wirklich erst ein paar Tage her?), daß jährlich sechshunderttausend Menschen in Großbritannien starben. Er fragte sich, ob diese Menschen, ob Petal dieselben Gefühle und Gedanken gehabt hatten wie er, als sie an der Reihe waren. Diese Überlegung war ihm ein gewisser Trost.

Er bewegte sich auf das Kabel zu und balancierte in ungefähr sechzig Meter Höhe über der Polizei und der Feuerwehr, den Tod in unmittelbarer Nähe. Er starrte über das Feld bis hinüber zur Autobahn. Die Sonne schien, hell und kalt. In der Ferne glitzerte und flirrte der Verkehr unter einer blauen Abgaswolke.

Er dachte, *Es ist merkwürdig, ich bin kein gewöhnlicher Selbstmörder, wenn es so etwas überhaupt gibt; ich tue es nicht, um auf mich aufmerksam zu machen. Ich tue es, weil mir nichts anderes mehr übrig bleibt.*

Die Leute dort unten, der strahlende Himmel, die Felder, die Hochspannungskabel neben ihm, die Stahlkonstruktion, auf der er sich bewegte, nichts schien real zu sein. Er fühlte die trügerische Erleichterung eines Bankrotteurs, der, weil jetzt alles ein Ende hatte, befreit war von seinen Ängsten. Er war schon tot, er lag unten auf dem Feld, bevor er überhaupt dort aufgekommen war. Die Wirklichkeit war bereits Vergangenheit, und ihm war, als hätte sich das Tageslicht verdunkelt.

»Vielleicht wär's mit einer Flasche Scotch leichter«, sagte er und grinste. Er blickte hinauf in den Himmel. Wolken waren aufgezogen, und der Wind blies scharf, aber die Sonne schien noch immer. Es war ein strahlender Nachmittag im November. Es sah aus, als hätte jemand das gesamte Universum so lange mit einem Sandstrahlgerät bearbeitet, bis es glänzte wie neu erschaffen. Der Wind zerrte an seiner Jacke, und die Jeans flatterten ihm um die Beine. Die Leute unten blinzelten in die Sonne, schützten ihre Augen mit den Händen, starrten hoch zu ihm, außer Sladden, der mit laufender Kamera dastand.

Die Linse der Kamera, die auf ihn gerichtet war, reflektierte das Sonnenlicht, und Gust nahm sie ebenfalls ins Visier. Er malte sich aus, was wohl passiert wäre, wenn Sladden ihn eingeholt oder Hawley ihn in der Hecke angeschossen hätte, dort hinten an der Autobahn, und er nicht gestorben wäre. Der Lauf der Dinge wäre vorgezeichnet gewesen. Hätte er erst mal im Krankenhaus gelegen — vorausgesetzt, er hätte überlebt —, wäre früher oder später Sladden aufgetaucht.

»Ich möchte deine Aussage hören.«

»Ich habe nichts zu sagen.«

»Du solltest sprechen, solange es noch geht, du bist schwer verletzt.«

»Eigentlich sollte es mir noch mieser gehen, oder?«

»Mach deine Aussage. Du bist fit genug, sagen die Ärzte. Ich hab schon mal einen Bericht vorbereitet, nur ein paar Fragen.«

»Und was passiert, wenn ich die beantworte?«

»Du kannst einen anderen Namen annehmen, das Land verlassen, was du willst. Vielleicht Australien. Australien ist gut.«

»Da runter?« hätte er geantwortet. »Du meinst wohl einmeterachtzig unter die Erde. Du hast gehofft, Hawley, Gates, Dingo und Stuart würden mich fertigmachen, aber es hat nicht geklappt, also mußt du es selbst tun. Ich würde keine Meile weit kommen, wenn ich das Krankenhaus verlasse, ich könnte ja zu irgendeinem Revolverblatt rennen. Keiner aus euerm Haufen könnte auch nur eine Nacht ruhig schlafen, solange ich lebe.«

»Du spinnst. Du hast dein Versprechen gehalten, wir halten unseres.«

»Ich glaube dir kein Wort, du an meiner Stelle würdest es auch nicht tun.«

»Wir wollen bloß eine Aussage.«

»Und sobald du die hast, bin ich erledigt. Ich bin müde, verpiß dich, wir haben nichts mehr miteinander zu verhandeln.«

»Mit einem Typen wie dir gibt's immer was zu verhandeln.«

»Nein. Wenn du wieder mal einen Toten siehst, schau ihn dir gründlich an, Sladden. Die sehen alle gleich aus, die interessieren sich nicht mehr für irgendwelche Verhandlungen, die sehen nur noch so aus, als würden sie einem ins Gesicht furzen.«

»Du wirst mit uns zusammenarbeiten müssen. Wenn nicht, dann landest du wieder im Knast.«

»Niemals.«

»Wirst du aber, wenn du nicht mitspielst, und zwar so lange, bis wir fertig mit dir sind; und wenn du denkst, hier draußen bist du in Gefahr — das ist nichts im Vergleich zu dem, was dich drinnen erwartet.«

»Das weiß ich.«

»Dann wirst du uns wohl vertrauen müssen.«

Er hätte keine Aussichten gehabt, das Spiel zu gewinnen, und nach der Niederlage hätte er sich mit dem Gesicht zur Wand gedreht und angefangen zu lachen, in Gedanken hätte er noch einmal die Jahre mit Petal durchlebt, sich mit Johnny und dem Iren unterhalten und mit dem Kopf gegen das Bett geschlagen, sich bepißt vor Lachen über alte Witze und wilde Zeiten, und er hätte es so lange getan, bis jemand gekommen wäre, um ihn mit einer Spritze ruhigzustellen.

Aber hier oben war er einem Schlaf nahe, den kein Sladden dieser Welt mehr stören konnte.

Hier oben auf dem Hochspannungsmast war alles besser, sauberer. Es war sein Leben, bis er es verlor. Er wollte keinen Ärger mehr mit Sladden, und er war bereit zu zahlen. Er beugte sich nach vorn und schrie: »Sladden, kannst du mich hören? Warum kommst du nicht hoch und leistest mir auf dem Hochspannungsmast Gesellschaft?«

Der Wind war so stark, daß ihn unten niemand verstehen konnte. Er drehte ihnen den Rücken zu, hielt sich die eiskalten Hände vor den Mund und lachte. »Die denken alle nur an ihre Hypotheken«, sagte er. »Nicht zu fassen. Wenn ich's nicht mit meinen eigenen Augen sehen würde, ich würde es nicht glauben. Selbst in dem Zustand, in dem wir jetzt sind, sind Petal und ich einander zehntausendmal mehr wert als die.«

Inzwischen hatten sich noch mehr Leute um den Hochspannungsmast versammelt. Draper und Ricky waren eingetroffen. Sie hatten sich mit einem Geländewagen über den Acker gequält. Draper rief durch ein Megaphon: »In Ordnung, Gust, das reicht, kommen Sie herunter!«

»Er wird's nicht tun«, sagte Sladden. »Das sagt mir mein Zocker-Verstand.«

»Ist die Presse hier?«

»Zum Glück nicht. Obwohl, die würden kaum hochklettern für ein Interview.«

»Was für eine Scheiße.«

»Nicht, wenn er springt. Aber wenn er's nicht tut.«

»Warum stellen wir nicht einfach den Strom ab und holen ihn runter?« fragte ein eifriger, junger Polizist.

»Und drehen einer Viertelmillion Kunden den Strom ab, ja?« erwiderte Draper. »Wie heißt du, Kleiner? Erinner mich dran, daß ich dir bei Gelegenheit die Leitung eines Himmelfahrtskommandos übertrage, du hast offensichtlich keine Ahnung, was es bedeutet, die Eier zu verlieren.« Gust rief er zu: »Es reicht jetzt, kommen Sie runter, hören Sie auf, hier verrückt zu spielen!«

»Keine Chance«, sagte Sladden und starrte durch den Sucher. »Er steht da oben und lacht uns aus. Er verarscht uns.« Wenn der Wind günstig stand, konnten sie Gust sogar lachen hören.

»Er braucht nur den Verteiler zu berühren«, murmelte ein Feuerwehrmann, »und zack!«

»Wir müssen wenigstens den Anschein erwecken, als wollten wir ihn lebend da runter holen«, sagte Draper.

»Kein Grund, hektisch zu werden«, sagte Sladden.

Draper wandte sich an den Einsatzleiter der Feuerwehr: »Können Sie nicht Ihre hohe Leiter ausfahren?«

»Die Leitern stehen bereit«, sagte der Feuerwehrmann, »aber bis wir die ausgefahren haben, hat er uns in der entgegengesetzten Richtung überholt. Wenn er uns kommen sieht, heizt ihn das erst recht an. Habe ich alles schon erlebt.«

»Er hat keine andere Wahl«, sagte Ricky.

»Das muntert mich auf, wirklich«, sagte Draper. »Ich weiß manchmal nicht, was ich ohne dich täte, so wie du mich aufmunterst.«

»Dir geht's doch nicht um Gust«, sagte Ricky, »dir geht's nur darum, daß in diesem Fall keine Scheiße gebaut wird.«

»Komm morgen in mein Büro«, sagte Draper.

»Ich habe zwei weitere Notrufe erhalten«, sagte der Einsatzleiter. »Wir können hier nicht ewig bleiben.«

»Das ist mir klar«, sagte Draper. »Aber das hier hat Priorität. Wir haben an diesen Wahnsinnigen noch einige Fragen, aber die können wir nur stellen, wenn er in einem Stück runterkommt.« Er sah auf die Uhr. »Okay, noch fünf Minuten, und dann gehen Sie hoch. Egal, was passiert.«

Gust rief ihnen etwas zu, aber da der Wind gedreht hatte, konnten sie es nicht verstehen.

»Spannen Sie das Netz auf«, sagte der Einsatzleiter der Polizei zu seinen Leuten. »Das bringt nicht viel«, sagte er zu Draper, »aus der Höhe wird er direkt durchrauschen.«

»Nach diesem Einsatz quittiere ich den Dienst«, sagte ein Constable, der eine Ecke des Netzes hielt.

Gust gab es auf, ihnen etwas zuzurufen. Er hätte ohnehin niemandem begreiflich machen können, was er dachte, selbst wenn sie ihn gehört hätten. Der Wind war zu stark, er steigerte sich zu einem Tosen, und es wurde dunkel. »Man braucht verdammt lange, bis man erkennt, daß es keinen Sinn hat, in die Dunkelheit zu schreien«, sagte er. »Erst in der allerletzten Sekunde bekommt man eine Antwort, wenn überhaupt.«

Er wünschte, er hätte das schon viel früher gewußt, obwohl das jetzt nichts mehr änderte. Es ging ihm jetzt wie den Alten — wie seine Großmutter —, von denen die Menschen in ihrer Umgebung, sofern es welche gab, nur noch hofften, daß sie sich mit dem Sterben beeilten. Man war nicht erpicht darauf, die gemurmelten Weisheiten eines Lebens kurz vor dessen Ende zu hören, und es kam nicht mehr oft vor, daß der letzte Eindruck, den der Sterbende mitnahm aus dieser Welt, der eines mitfühlenden Gesichts war. Der Tod entfremdet den Sterbenden von denjenigen, die es nicht ertragen können, daran zu denken, daß sie selbst sterblich sind; und so beläuft sich am Ende das Wissen darum nur auf eine Handvoll Erde, von Leuten auf den Sarg geworfen, die ängstlich darum bedacht sind, dem Regen zu entkommen, der es sich in London zur Gewohnheit gemacht hat, auf jüngst Verstorbene zu fallen.

In dieser Höhe, mit genügend Strom, um die Londoner U-Bahn betreiben zu können, ordnete Gust die Dinge für sich so, wie er sie sah. Am Ende angekommen, empfand er nur Trauer bei dem Gedanken, daß seine Freunde allein aus dem Grund sterben mußten, weil sie ihm geholfen haben.

Johnny.

Petal, die unter einem Hagel von Schlägen starb.

Zum Abschied hätte er ihnen sagen können: *Ewigkeit? Die gibt es nicht. Was wir durchgemacht haben, das war es schon. Was niemals war, ist nicht gewesen und wird nie sein. Und was man uns verheißen hat, war schon immer unmöglich.*

Das fanden sie später in seiner Tasche, auf die Rückseite einer Speisekarte gekritzelt.

»Was soll das heißen?« fragte Ricky, als er es auf dem Weg zum Auto vorlas, und Sladden, gleichgültig, weil er wußte, daß er eine Krankheit hatte, die ihn irgendwann einmal umbringen würde, antwortete: »Wen interessiert's? Das ist Gusts Ende, die billigste Lösung. Was meinen Sie, Spaulding? Sie sind doch Detective?«

Aber Spaulding wandte sich von ihnen ab.

Gusts Stimmung war umgeschlagen. Ihm war schlecht, er fühlte sich einsam und hatte Angst, er war erschöpft. Er versuchte, sein geschwollenes Gesicht vor der Sonne zu schützen, die inzwischen tief am Horizont stand, und er beobachtete, wie die Welt sich in den Abend drehte. Von unten riefen immer noch Leute zu ihm hinauf, andere sahen auf ihre Armbanduhren, aber er ignorierte sie.

»Was hat es für einen Sinn, wenn man die Wahrheit kennt«, sagte er, »wenn es zu spät ist, um noch etwas damit anzufangen?« Er unternahm einen letzten Versuch, sich zu erinnern, da er aber seine Gedanken nicht mehr sammeln konnte, geriet sein Denken zum Monolog eines Verrückten.

»Die Flut hat mich in ihre Hände genommen«, sagte er. Wenigstens konnte er nun nach vorn blicken, wenn auch der Anblick neu und fremd war. Den Arm um die Leitung geschlungen, die Finger nur wenige Zentimeter vom Verteiler entfernt, war er in Gedanken dort, wo er am liebsten gewesen wäre, im Eclipse mit Petal, und sie tanzten und drehten sich in alle Ewigkeit. Sie schien ihm jetzt greifbarer zu sein als je zuvor.

Es war ein schwieriges Spiel gewesen, aber er war damit zurechtgekommen. Am Ende kam jeder mit allem zurecht. Es hätte ohnehin nie eine leichte Partie werden können, selbst wenn er alle Asse gehabt hätte, und wer hatte das schon.

Für einen flüchtigen Moment verstand er, was es hieß, in zwei Welten zu leben, gleichzeitig tot und am Leben zu sein, ein anderer zu sein, besser, sauberer, nicht in Gefahr, nicht aggressiv, ohne Angst. Eine Last fiel von ihm ab, von der er gar nicht gewußt hatte, daß er sie sein Leben lang getragen hatte, und diese seltsame Erfahrung machte es ihm möglich, sein Schicksal anzunehmen. Frieden gab es nur in der Akzeptanz des Todes, Reinheit nur im Absoluten.

Er sagte: »Der Nebel hat sich gelichtet.«

Es traf zu. Plötzlich erschloß sich ihm wieder alles. Zum erstenmal seit Petals Tod konnte er wieder klar denken, konnte alles erkennen, wie es war, unverzerrt. Endlich konnte er Petal wieder so sehen, wie sie an dem Tag ausgesehen hatte, als sie beschlossen hatten zusammenzuleben und mit Johnny ausgegangen waren, um es zu feiern. Jetzt lief sie ins Diadem. Er hatte immer noch die Wohnungsschlüssel, die sie ihm gegeben hatte, und er zog sie hervor, versuchte dabei, mit Hilfe der Leitung das Gleichgewicht zu halten, und betrachtete den eingravierten Namenszug auf dem Anhänger.

Gust.

Gust? Er überlegte. Als redete man über einen Fremden. *Wer war Gust? Wen interessiert schon, was er wußte?*

Es war genau das, was das ungeduldige Publikum am Fuße des Hochspannungsmasts sagte.

Petal, Johnny, den Iren: Du wirst sie wiederfinden.

Er glaubte aber nicht daran. Panik ergriff ihn statt dessen, seine Kleidung flatterte an seinem Körper. Überzeugt davon, daß es in gewisser Hinsicht zutraf, schrie er hinunter in die Dunkelheit, schrie er an gegen den Wind, der stärker blies als je zuvor: »Ich war unschuldig!«

Seine rechte Hand bewegte sich langsam auf ihr Schicksal zu; er spürte sie als Teil von sich wie nie zuvor in seinem Leben. »Das ist es, was ich dir immer gesagt habe, egal, was wir getan haben«, sagte er zu ihr, »es gibt kein Zurück. Es kommt der Tag für jeden.« Dennoch flößte ihm das Geheimnis seines eigenen Endes Ehrfurcht ein; noch nie war er ihm so nah gekommen.

Er starrte auf die Welt. »Schau nicht zu lange hin«, ermahnte er sich. »Denk jetzt nicht mehr darüber nach.«

Er entschied sich. »In den Abgrund des Möglichen stürzen«, sagte er noch. Er griff nach der Leitung, sagte, *Ich vertraue dir,* und wurde in einem steilen Winkel weggeschleudert, steif, ein wirbelnder Fleck am Himmel. Die Hochspannung hatte seine Augen zu einem Nichts zusammenschmoren lassen, und während des Fluges schrumpfte er zusammen wie eine vertrocknende Blume. Seine Jacke, die er beim Aufsteigen auf den Mast etwas aufgeknöpft hatte, war jetzt falsch zugeknöpft. Die Worte jedoch, als er sich in der Luft drehte und drehte, waren noch auf seinen Lippen, die jetzt fest verschmolzen waren mit seinen Zähnen: *Ich vertraue dir.* Hätte es ihn am nächsten Tag noch gegeben, er hätte sich eine Zeitung gegriffen, um einen Blick auf sein Gesicht zu werfen, er hätte schallend gelacht und wäre in den Bus zum Diadem gesprungen.

»Ich und berühmt? Wer's glaubt, wird selig!«

Aber der Stromschlag brachte ihn so schnell ins Diadem, daß der Wind ihm die Haare ausriß, und als er durch die Tür kam, hörte er das Mädchen hinter dem Tresen sagen: »Hallo, Gust, Nachricht für dich« und dann aufschreien: »Paß auf!«

Die Tür zum Diadem wurde zugeworfen und traf ihn mit der Kraft eines Rammbocks.

Er fiel mit dem Gesicht nach vorn auf die Erde, hinterließ einen Krater im gepflügten Boden, und danach war alles still.

Und danach passierte gar nichts mehr.

PETER RABE
Leben im Vakuum
142 Seiten, DM 16,80
ISBN 3-929010-32-1

»... düster und überzeugend.«
Esquire

»Seine Figuren haben all die fehlerhaften Züge und menschlichen Schwächen, die sie lebend und realistische erscheinen lassen.«
taz

Er wollte aus dem Geschäft aussteigen, und die Boys sagten: Okay, aber mit den Füßen zuerst. Daniel Port, ein netter jungen Mann, ein Typ, den man sich zum Nachbarn wünscht. Drückt man aber den falschen Knopf, macht er alles platt, was im Weg steht. Port ist ein Gangster, hat es aber satt und will aussteigen. Das einzige Problem ist, lebend auszusteigen.

Der in Deutschland geborene Peter Rabe veröffentlichte während der fünfziger und sechziger Jahre einen einzigartigen Flächenbrand von Crime-Romanen. Seine eiskalte hardboiled-Prosa voll von unterschwelliger Gewalt und grausamer Objektivität stand der von Dashiel Hammett oder Paul Cain in nichts nach.

<u>Von den BLACK LIZARD Büchern noch lieferbar:</u>

TED LEWIS, Schwere Körperverletzung,
229 S., DM 21,80, ISBN 3-929010-30-5

"Lewis gehörte zu jener Handvoll Autoren, die radikal mit der Tradition des Häkelkrimis brachen und den Mord aus den Pfarrstuben und Teesalons wieder auf die Straße zurückbrachten." (DER SPIEGEL)

George Fowler ist der Kopf eines weitverzweigten Londoner Unterweltimperiums. Einnahmen aus Porno, Gewalt und Korruption halten die Maschine in Gang. Einige der Gangster wirtschaften in die eigene Tasche. Als sich die Situation trotz einer radikalen Säuberungsaktion weiter zuspitzt und man George selbst ans Leder will, taucht er für eine Weile unter. Doch die Zeit erweist sich als grausamster Gegner.

DEREK RAYMOND, Ich war Dora Suarez, 220 S., DM 21,80
ISBN 3-929010-29-1
"Derek Raymond gelingt mit seinem schwarzen Roman eine blutige, aber effizente Abrechnung mit der 'ältesten Demokratie der Welt'" (tip)
"...rabiat, frontal, zynisch, vulgär..." (PRINZ)

MURRAY SINCLAIR, Kein Glück in LA., 217 S., DM 19,80
ISBN 3-929010-31-3
"Gewisse Ähnlichkeiten mit den Protagonisten eines Raymond Chandler sind dabei nicht rein zufällig" (HAMBURGER ABENDBLATT)

JIM NISBET, Tödliche Injektion, 146 S, DM 16,80
ISBN 3-929010-28-3
"Weder Norman Mailer noch Truman Capote haben in Beschreibungen von Hinrichtungen eine derartige Intensität erzeugen können, wie dies Nisbet gelungen ist..." (DIE WELT)

JIM THOMPSON U.A, Crime Anthologie, 347 S., DM 24,80
ISBN 3-929010-27-5
"Insgesamt ein wohlgeratenes, literarisch überraschend niveauvolles Werk"
(DEUTSCHLANDFUNK)

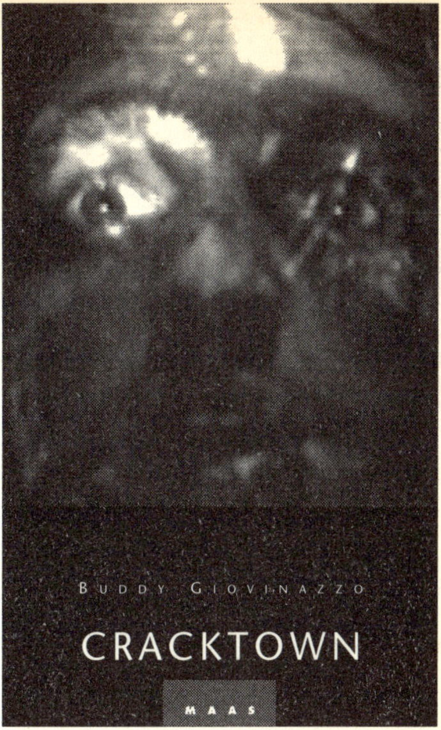

BUDDY GIOVINAZZO,
Cracktown,
Aus dem US-Amerikanischen von Dietmar Dath
192 Seiten, Broschur,
DM 23,80,-, SFr 23,80,-
ÖS 185,00
ISBN 3-929010-26-7

„Cracktown" ist von Giovinazzos Filmerfahrungen geprägt. Mit der flirrenden Intensität, die auch die Filme von Martin Scorsese, Abel Ferrara oder Quentin Tarantino auszeichnet, fängt er den Wahnsinn des New Yorker Strassenlebens im Zeitalter von AIDS ein. Mit kurzen, schnellen Sätzen, oft im Rhythmus der Gossenpoeten und Rapper, entwirft er Momentaufnahmen von Pimps, Strichern, süchtigen Kindern, Nutten, Transen, Kleinkriminellen und Obdachlosen, die im Teufelskreis der crackverseuchten Elendskultur immer schneller rotieren, bis sie den Halt verlieren.

In Bullets & Brutality, der zentralen Story, macht Romeo, der Kopf einer Jugendgang, mit seinen Freunden die Straßen des Viertels unsicher. Sie plündern Passanten aus, prügeln einen Penner zu Tode, erleichtern den Sozialhilfeempfänger Harold regelmäßig um seinen monatlichen Scheck, quälen und foltern ihn während einer wüsten Drogen- und Sexorgie, so daß er schließlich an den Folgen stirbt. Sie übernehmen für einen Drogengroßhändler den Job, einen Konkurrenten von der Mafia aus dem Weg zu räumen. Sie werden von Mafia und Polizei gleichzeitig gejagt und rennen unweigerlich ins Verderben.

Giovinazzo offenbart dem Leser Innenleben und Gedanken derjenigen, deren Überlebenswille nur noch vom Verlangen nach einem erneuten Kick bestimmt wird. Seit „Last Exit to Brooklyn" hat es kein anderes Buch mehr gegeben, das so unverklärt erzählt und an Emotionen sägt wie „Cracktown".

In Cannes wird der Tarantino-Nachfoler Giovinazzo 1996 mit einen neuen Film vertreten sein, mit Tim Roth in der Hauptrolle.

„Er ist die Person, die ich während meiner ganzen Karriere bewundert habe. Sein Name ist Iceberg Slim. Von ihm habe ich meinen Namen. ICE T steht für ICEBERG.
Er ist derjenige, der mich wirklich inspirierte - nicht solche Gangsterphantasien auszuleben, aber zu lernen, davon zu erzählen."

- ICE T

„Icebergs Prosa verhält sich zur Sprache des Mainstream, wie seine Unterwelt zu der des Spießers."

- Esquire

ICEBERG SLIM
Todes Fluch, Roman
Deutsche Erstausgabe
240 Seiten, Broschur, DM 25,-
ISBN 3-929010-23-2

Der schwarze Rebell Taylor organisiert einen Feldzug gegen die Mafia, die das Ghetto mit Drogen überschwemmt. Auf der anderen Seite will der Klein-Mafiosi Collucci mit Hilfe des Heroins zum Paten aufsteigen.
Das Scheitern Taylors wird zum Abgesang auf die leeren Versprechungen, die Amerika für seine Minderheiten bereithält.
Keiner der beiden kommt über Chicago hinaus. Sie schießen sich gegenseitig in Fetzen.

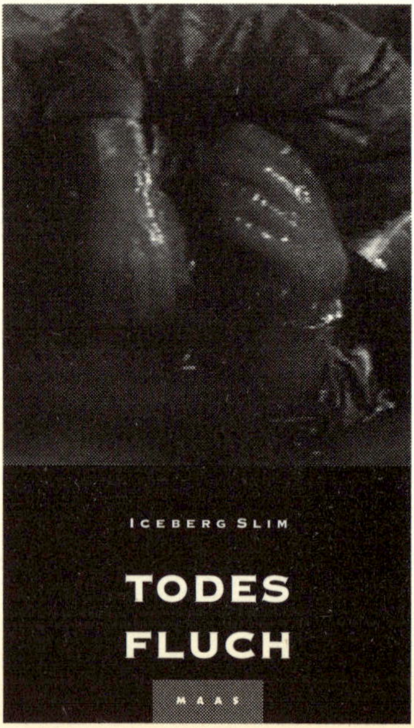